영원한 로망

보물

인간의 욕망과 보물에 얽힌 이야기

영원한 로망
보물

이성재

책을 내며

집안 어른 중에 설전(雪田) 박원수(朴元壽, 1914~2005) 씨가 계셨는데 이분은 청전(靑田) 이상범(李象範, 1897~1972) 선생의 청전화실 수제자이셨다.

설전은 소화공전(昭和工專)에서 광산학을 전공한 광산 전문가이기도 하셨기에 이 분의 추천으로 당시 취업하기 어렵던, 대명광업(주)의 무극 금광에 취업하고 이곳에서 노무와 인사관리 업무를 익혔으며, 그곳이 금광인지라 자연히 금, 은 제련도 배우게 되었다.

그 당시 광산은 말 그대로 막장의 세계라서 몹시 열악한 환경이었고 월급이라야 겨우 내 몸 하나 건사하는 정도였다. 그러함에도 나는 금을 캐고 제련하는 과정이 경이롭고 신비한 세계여서 많은 것을 경험할 수 있었다. 이런 인연으로 1971년 종로 4가의 금풍상사로 전직하고 금은 도매업까지 배우게 되었다.

당시에 나는 자본이 없어 도매업을 할 처지가 아니었으나, 그 대신 신용과 연줄만 있으면 지방이나 소매상으로 다니면서 금은 중개업이 가능했으므로 처음으로 사업적 독립을 할 수가 있었다.

당시 귀금속 업계는 소매와 도매시장의 틈새시장이 제법 커서 재미가 있었지만 애로 사항도 아주 많았다. 나는 특히 내성적인 성격으로 외상값 재촉하는 것이 죽는 것처럼 싫고 힘들어서 돈 하고는 인연이 없는 인생을 산 셈이다. 그래도 손해를 감내하며 신용을 생명처럼 여기며 살아온 것이 오늘의 나를 있게 해 준 것 같다.

70년대 말까지 우리나라에 공급되는 삼성(장항)제련소와 기타 금광업체의 지금(地金)은 질산분석을 한 것이라서 순도가 99.2%에 불과했다. 따라서 모든 금제품은 품위가 부실할 수밖에 없었다.

이런 실정을 모르는 소비자 단체에서는 겨우 몇십 개 금제품을 수거한 후 순도가 1% 부실하므로 1년 거래량 1조 원의 1%인 100억 원을 귀금속상들이 부당이익을 취했다고 공격하기 일쑤였다. 이에 몇몇 뜻 맞는 사람들과 소비자 단체에 우리 실정을 설명하는 간담회를 열고 제련업체에도 전기 정련을 적극 권장하였다.

이런 인연으로 나는 우리나라 귀금속 제품 함량 정상화를 위하여 1984년 중소기업청의 인가를 받아 우리나라 최초로 '한국귀금속감정원'을 설립하게 되었다.

새로 설립된 감정원에서는 비파괴 X-Ray 형광 분석기를 도입하고 큐펠 분석을 시행하여 정부로부터 태극마크(홀 마크)를 인증받는 귀금속 감정 서비스를 하게 되었고, 이는 귀금속 업계의 고질적 병폐인 함량문제를 혁신하는 계기가 되었다. 워치 타워 같은 역할을 한 셈이다.

소비자 보호와 금제품 함량 정상화를 위하여 '한국귀금속감정원'을 설립한 것은 내 일생에서 업계를 위하여 가장 잘한 일이라고 생각된다.

보석상은 당연히 보석 지식이 필수적이라 할 수 있으며 당시 나에게 보석 감정은 아주 재미있고, 학문적 호기심을 자극하는 그 무엇이 있었다.

보석은 천연광물이든 합성이든 사람의 손을 거쳐 비싼 상품이 되는 것이므로 연마, 디자인, 세공까지도 숙지해야 보석 감정을 할 수가 있다. 당시 국내에는 보석에 관한 서적이 거의 없던 시절이기에 일본 서적과 미국 보석학원인 GIA 교재와 Lapidary 잡지를 참고하고, 심지어 미군 부대의 통신판매 카탈로그에 있는 보석상품 페이지들을 교재 삼으며 독학을 하였다. 그리고 눈에 띄는 대로 신문, 잡지의 기사를 스크랩하였다. 그렇게 모아 놓은 자료와 경험을 엮어 〈주얼리신문〉과 〈귀금속 경제신문〉에 졸문이지만 잡학적인 칼럼을 기고하게 되었다.

나는 학력도 변변찮고, 글을 써보거나 글공부를 배운 적은 더더욱 없다. 칼럼은 그냥 공유하고 싶거나 재미있을 만한 내용을 내 식대로 적어본 것들이다. 이제 더 글 쓸 만한 재주도 바닥나서 그만 접으려던 참이었는데 서울과학기술대학교 오원탁 교수님의 격려와 지도로 이 칼럼을 추려서 책으로 엮게 되었다.

우리나라는 귀금속을 호화 사치품으로 인식하여 수입을 금지하였고, 단속 대상으로만 취급하였다. 그러나 1997년 외환위기(IMF) 때 금 모으기 운동으로 222t이라는 어마어마한 물량을 모음으로써 세계를 놀라게 하였다. 당시 국내 생산량이 연 수십 kg이고 정부의 금 보유량이 14t임을 감안하면 불가사의한 일이었다.

칼럼을 연재하게 된 것도 금에 대한 이해를 돕기 위함이었다.

여기 모은 글들은 교과서적이거나 창작한 이야기가 아니다. 귀금속과 보석에 대한 단편적 상식과 담론을 모은 것으로, 사실 이런 잡문을 책으로 출판한다는 것은 오만이고 참으로 부끄러운 일이다. 나는 가끔 이런 내 치기에 스스로 후회하면서도 놀라고 있다. 이미 회자된 이야기일지라도 이 점을 감안해 주시면 참으로 감사하겠다.

진심으로 이 책의 출판을 적극 권장하며 원고의 검토와 편집으로 후원해 주신 오원탁 교수님과 원고 편집과 정리에 수고해 주신 MJC 보석 전문학교의 박은솔 선생님께도 감사를 드린다.

아울러 아낌없는 성원을 보내주신 귀금속 원로회 회원분들과 주얼리 단체 회장단, 그리고 장맥회 선후배 제현께도 감사의 말씀을 드리고 싶다.

그리고 한결같은 마음으로 내조해주고 어려운 삶을 같이해준 50년 지기 내자인 정태옥 여사에게 금혼 기념을 대신하여 이 책을 헌정한다. 또한, 과외 한번 시키지 못했음에도 사회에서 나름대로 제 몫을 하며 건실한 삶을 사는 두 아들에게도 감사의 애정을 보낸다.

2018년 12월　仁海　이 성 재

7

'금혼식' 아내에게
책을 헌정하는 아름다움

사람은 한평생을 살아가며 본인이 겪은 긴 여정의 흔적을 얼굴에 그리며 살아간다고 하여, 인생 40이 넘으면 스스로 얼굴에 책임을 져야 한다는 글귀를 20대에 읽은 적이 있다.

2003년 출범한 단체장 협의회 회의를 통하여 처음 알게 되었고 최근 몇 년간 '귀금속 원로회' 월례 오찬 모임을 통하여 더욱 친근해진 이성재 회장님은 훤한 이마에 어울리는 따뜻하고 조금은 수줍은 듯한 미소로 만나는 사람들을 편안하게 해주시는 분으로 언제나 그의 얼굴과 눈빛은 온화하고 언어의 표현은 겸손하다.

지난봄쯤 우연한 기회에 책 이야기를 하다가 이성재 회장님이 귀금속 관련 신문에 기고한 원고가 300여 페이지쯤 된다는 이야기를 듣고 명분을 내세워 책을 내보자고 강권하다시피 하여 언제나 겸손하고 조심스러우신 이 회장님을 설득하게 되었다. 그 후 2019년이 이성재 회장님 내외분 결혼 50주년 금혼식에 맞춰 출판을 기획하게 되었으며 이제 이 책의 축사를 쓰고 있으니 출판의 9부 능선쯤을 넘은 것 같다.

나는 평소 경제적으로 어느 정도 성공한 귀금속 원로(?) 분들이 당신의 경륜과 소회를 책으로 기획하고 출판하여 기록으로 남김으로써 귀금속 문화의 새로운 창출에 기여하기를 기대하고 있었다.

귀금속 업계 원로로는 월곡 이재호 회장님이 자서전을 처음 출판하신 것으로 기억되는데 그다음이 이성재 회장님이 아닌가 싶다. 앞으로도 이러한 행진이 계속되어 교훈적이거나 미담이나 재미있는 삶의 뒤안길 이야기들이 기록으로 남겨져 존경스러운 어버이로, 자랑스러운 업계의 선배로, 그윽한 애정의 눈길로 바라볼 수 있는 인생의 동반자로 자리매김 되었으면 한다.

결혼 50주년 금혼식을 맞이하는 나이가 되어보면 미(美), 추(醜)나 학벌, 금전이 무슨 그리 대수랴. 수많은 세월 동안 겪었던 고통과 좌절 그리고 기쁨과 희망이 한 덩어리로 엮어진 갈래들을 어떻게 풀어내느냐에 따라 그의 삶이 귀결되는 것.

'금혼식' 아내에게 책을 헌정하는 아름다운 행복!

이 책이 아내에게 헌정되는 날 많은 이들의 축하의 박수와 환호 속에 이성재 회장님 내외분의 얼굴에 번지는 행복하고도 아름다운 미소를 상상해 본다.

2018년 만추, 연미재에서
서울과학기술대학교 명예교수 오 원 탁

추천사 ②

이성재 회장님께서 '주얼리 신문'과 '귀금속 경제신문'에 칼럼을 연재하는 사실은 알고 있었으나, 이렇게 근사하고 매력적인 책의 출간을 앞두고 있는지는 몰랐다. 자신이 살아온 세월을 뒤돌아보고 또 지식을 책으로 정리한다는 것이 쉽지는 않은 일이다. 특히, 과거에는 국내 주얼리 관련 전문서적이 전무하여 거의 독학을 하다시피 했는데 그때 스크랩 해두었던 자료들이 저자의 훌륭한 생각과 어울러서 이렇듯 멋지게 태어난 것이다.

이 회장님은 '한국귀금속보석감정원'을 설립한 것을 가장 잘한 일이라고 말씀하시곤 하며 고객을 위한 워치타워의 역할을 하셨다고 했다. 나는 이 말을 들었을 때 이순신 장군이 울돌목 전투에서 왜군의 300척에 맞서 싸울 당시 했던 명언이 자연스럽게 떠올랐다. 일부당경 족구천부 (一夫當經 足懼千夫: 한 병사가 길목을 막고 있으면 족히 천명의 군사가 두려워한다)의 마음으로 소비자 보호를 위해 최선을 다해 온 것은 우리 모두 박수를 보낼 만한 일이다.

전 세계가 네트워크화되어 있는 지금의 시장은 주얼리 뿐만 아니라 모든 시장에서 고객의 욕구를 충족하기 위한 새로운 방법을 고민하고 있다. 그러나 마케팅의 방법은 변하고 제품은 바뀌더라도 고객을 향한 마음만은 언제나 진지하면서도 순수해야 한다는 것을 이성재 회장님은 잘 알고 있었다.

요즘 사는 후배들에게 본보기가 될 만한 좋은 철학을 가지고 있는 이성재 회장님의 책 출간을 진심으로 축하드리며 귀금속 1세대를 함께 지내온 사람으로서 그의 노력과 용기에 박수를 보내주고 싶다. 어렵고 힘든 세월을 함께 지내며 지금의 주얼리 시장을 만들어 온 한 사람의 이야기가 우리에게 진정성 있게 다가온다. 더군다나 우리의 역사 속에서 실제로 존재했던 금, 은, 보석, 보물에 대한 에피소드의 소개는 이성재 회장님의 노력이 얼마나 대단했는지를 잘 알게 한다.

영국의 역사학자인 콜링우드는 '역사는 죽은 과거가 아니라 살아있는 과거다'라고 했다. 우리의 역사 속에서 주얼리가 어떤 이야기를 가졌는지 알 수 있는 좋은 자료가 될 것이고, 지금 주얼리를 공부하는 학생들에게는 책이 들려주는 과거를 여행하는 동안 좋은 영감을 얻게 될 것이라 확신한다.

월곡주얼리산업진흥재단 이사장　이재호

차례

머리말   4

추천사 ①   8

추천사 ②   10

제1장   보물, 영원한 로망

보물찾기는 계속된다   16

황금을 멀리하라   19

조선 최고 갑부 왕실과 내탕금   24

고종 황제의 금 항아리   27

'철의 삼각지'에 숨긴 황실 재산   30

금은 조공을 면제케 한 조선 최고의 외교관   32

기생 머리에 올려진 서봉총 금관   35

진해 중죽도에 묻힌 보물   40

울릉도의 돈스코이 보물선   44

콜챠크(Kolchak)의 황금과 청산리 전투   48

애리조나 '공포의 산'으로 간 잉카 보물   52

제2장   보물을 찾아라

행복과 불행을 부르는 요물: 황금 에피소드 1   58

행복과 불행을 부르는 요물: 황금 에피소드 2   62

금을 캐는 화장터와 일본의 금 수탈   65

조선에 상륙한 골드러시   70

금 수탈이 빚어낸 밀반출과 문화재 훼손   73

조선 연금술의 비밀 78

일본이 강탈한 각국의 금과 보물: 야마시다 골드 1 82

미국의 블랙골드와 독재자 마르코스: 야마시다 골드 2 86

"황금 부스러기로 뒤덮인 캘리포니아": 골드러시 1 90

골드러시와 존 셔터의 비극: 골드러시 2 94

캘리포니아와 청바지의 탄생: 골드러시 3 97

트레저 헌터가 된 효자동 이발사 1 101

트레저 헌터가 된 효자동 이발사 2 106

제3장 보석, 알고 보면 더 아름다운

장신구와 탄생석(Birth Stones) 112

다이아몬드… 그 영원한 신비 117

인(仁)·지(智)·예(禮)·의(義)를 갖춘 옥(玉) 125

유리, 그 화려한 유혹 133

일곱 가지 보석(七寶)과 예술성 높은 칠보 140

진주, 오묘하고 영롱한 아름다움 146

7대 불가사의 호박방(Amber Room) 151

혁명을 부른 마리 앙투아네트의 목걸이 154

사랑은 짧아도 보석은 영원하다: 엘리자베스 테일러 158

트럼프 부인 멜라니아와 진주 162

방사선을 쬔 연수정 167

제4장 금은, 알고 보면 더 재미있는

화폐에서 장신구, 공예품까지: 은(Silver) 이야기 1 172

산업·의료용으로 꼭 필요한 금속: 은 이야기 2 178

임진왜란을 부르다: 은 이야기 3   181

은으로 망한 석유 재벌 헌트 형제: 은 이야기 4   186

금 사기는 계속된다   190

금괴 발견, 횡재(橫財)인가, 횡재(橫災)인가?   195

살인을 부른 여수 밀수사건과 금값 파동   198

5·18과 금송아지가 일으킨 귀금속업계 탄압   202

금값 메커니즘(Mechanism)   208

대한민국 금 시장   212

국제 금 시장과 금의 가치   217

금본위제 폐지와 금의 패러독스   221

귀금속 감정은 어떻게 이뤄지나: 비파괴 분석법 중심으로   226

도시 광산업이 뜬다   233

무극광산과 구봉광산   237

99% 순도를 자랑하는 삼국시대 금 유물   241

에밀레종의 신비   246

제5장 우리 고유의 장신구와 디자인

우리나라만의 손가락 장신구: 가락지 이야기 1   256

민족의 아픔과 약속의 상징: 가락지 이야기 2   261

명성황후와 민 규수의 금가락지   266

세공인의 선조, 백제인 다리(多利)   270

"사내아이들이 귀를 뚫고 귀고리를 달아…"   276

멋의 재창조, 마고자와 조끼   282

제1장

보물,
영원한 로망

보물찾기는 계속된다

어린 시절 〈보물섬〉이란 책을 읽고 그 신나는 모험 이야기에 푹 빠졌던 기억이 있을 것이다. 이 소설에 자극받아 보물을 찾는다며 산과 들, 해안가를 뒤지기도 하고 엉뚱하게 하루쯤 가출을 하는 아이들도 있었다.

어렵던 시절인 1958년 8월 21일 중국인이 많이 살던 인천의 중국인 묘지 하나가 한밤중에 파헤쳐지는 엽기적인 사건이 있었다. 8일 만에 붙잡힌 범인들은 10대 청소년 3명이었다. 경찰관에게 범행 동기를 털어 놓은 이 아이들의 대답은 황당 그 자체였다.

아이들은 돈 많은 부자의 무덤 속에서 보물이 나오는 만화를 보고 자기들도 보물을 캐고 싶었다고 했다. 아이들은 '비단장수 왕서방'이란 노래를 듣고 중국인들이 부자인 줄 알았다고도 하였다.

훈방 조치로 끝났지만, 현실과 만화를 혼동한 아이들의 보물찾기 욕심으로 한밤중 공동묘지의 공포마저 잊게 하는 황당한 사건이었다.

봄, 가을 소풍 때 빠지지 않는 공통의 놀이는 '보물찾기'였다. 학생, 학부모, 선생님까지 돌무더기를 뒤집고, 낙엽을 헤치면서 상품이 적힌 쪽지에 일희일비하였다. 인자하신 선생님은 형편이 어려운 학생에게 학용

영원한 로망 보물

품이 적힌 쪽지가 숨겨진 나무 틈새를 넌지시 가르쳐 주시기도 하였다.

소풍뿐만이 아니라 어떤 단체의 야유회에서도 빠지지 않던 즐거운 추억 중 하나인 보물찾기는 노래자랑, 술래잡기, 수건돌리기와 함께 가장 흥겨운 놀이였다.

서양에서도 보물찾기 놀이가 전통인 곳이 많다.

프랑스, 독일, 이탈리아 농촌 지역에서는 색색으로 칠한 부활절 달걀을 마을 곳곳에 숨겨 놓고 아이들이 달걀을 찾도록 하는 전통이 있다.

여기에서 영감을 얻은 영국의 한 출판사는 소설책에 힌트를 숨겨 현상품을 찾도록 하는 이벤트를 하였다. 기념품이나 현상품을 고성, 사원, 공원, 도서관 같은 곳에서 찾아내도록 하였다. 이 이벤트를 기획한 출판사는 엄청난 재미를 보기도 하였는데 유럽에선 지금도 이런 출판물이 성행하고 있다.

앞서 이야기한 〈보물섬〉은 〈지킬 박사와 하이드〉〈물방앗간의 윌〉 등을 쓴 영국의 로버트 루이스 스티븐슨(1850~1894)이 신문에 연재하다가 1883년에 출판하였다. 우리나라에서도 잘 알려진 이 해양 모험소설은 어릴 적 아이들에게 꿈과 모험심, 호기심을 심어주는 성장기 아이들에겐 필독서이기도 하였다.

내용은 어린 짐 호킨스와 외다리 해적 존 실버가 해적 선장 플린트가 감춘 보물을 온갖 모험 끝에 찾아내는 이야기이다. 이 소설의 백미는 역시 엄청난 보물을 찾는 데 있다. 어린아이들은 소설 속에서 자기 자신이 보물을 손에 거머쥐는 것 같은 스릴을 맛보는 것이다.

17~18세기의 서인도 제도의 카리브 해안에 소문이 널리 퍼져있던 해적 선장 키드나 블랙 비어드 같은 해적들이 숨겨 놓았다는 보물은 지금도 보물 탐사꾼(Treasure Hunter)에게는 전설이자 환상이다.

해적 중에는 영국을 위해 스페인 함선과 싸워 나중에 작위까지 받은 경우도 있었다. 해적들은 주로 황금을 실은 스페인 함선을 습격하였는데 탈취한 보물과 황금을 외딴섬에 숨긴 것도 사실이었다고 한다. 해적들이 숨긴 보물이 이따금 발견되기도 해서 모험가들을 외딴 숲 속에서 헤매게 만들기도 한다.

또한, 중남미 어디쯤 있다는 황금향(黃金鄕) 엘도라도는 온 도시가 보물로 뒤덮여 있다는 아틀란티스 이야기와 더불어 영원한 우리들의 환상이며 로망이다. 1925년 1월 '잃어버린 도시 Z'를 찾아 떠난 퍼시 퍼셋(Percy H. Fawcett)이 실종된 사건도 엘도라도에 대한 흥미를 더욱 증폭시킨 바 있다.

남녀노소를 막론하고 누구나 보물 발견 환상을 품고 있기 마련이다. 그래서인지 현대인은 보물 발견 같은 기대 심리로 로또 복권에 열광하고, 경마와 경륜 같은 사행 행위에 매달리는가 하면, 도박 사이트에 빠지는지도 모른다.

보물찾기는 요행과 한탕을 바란다는 점에서 도박의 일종이다. 누가 그랬던가? 도박의 묘미는 화투장을 쪼는 맛에 있는 거라고… 그러나 왜들 모르는가? 화투장을 쪼듯 인생을 쪼면 필연 절망에 이르는 것을….

황금을 멀리하라

"이화(梨花)에 월백(月白)하고, 은한(銀漢)이 삼경(三更)인 제 일지춘심(一枝春心)을 자규(子規)야 알랴마는 다정(多情)도 병(病)인 양하야 잠 못 들어 하노라!"

흰 배꽃이 피어 있는 가지 위에 달빛이 더욱 희고, 은하수가 높은 이 한밤에 배꽃 가지에 어려 오는 봄. 그 봄을 느끼는 마음에 또 하나 움터오는 내 마음을 두견이 어찌 알랴마는, 임을 향한 연심(또는 충심)으로 잠을 이룰 수 없구나.

우리가 익히 알고 있는 이조년(李兆年 1269-1343)의 시이다.

고려 말엽 충혜왕 때의 학자이자 명신인 이조년의 호는 매운당(梅雲堂)이다. 5형제 중 막내인 조년에게는 백년, 천년, 만년, 억년의 형님들이 있었다.

소년 시절, 하루는 조년이 형 억년과 같이 길을 가게 되었다. 한양 근교인 한강 가의 길을 가다가 우연히 금덩이 두 개를 주웠다.

크게 횡재를 한 형제는 하나씩 나누어 가졌다. 넉넉지 못한 살림이고 식구가 많은 형편인데 금덩이를 줍게 되었으니 그야말로 일확천금의 횡재였다. 두 형제는 기쁨의 길을 재촉하였고 한강 하류 지금의 행주산성

못미처 양천나루를 건너게 되었다. 양천나루에서 나룻배를 타고 한강을 건너가던 조년은 문득 금덩이를 강물 속으로 던져 버렸다.

깜짝 놀란 억년이 물었다.

"아니 왜 그래? 왜 금덩이를 던져?"

"형님! 금덩이를 버리고 나니 내 마음이 편해졌어요."

"금덩이를 주워 형님과 나눠 가진 후 줄곧 욕심이 솟구쳐 마음이 편하질 못했어요. 형님이 없었더라면 금덩이 두 개가 몽땅 내 것이 될 건데…, 생각했어요. 그래서 자꾸 형님이 원망스러웠어요. 우리 형제가 우애 좋기로 소문이 날 정도인데 갑자기 금덩어리가 생겨 형님과 의가 나게 생겼으니 황금이 요물인 모양이에요. 그래서 버렸지요. 버리고 나니 아주 마음이 편해졌습니다."

"나도 맘속으로 너와 똑같았다. 금덩어리로 해서 자칫 우리 형제 사이에 금이 갈 뻔했구나."

아우의 말에 억년도 맞장구를 치며 말하더니 그 역시도 금덩어리를 강물로 던져 버렸다. 후에 이 이야기를 들은 사람들은 양천나루를 투금탄(投金灘)이라 했다. 금덩이를 던진 여울이란 뜻이다.

뒷날 이조년은 성산군(星山君)에 봉해질 정도로 높은 자리에 오르게 되었고, 조년의 형님 네 분도 높은 벼슬에 올라 많은 일을 했다. 품성이 바르면 출세도 따르고 우애도 생기는 법이다.

최근 강서구에서는 이 나루터를 정비하여 투금탄공원을 조성할 계획이라고 한다.

영원한 로망 보물

서울 인왕산 밑 지금의 청와대 앞 동네인 누상동, 누하동, 체부동, 옥인동, 효자동 인근에 석함(石函) 집이 있다는 구전이 예부터 전해 내려오고 있다. 원래 그 자리는 병자호란 당시에 그러니까 광해군에서 효종 때까지 인경궁이라는 궁궐이 있던 자리이다.

이 궁궐에 살던 어느 공주 한 분이 그 궁에 살 때 많은 금괴와 보물을 석함에 담아 깊숙이 묻어 두었다고 한다. 그런데 그 공주가 무슨 병인가로 급서하는 바람에 금괴 석함을 묻은 위치를 알 수 없게 되었다고 한다. 그 후 궁궐이 병란에 불타 헐리고 궁궐터였던 그곳의 땅값이 다른 곳보다 훨씬 높게 거래되었다. 그 이유는 금괴가 들어 있는 석함이 묻혀 있다는 소문 때문이었다.

일제 강점기 때까지도 금괴 석함 얘기가 서울 장안에 널리 알려져 왔다. 아직도 금괴 석함을 발견했다는 이야기가 없으니 이 글을 읽는 분들은 복권 사는 셈 치고 그쪽 동네에 집을 장만하여도 괜찮을 듯싶다. 누가 알겠는가? 혹시 덕을 많이 쌓은 사람에게 그 금괴 석함을 발견하는 행운이 기다리고 있을는지….

조선조 순조 때 급제하여 흥선대원군 때는 예조판서까지 지낸 청렴한 문신(文臣) 송석(松石) 김학성(金學性, 1804~1875)에게도 보물에 얽힌 이야기가 그 청송 김씨 가문에 내려오고 있다. 일사유사(逸士遺事)라는 문헌에도 나오는 이야기다.

학성의 어머니 한산 이씨는 일찍 남편을 사별하고 셋방을 전전하며 궂은일을 해서 오로지 학성 형제의 훈육에만 힘썼는데 임종 무렵 훈계 같은 이야기를 남겼다.

"비 오는 어느 날 삯바느질을 하는데 처마 밑에 빗방울 떨어지는 소리가 이상하게 쇳소리가 나더라. 며칠 후 낙수 자리 땅 밑을 파보았더니 금덩이가 가득 든 솥단지 하나를 발견하게 되었다. 하지만 금덩이 솥단지를 제자리에 다시 묻고 부랴부랴 더 허름한 집으로 이사해 버렸다."

한산 이씨 학성의 어머니는 끝내 솥단지를 묻은 집을 가르쳐 주지 않고 운명하였다. 그 집은 병자호란이나 임진왜란 때 어떤 부자가 살던 집이었는데 재물을 숨기고 피난 갔다가 영영 돌아오지 못한 사연이 있는 집이었다고 한다.

'재(財-財物)는 곧 재(災-災殃)'란 말이 있듯이 학성의 어머니는 아들들이 그 황금으로 학문은 아니 하고 고생을 모르고 자랄까 봐 황금을 외면한 것이었다. 이 훌륭한 어머니의 훈육과 가르침으로 끝내 두 아들은 훌륭한 학자로 성장하였다.

돈을 말하는 전(錢)과 천박하다는 천(賤)을 파자(破字)하면 창을 뜻하는 과(戈)가 두 개씩이나 들어 있다. 윤리에 어긋나는 돈(錢)은 창(戈)이 위아래 두 개가 있어 천박해지고 결국 그 칼에 상한다는 교훈이 들어 있다.

과다한 용돈이나 유산은 자식을 버리는 지름길임을 안 김학성의 어머니는 황금을 외면함으로써 진정한 자식 사랑의 본보기를 보여주었다. 자녀를 키우는 부모라면 누구나 깊이 새겨야 할 교훈이다.

재벌 집안의 형제간 재산 다툼을 익숙하게 보아온 우리로서는 투금탄 이야기나 송석 김학성 어머니 이야기 앞에 깨닫지 않을 수가 없다.

영원한 로망 보물

"황금을 돌 같이 보라"는 최영 장군의 일화가 아니더라도 황금을 멀리함으로써 의와 도를 지킨 선인들의 슬기로움에 절로 고개가 숙여진다.

　그러나 예로부터 아이들 돌잔치 때에 금반지를 끼워주고 여자아이에게 금귀걸이를 달아주며, 혼수에 금붙이를 필수로 선물하는 것은 어쩌면 언제 닥칠지 모르는 재난이나 병화(兵禍)에 대비하라는 뜻에서 생겨난 지혜로운 관습일지도 모른다.

　이런 의미가 아니더라도 과하지 않은 범위 내에서 친지와 이웃 간에 아이의 돌을 축하하고 미래를 축복하며 금반지를 주고받는 것 정도는 아름다운 풍습으로 계속되어도 좋을 것이다.

조선 최고 갑부 왕실과 내탕금

어느 나라든지 그 나라의 주인이었던 왕이나 황제에게도 일정한 법도가 있어서 국고를 마음대로 쓰거나 횡령할 수 없게 되어있다.

법에 정해져 있는 왕실 경비는 국가 예산으로 집행하겠지만 그 출납 내역을 기록에 남겨야 하므로 왕이나 왕실 가족의 사사로운 용처를 위해 국고를 쓸 수 없었다. 그래서 왕실에서 사사로이 쓸 수 있는 임금의 개인 비자금 같은 것을 조선조에서는 내탕금(內帑金)이라고 하였다.

조선의 역대 임금들은 사실상 조선 최고의 갑부였고 최고의 사업가였다. 조선왕조의 내탕금은 태조 이성계가 마련하여 대물림한 것이다.

태조 이성계는 고려 정권에 봉직하면서 여러 차례 공신으로 책봉되었었고 수많은 노비와 전답을 하사받았다. 조선 건국 이전에 벌써 이성계의 재산은 함경도의 절반 이상이 그의 땅일 정도로 재산을 모았고 이것이 정권을 잡는 거사 자금의 큰 밑바탕이 되었다.

태종은 이 재산을 아예 내수소라는 기구를 두고 관리하여 그 돈을 통치자금과 비자금으로 썼고 세조는 내수소를 내수사(內需司)로 확대 개편하여 소금이나 인삼 같은 전매사업도 관리하게 하였다. 내탕금을

영원한 로망 보물

다루는 내수사는 임금의 재산을 관리하였기에 권력 또한 엄청나서 국가 조세 사업을 뒤흔들 정도의 위력이 있었다.

이러한 폐단이 확대되어 어느 땐 내수사 관원과 궁궐 내시가 결탁하여 시전(市廛)의 고리대금업은 물론 농·공산품을 매점매석하여 백성들의 원성을 사기도 하였다. 그 원한으로 임진왜란 때 궁궐에 불 지른 것은 우리 백성들이라는 소문도 있었다. 이러한 폐단은 고종 때에 와서 내탕금을 관리하는 내수사를 폐지하면서 시정되었다.

내탕금이 아무리 왕실재산이라지만 임금님이라고 제멋대로 쓰지는 못하였다. 사도세자는 동궁전에 배당된 내탕금을 탕진했다가 영조의 미움을 샀다는 설도 있고, 연산군은 내탕금을 고갈시켜 결국 왕위를 빼앗기는 단초가 되기도 하였다.

세종임금과 더불어 훌륭한 통치자였던 영조, 정조임금 등은 흉년에 왕실 사유 재산인 내탕금으로 백성을 숱하게 구휼하고 구제하였다.

정조대왕은 아버지 사도세자의 묘를 수원으로 이장하면서 국고를 쓰지 않고 내탕금으로 썼는데 일꾼의 반나절 품삯도 기록에 남겼다.

고종황제는 을사늑약의 부당성을 알리고자 이준, 이위종, 이상설 세 열사를 헤이그 만국평화회의에 파견하는 비용도 내탕금에서 썼고, 조선 최초의 유일한 해외공관이었던 주미 워싱턴 공사관 건물 구입에 고종황제가 내탕금에서 2만5천 달러를 지출하기도 하였다.

러일전쟁에서 어렵게 승리한 일본군이 서울로 진주하자 나라의 안위와 일본의 내정간섭을 염려한 고종황제는 신임하고 있던 당시 서울주재 독일공사인 콘라드-잘데른(Konrad von Saldern)과 미국인 선교사 호머 B. 헐버트에게 황실 재산인 내탕금을 독일은행에 맡겨 달라고 부탁하였다.

고종의 요청을 받은 잘데른은 상해에 있는 덕화은행(독일-아시아은행) 책임자인 부제(Buse)와 함께 고종을 방문해서 18만 엔(일본 엔화와 금괴 23개 등)을 넘겨받았다. 몇 달 뒤 다시 1만8천5백 엔과 5만 엔을 추가로 넘겨주었다. 1906년 말 고종의 총 예치금은 독일 화폐로 백만 마르크 정도였다.

고종이 비밀리에 이 일을 진행했지만 결국 일본이 이를 눈치채고 말았다. 1907년 7월 헤이그에 이준 열사 등을 파견한 밀사 사건을 핑계로 조선 통감부의 이등박문(이토 히로부미)은 당시 일본에 진 부채 상환용으로 독일의 예치금을 환수하라고 압력을 넣기 시작했다. 결국, 통감부의 집요한 요구에 굴복한 고종은 이 예치금에서 518,800마르크를 일본 정부에 넘겨 주었다고 한다.

알려진 것과 달리 고종황제는 세계정세를 잘 읽고 있었고 나름대로 기울어진 국운을 바로잡고자 노심초사하였다. 다만 교묘한 일본 측 위정자와 사학자들이 고종황제를 폄훼하여 무능한 허수아비 임금으로 인식시켜 급격하게 민심을 이반시켰다.

조선조 500년 역사가 당쟁과 사화로 얼룩지고 형편없고 부끄러운 역사라고 가르친 것도 일본인들의 간계 때문인데 중국이나 세계 역사만 보아도 500년씩 유지한 왕조가 없음을 볼 때 결코 우리나라 역사가 부끄럽거나 저주해야 할 역사는 아니다.

고종 황제의 금 항아리

국운이 기울어짐을 느낀 고종 황제는 훗날을 대비해서 탁지부 대신 (현 문교부) 이용익 등에게 12개의 항아리에 금을 가득 담아 극비리에 창덕궁(비원) 후원에 매장하였다고 한다. 이용익은 명성황후가 임오군 란을 피하여 장호원에 피신하였을 때 황후의 심부름으로 한양 길을 하루에 다녀갔다는 사람으로 그 후 대신 자리에 오르기까지 했다.

이용익은 보성학원(현 고려대학)을 세워 교육사업을 하기도 하였다. 그는 을사늑약을 반대하여 연해주로 망명하고 독립운동을 하다가 53 세에 병사한 특이한 이력을 지닌 평민 출신 대신이었다.

이용익은 고종황제와 명성황후의 돈독한 신임을 받았으므로 만일 금 괴를 숨기고자 했다면 이용익은 적임자였을 것이다. 이러한 관계로 정사 (正史)에 기록될 수는 없었어도 항간에서는 진실로 받아들였을 것이다.

공화당 정권 때 이용익의 금 항아리 이야기를 박○웅이라는 사람이 알게 된다. 박○웅은 효자동에서 이발소를 하던 중 박지만 군 이발을 하러 들린 육영수 여사에게 발탁되어 대통령 전용 이발사가 된 사람이다.

당시 박정희 대통령 전용 이발사인 박○웅에게 고종황제의 황금에 대한 정보를 제공한 사람은 윤○원이라는 사람이었다. 윤 씨는 일제 강점기에 경기도경의 고위 관료였던 김○석의 사위이다.

그는 장인에게서 들었다고 하면서 창덕궁에 금 항아리 4개가 묻혀 있는 것이 확실하니 매장물 발굴허가를 받아달라고 박 씨에게 부탁하였다.

김○석은 이토 히로부미의 양녀이며 애첩이고 친일 매국노인 배정자와 함께 반민특위에 고발되어 친일 부역자로 함께 구금된 적이 있었다고 한다.

그때 배정자는 78세로 거의 사경을 헤매고 있었는데 자기가 고종의 밀명으로 황금 항아리 12개 중 4개를 이용익과 함께 인정전 뒤뜰에 묻었다고 고백하였다고 한다. 배정자는 이 황금이 당시 평안도의 금광에서 채굴한 것으로 고종이 망명할 자금으로 숨겨둔 거라고 했다는 것이다.

배정자는 민족 반역자여서 믿을 수가 없었지만, 이토히로부미의 든든한 배경으로 궁중을 무상출입하던 인물임은 확실하고, 이용익과 함께 매장하였다는 설명에 김○석은 믿음이 갔다고 한다. 배정자는 이 일을 김○석에게 고백하고 얼마 후 비참하게 사망했다고 한다.

야사(野史) '대동칠십일갑사'와 독립운동가 선우 훈 선생의 '사외비사(史外秘史)'에도 금괴를 12개 항아리에 가득 담아서 창덕궁 후원에 묻은 것으로 나온다. 그러나 이 금괴를 묻은 사람이 이용익인지 배정자인지는 기록에 없다.

워낙 윤 씨가 얘기하는 것이 진지하고 야사에도 나오는 이야기라서 박 대통령 이발사 박 씨는 애국하는 심정으로 힘을 써 주기로 하였다고 한다. 윤 씨와 박 씨는 문화재 관리국에 보물 발견 시 국가에 헌납한다는 조건으로 허가를 받고 1977년 5월 30일부터 그해 9월까지 창덕궁 인정전 뒤뜰에서 발굴 작업을 하게 된다.

그러나 인정전 뒤뜰이 좀 넓은 곳인가?

대한제국 황실에서 이왕직(李王職)으로 격하되는 일제 강점기와 해방의 혼란기, 6·25 전쟁, 궁궐의 관할권 변동, 고궁 보수 등으로 창덕궁 인정전 뒷담 위치도 변해서 결국 보물 발굴은 4개월 만에 무위로 끝나고 말았다.

금속탐지기 같은 첨단 장비도 없이 도굴꾼들이 쓰는 쇠꼬챙이와 곡괭이, 삽 등으로 파헤치는 발굴은 애초에 불가능했던 작업이었다. 이렇게 허무하게 금괴 발굴은 끝났지만, 이 12개 금 항아리 이야기는 지금도 전설처럼 사람들에게 전해지고 있다.

'철의 삼각지'에 숨긴 황실 재산

대한제국이 비록 국권을 잃었지만, 당시 황실의 재산으로는 고서화를 비롯한 골동품, 귀중품, 도자기 등도 엄청났다. 한 나라를 500년이나 지배했으니 전국에 산재한 토지를 비롯해 그 재산은 추정하기 어려울 정도였을 것이다.

평안도와 황해도 일원에 거대한 인삼밭이 있었는데 여기에서 나오는 재원 또한 엄청났다고 하며, 소금 전매권 또한 막대한 이권이었다.

순종의 배다른 동생 의친왕이 여러 차례 상해로 탈출하고자 한 것은 이 내탕금으로 독립운동에 전념하기 위한 것이었다. 의친왕은 금 항아리 말고도 막대한 황실 재산을 강원도 김화에 숨겼다고 한다.

김화는 서울보다 만주에 한 발짝이라도 가깝고 외진 곳으로 후일 만주의 독립군이 국내로 밀고 내려오면 접응하기가 쉬운 전략적 지형이어서 이곳을 택하였다고 한다.

의친 왕의 아들인 황손 이석 씨의 증언에 의하면 순종황비인 윤 비에게서 "당시 김화로 대형 트럭으로 귀중품만 자그마치 3주간에 걸쳐 다

영원한 로망 보물

섯 번이나 옮겼다"라는 말을 들었다고 한다. 핵심적인 황실 재산은 모두 가 그곳으로 갔다고 한다.

그러고도 서울에 남은 것 중 상당량은 일제에 빼앗기기도 하였고, 나머지는 6·25 전쟁 당시 인민군에게 약탈당했다고 한다.

황실의 비밀 기지라고 할 수 있는 김화는 현재 휴전선 안에 있다.

이들의 증언을 종합해 보면 철원 김화의 '철의 삼각지' 어딘가에 황실에서 숨겨 놓은 엄청난 양의 황금과 보물이 숨겨져 있다는 말이 된다.

6·25 전쟁 당시 김화지구 전투에 참가했던 장교들의 말에 의하면 그 당시 비무장 지대 안에 막대한 금덩어리가 숨겨져 있다는 말이 군대 내에서도 공공연한 풍문으로 알려져 있었다고 한다.

김화에 숨기고 일제에 빼앗기고, 인민군에게 약탈당하고 그나마 조금 남은 것이 지금 중앙박물관에서 전시되고 있으니 김화에 숨겨져 있는 것은 얼마나 화려하고 멋진 보물이겠는가?

하루속히 통일되어 김화에 있다는 귀중한 궁중 보물을 찾을 수 있다면 이 얼마나 즐거운 일이겠는가!

금은 조공을 면제케 한
조선 최고의 외교관

"경은 천성이 부지런하고 행실도 공정하며 청렴하였다. 특히 중국
말을 잘하여 선대왕(태종)으로부터 칭찬과 고임을 받았다. 경이 이
루어 낸 명나라의 금과 은의 세공(歲貢, 조공) 면제와 공녀의 괴로
운 짐을 벗어나게 한 공은 우리 조선에 크게 도움이 되었다."

이 내용은 세종대왕이 세종 17년 7월 30일 원민생(元閔生)을 애도하
여 쓴 제문(祭文) 중 일부이다.

임금이 신하의 죽음을 애석해 하는 경우는 있었어도 직접 제문을 지
어 그 죽음을 애도하는 경우는 흔치 않은 일이었다. 이 제문에서 밝혔
듯이 명나라로부터 매년 강요받던 세공(歲貢) 품목에서 금과 은, 처녀
공납을 면제받은 외교적 성과를 올린 역관은 원민생이었다.

그는 조선의 금과 은의 수탈을 막은 일등 공신이었다.

원나라를 무너뜨리고 중원을 차지한 명나라는 고려 때부터 매년 원
나라에 세공(歲貢)으로 바치던 금 1백 근, 은 1만 냥을 계속 명나라에
도 조공하도록 강권하였다.

영원한 로망 보물

명나라에서 요구하는 조공의 품목은 금이나 은뿐이 아니라 질 좋은 한지 수백 포, 인삼 수백 근, 비단과 포목, 철기류, 먹, 어물과 기마용 말까지 있었기 때문에 조선 국력과 비교하면 엄청 과다하였다. 말은 전투에서 기마대가 되므로 철저히 수탈하여 말이 남아나지 않을 정도였다.

이뿐만이 아니라 명나라 황실의 후궁이나 궁녀로 부려먹을 인물 좋은 수십 명의 처녀도 매년 바쳐야 했다. 그 때문에 우리나라는 처녀 공출을 피해 8~9세 때 조혼하는 풍습이 생기기도 하였다. 이러한 여러 가지 외교적 현안을 슬기롭게 해결한 것이 바로 원민생이라는 명 통역관이다.

조선왕조실록에 원민생은 문장이 뛰어났고 인품 또한 훌륭해서 당시 명나라의 실세 환관으로 조선에 파견된 중국사신 황엄과도 아주 친밀하게 지냈다고 한다. 명나라의 영락 황제도 원민생을 총애하여 조선 사신이 오면 황제가 친히 원민생을 찾았다고 한다.

조선 조정에서는 해마다 조공을 바치기 위해 각도에 강제 할당하여 금과 은을 수집하였는데 이 채광 노역으로 백성들의 원성이 높아지자 조정에서는 원민생을 앞세워 금과 은의 조공을 면제받고자 엄청난 외교전을 펼치게 된다.

"우리 조선은 금, 은이 산출되지 않습니다. 그동안 세공(歲貢)한 금, 은은 고려 때 원나라 상인들과의 교역을 통하여 수입되었던 것이었으며 지금에는 그것마저도 탕진하여 토산물로 대납할 수밖에 없습니다."

조정에서는 금, 은 조공 면제를 청원하고자 1409년(태종 9년), 1420년(세종 2년), 1429년(세종 11년) 등 계속 원민생을 파견하여 읍소했다.

실제로 조선 땅에는 적극적으로 개발한 금 광산이 없었다. 국책으로 금광개발을 엄금하여서 금 생산이라고 해봐야 강변에서 건지는 사금(砂金)이 유일하였다.

원민생은 영락황제의 내관인 황엄의 조력을 얻어 까다로운 황제를 설득하고 마침내 금과 은에 대한 조공 면제와 처녀 공납 면제라는 외교적 성공을 거두었다.

이때가 세종 11년(1429)이었는데 이러한 외교적 성과가 없었다면 조선조 500년 동안 수많은 금과 은, 그리고 처녀들까지 중국에 수탈되었을 것이다. 백성들의 노고를 줄여 주고자 하는 세종대왕의 어진 성품이 여기에서도 아주 잘 나타난다.

또한, 원민생은 뛰어난 외교력을 발휘하여 태종 18년에 세자를 양녕에서 충녕으로 바꿀 때 명나라의 승인을 얻어냈다. 이때 충녕(세종)의 세자 교체를 승인 못 받았으면 나라는 엄청난 혼란에 빠졌을 것이고, 세종이라는 걸출한 임금은 역사에 없었을 것이다.

세종대왕은 원민생에게 중국어(漢語)를 교습받기도 하였는데 "명나라 사신의 말을 알아들으면 미리 대답할 말을 생각할 수 있지 않겠는가?" 하는 기록이 세종 5년 12월 23일 자 세종실록에 있다.

세종임금은 우리나라 역사상 가장 위대한 임금이었고, 원민생은 조선을 구한 명 외교관이었다.

기생 머리에 올려진 서봉총 금관

우리나라 여성 중에 유일하게 신라 금관을 머리에 쓰고 신라 시대 금 목걸이, 귀걸이, 허리띠를 차본 사람은 평양기생 차릉파였다.

1935년 10월 기생 차 여인이 머리에 써봤던 신라 금관은 서봉총(瑞鳳塚) 금관(보물 339호 1963년 1월 21일 지정)인데 아주 기구한 운명의 금관이다.

일제 강점기인 1925년, 경주역에서 기관차 차고를 짓는데 매립할 흙이 모자라자 일제는 신라 고분의 봉분 흙과 자갈을 쓰기로 하고 그때지목된 것이 어느 허름한 고분이었다.

아이들이 겨울에 눈썰매를 타고 놀던 이 고분은 아무도 돌보는 이가없는 단지 허름한 고분이었다.

이 고분은 남북 52m, 동서 35m, 높이 7m였는데 원래 10m 높이가넘었을 것으로 추측된다. 발굴 책임자는 조선총독부 촉탁이던 고이즈미(小泉顯夫)였고 1926년 10월 초 드디어 목곽(관)이 발견되었다.

이때 일본에는 스웨덴의 아돌프 구스타프 6세(1882~1973) 황태자가 신혼여행 차 황태자 비 루이스 마운트배튼과 함께 머물고 있었다.

일본은 유럽에 잘 보일 필요도 있었고 또 구스타프가 고고학에 조예가 깊다는 것을 알고 구스타프에게 신라 고분 발굴에 참여하기를 간청하였다.

구스타프는 흔쾌하게 수락하고 10월 9일 관부연락선을 타고 사이토 총독의 영접을 받으며 부산에 도착하였다. 구스타프는 10월 10일 새벽, 경주 토함산 일출과 불국사를 구경하고 경주박물관에서는 에밀레종의 웅장하고 장중한 종소리를 감상하였다.

그는 10시에 노서리(路西里) 발굴현장에 도착, 몇 시간에 걸쳐 발굴작업을 지켜보고 마지막 유물을 덮은 흙을 직접 걷어내었다. 그러자 찬란한 1500년 전의 금관이 나타났다. 그는 금관을 발굴하는 영광을 매우 흡족하게 생각하였다.

그날 저녁 구스타프가 경주 최부자 댁의 고풍스러운 99칸 저택에 머물며 순 한국식 진수성찬을 대접받는 자리에서 일본 관리들은 이 고분의 명칭을 스웨덴(서전, 瑞典)을 지칭하는 서전총이라고 명명하자고 하였다.

그러나 구스타프는 정색하면서 "1천 년 찬란한 신라의 왕실 무덤을 모독할 수 없다. 왕관에 봉황새 문양이 있으니 봉황대(鳳凰臺)로 하면 어떨까"라며 사양하였다. 일본 관리들은 머쓱해서 "그럼 서전의 서자와 봉황의 봉을 따 서봉총(瑞鳳塚)으로 하겠습니다" 해서 지금의 이름이 생긴 것이다.

아돌프 구스타프는 그 후 한국의 고대 문화에 심취하였고 경주 최부

영원한 로망 보물

자 집의 환대와 양반 가문의 정서에 흠뻑 빠졌다.

한국을 잊지 않고 있던 구스타프는 1950년 구스타프 5세의 뒤를 이어 69세에 스웨덴 왕에 등극하였는데 6·25 동란 당시 즉각 의료진을 파견하여 한국을 돕게 하였다. 그는 파견하는 간호사들에게 경주 최부자 댁의 안채와 부엌 살림살이나 생활풍습을 사진 찍어오도록 명령하여 한국에서의 환대를 회상하였다.

그가 아무리 유럽의 황태자라 하여도 한국 양반 가문의 안채를 볼수 없었으므로 그것이 궁금했을 뿐만 아니라 한국 양반 가문의 그 융숭한 대접은 유럽의 여러 왕실이나 귀족의 분위기와는 전혀 다른 별세계여서 잊을 수가 없었던 것이다.

서봉총 금관(金冠)은 높이 30.7cm, 지름 18.4cm, 수식(드리개) 24.7cm인데 정 중앙에 山자 3개에 끝은 꽃봉오리 모양이다. 양옆에는 사슴뿔 모양의 장식에 금판과 옥과 영락을 달았고, 사슴뿔 장식에서 가운데로 모은 장식 끝에는 봉황새가 만들어져 있다. 그리고 귀걸이 형태에 태환(太鐶)식 드리개를 하였는데 이는 전형적 신라 금관이다.

이 금관과 함께 금귀걸이를 비롯하여 쇠 솥 2개, 청동제 그릇, 유리 구슬, 마구(馬具) 등 숱한 유물이 쏟아져 나왔다.

특이한 것은 다른 금관총에서는 없던 기명(記銘) 은제합(銀製盒)이 나왔다는 점이다. 은제합의 뚜껑 안에 '연수원년신묘(延壽元年辛卯)'라는 연호가 새겨져 있는데 이 글자가 지금껏 풀리지 않는 미스터리이다.

신라 고구려, 백제, 중국의 임금 중에서 원년에 해당하는 신묘년은 광개토대왕이 유일한데 광개토대왕은 연수라는 연호를 사용한 기록이 없다. 그 무렵 신묘년은 서기 391년, 451년, 511년밖에 없어서 역사학자 간에 지금껏 논란이 되고 있다.

서봉총 발굴로 평양박물관장으로 승진한 고이즈미는 1935년 10월 9일 평양박물관에서 서봉총 유물 특별전을 개최하여 큰 성황을 이루었다. 이에 기고만장한 고이즈미는 그날 저녁 평양의 고위 기관장들을 불

| 금관 경주 금관총 (국보 87호)

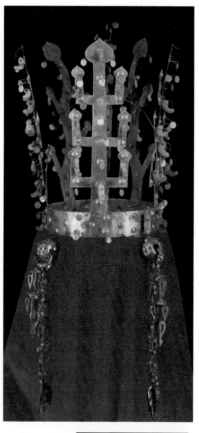

| 서봉총 금관 (보물 339호)

영원한 로망 보물

러 기생집에서 파티를 열었는데 기생 차 여인에게 왕관을 씌우고 목걸이, 귀걸이며 요대(허리띠)를 채우는 만용을 부렸다.

이 금관 쓴 황당한 사진이 시중에 나돌고 급기야 신문에까지 나게 되었다. 이 해괴망측한 사건으로 고이즈미는 파면된다. 참으로 어이없는 사건이었다.

더욱 해괴하고 우리의 가슴을 아프게 하는 것은 서봉총 왕릉 자리가 평지가 되어 현재 잔디밭으로 남아 있다는 점이다. 서봉총의 흙과 자갈 모두가 기관차 차고지를 매립하는 데 들어가고 그 자리를 그대로 방치하였던 것이다.

지금은 서봉총 금관 출토지라는 빗돌 하나만 달랑 세워져 있는데 지금이라도 옛 모습 그대로 봉분을 조성하고 무령왕릉 내부처럼 전시실을 만들어야 할 것이다. 기명(記名)이 있는 왕릉에서 출토된 서봉총 금관이 기생 머리에 올라앉는 수모도 모자라 왕릉 자리가 평지가 되어 잔디밭으로 변해버린 것은 문화국가임을 표방하는 우리나라의 수치이다.

진해 중죽도에 묻힌 보물

지금은 많이 수그러들었지만, 한때 숱한 사람들을 보물찾기 소동에 휘말리게 한 것 중의 하나가 진해 해군 기지 안의 중죽도(中竹島) 보물에 관한 소문이다. 이 소문의 발단은 일본 제14 방면군 사령관 야마시타 도모유끼(山下奉文)와 연관이 있다.

야마시타 도모유끼는 1885년생으로 일본육사 18기생인데 스위스, 독일 등지에서 군사교육을 받을 정도의 엘리트 코스를 밟은 사람이다.

또 오스트리아와 헝가리 주재 일본 대사관의 무관을 지내기도 했다.

야마시타는 태평양 전쟁이 한창 막바지로 치달을 때 미국의 맥아더 군대와 치열한 백병전이 벌어지던 필리핀의 남방군 사령관으로 있었는데 미군에 대패하고 결국 포로로 잡힌다.

전후 야마시타 도모유끼는 잔혹한 미군 포로 학대로 미 군정에 의해 전쟁범죄(전범) 재판에 회부되어 사형이 확정되고 결국 1946년 2월 23일 마닐라에서 교수형에 처해진다.

일본 야전군 제1 방면군 사령관으로 있던 야마시타는 전쟁이 정점에

영원한 로망 보물

달하던 1944년 여름, 필리핀 소재 제14 방면 남방군 사령관으로 발령이 난다. 그는 서구에서 군사교육을 받았음에도 천성이 잔인하고 악랄하여 점령지에서 숱한 약탈과 방화, 민간인 강간, 학살을 명령하는 만행을 저지른 악독한 일본군의 대표적 인물이었다.

야마시타는 재물도 탐하여 중국과 동남아 등지의 숱한 문화재와 금괴, 서화, 보석, 골동품 등 돈 되는 것은 모두 약탈하고 수집하였다.

약탈한 물건이 많아지자 그는 핵심 측근에게 비밀 지령을 내린다.

"공병대 1개 중대 병력을 이끌고 일본과 가장 가까운 조선 땅에 그동안 모아두었던 금괴와 골동품, 보석들을 묻어라."

야마시타는 자신의 야욕을 드러내지 않고 부하들에게는 그 보물 용도가 일본의 전후 복구비용이라고 둘러댔다고 한다.

중대 병력을 군함에 태우고 부산에 도착한 야마시타의 부하는 대마도가 보이면서 시모노세키와 가장 가까운 진해만의 중죽도에 보물을 묻기로 한다. 암석으로 이루어진 돌섬 중죽도에 보물용 동굴을 파기 위해서는 한국인 석공 기술자가 필요했으며 또한 이 석공들을 지휘하고 명령을 하달할 통역사가 필요했다.

이때 통역관으로 뽑힌 사람이 추○○이라는 사람이었다.

일본군은 중죽도와 인근 섬의 주민들을 모두 내쫓은 뒤 화강암뿐인 중죽도에서 굴을 파기 시작하였다. 그들은 너비 약 2m, 깊이 약 5m 그런 다음 사면으로 비스듬히 약 50m를 뚫었다고 한다.

이 터널 작업이 끝난 후 금괴가 가득한 드럼통 39개, 중국 골동품이 들어 있는 드럼통 3개, 다이아몬드, 진주, 오팔 같은 보물이 가득 든 드럼통 1개 등 모두 43개를 은닉하였다고 한다.

일개 중대의 병력과 조선인 석공 수십 명이 연일 발파작업과 강행군의 작업을 했어도 거의 6개월이 걸렸다고 하니 그 작업의 강도가 짐작된다. 보물에 관한 내용은 추 씨가 통역하는 과정에서 작업일지 등을 보고 알게 되었다고 한다. 그리고 우연히 화장실에서 일본군 감시병과 지휘관들이 지껄이는 말을 듣게 되었는데 내용 중 놀라운 것은 작업이 끝나면 모두 사살한다는 내용이었다.

그날 밤 추 씨는 바다에 뛰어들어 인근 섬까지 가까스로 헤엄쳐 간신히 목숨을 건졌다고 한다. 추 씨는 그 후 전쟁이 끝나고서 한국인 석공들을 다시는 보지 못하였고, 중죽도의 일본군들은 필리핀으로 간 다음 모두 전사했다는 풍문만 들었다고 한다.

이러한 이야기는 추 씨가 임종 시 조카 강○○에게 자녀를 부탁하면서 유언으로 남겼다고 한다. 강 씨는 고모부인 추 씨가 평소 허튼소리를 하는 분이 아니었고, 죽음을 앞에 두고 자식들의 장래를 부탁하면서 하신 말씀인지라 보물 매장 사실을 지금도 철석같이 믿고 있다.

이 중죽도는 진해시 속천항에서 뱃길로 1시간 정도 걸리는데 대죽도, 중죽도, 소도의 3도 중 가운데 섬으로 대략 2만5천여 평에 달하는 동백나무와 소나무가 우거진 무인도이다.

과거 이승만 대통령이 자주 내려와서 휴가를 보내던 대통령의 '진해 별장'이 몇 Km 떨어져 있지 않고, 또 군사보호지역이기 때문에 현재까지 민간인은 엄격히 출입통제를 받는 섬이다.

영원한 로망 보물

앞서 얘기한 강 씨와 그 주변 인사들이 최근까지도 군 당국에 가까스로 매장물 발굴허가를 받아 수차례 탐사와 발굴을 시도했지만 제한된 지역과 시간 때문에 아직 보물매장으로 볼 만한 증거는 아무것도 확보하지 못했다고 한다.

다만 일본 군인들의 것으로 보이는 파이프 담뱃대 등이 발견되어 어느 정도의 신빙성은 있다는 정도였다. 또한, 대죽도 일대에서 살던 노인 중에는 태평양 전쟁 말기에 중죽도 일대에서 발파 소리를 들었다는 사람이 많았다고 한다.

지금도 이 발굴에 매달리는 사람들은 아직도 보물 탐사의 미련을 버리지 못하고 그 중죽도가 군사 지역에서 해제되어 자유롭게 탐사작업을 할 수 있기를 기대하고 있다.

울릉도의 돈스코이 보물선

1999년 우리나라 동아건설이 울릉도 앞바다에서 옛날 러일 전쟁 때 침몰한 러시아 군함 돈스코이 함의 인양을 시작한다고 발표하였다.

동아건설은 이 돈스코이호에 금괴 등 당시 가치로 수십조 원 상당의 보물이 실려 있어서 이를 인양하여 그 보물을 활용하겠다고 하였다. 그러나 그 인양 계획은 무산되었고 2018년 모 중견 건설회사가 이 침몰선을 발견하면서 다시 언론의 주목을 받았다.

1904년에 시작된 러일 전쟁에서 일본군은 러시아가 관할하던 만주 봉천(심양, 선양)에서 대승하고 1905년 1월에는 여순까지 함락하였다. 여순(뤼순)은 러시아가 중국을 넘보는데 전략적 가치가 매우 중요한 항구였다. 러시아는 이를 만회하고 일본의 보급로를 차단하고자 러시아 발트 함대를 동해로 급파한다. 이 발트 함대는 러시아의 4대 함대 중 최정예였다.

러시아 발트 함대가 지중해와 아프리카, 인도양을 거쳐 우리나라 제주해협을 지나 대마도 인근에 이른 것이 1905년 5월. 이 발트 함대는 전함 8척, 순양함 9척, 구축함 9척을 포함해 총 35척을 거느린 대 함단

영원한 로망 보물

이었다.

이에 맞선 일본 함대의 사령관은 도고 헤이하치로(東鄕平八郞) 해군 중장인데 이 사람은 특이하게도 충무공 이순신 장군을 흠모하던 사람이었다. 도고는 이순신 장군의 학익진 전법을 깊이 연구하여 러일 해전에서 대승하였다.

그해 5월 26일부터 27일까지 대마도 해협에서 독도까지 러일 양군이 서로 밀고 밀리는 해상전투를 벌인 결과 일본은 러시아 함대 35척 중 33척을 격파하고 대승을 거둔다. 발트 함대가 지구의 반 바퀴를 도는 대장정 길에 여러 가지 난관이 있었다고 하더라도 겨우 오로라호 등 2척만 살아 돌아가는 대참패는 누구도 예상치 못한 일이었다.

도고는 이 해전으로 일본 해군에서 지금까지 군신(軍神)으로 추앙받게 된다. 이 해전의 참패로 결국 제정 러시아는 종말을 고하는데 아이러니하게도 레닌의 볼셰비키 혁명의 신호탄이 이때 도망쳐서 살아난 오로라호에서 발사된 함포였다. 이 오로라호는 현재 페테르부르크의 네바 강에 전시되고 있다.

그러면 돈스코이호는 전함인데 웬 금괴가 그렇게 많이 실렸다는 것일까? 러시아 함대의 경리함 나히모프호가 대마도 앞바다에서 침몰하기 직전 금화와 골동품, 그리고 러시아의 고급술인 스미르노프 보드카 등 수십조 원 가치의 보물을 5천8백 톤급의 전함 드미트리 돈스코이 함에 옮겨 실었다. 그런데 돈스코이 함도 여섯 발의 포탄을 맞고 함장까지 중상을 입자 선원들이 헤엄쳐 상륙할 수 있도록 울릉도 저동 앞바다에 가까스로 이른 다음 자폭하여 침몰시켰다고 한다. 1905년 5월 29일 일어난 일이었다.

간신히 목숨을 구한 러시아 수병들은 손짓, 발짓으로 배와 함께 침몰한 보물을 무척 아쉬워했다는 이야기가 이때 러시아 수병들을 건져 주었던 울릉도 어부들을 통해 전설처럼 전해진다.

이러한 일련의 사건을 거치면서 일본이 1980년 침몰한 나히모프에서 건진 금속이 납덩어리로 밝혀지자 돈스코이호의 금괴설이 더욱 힘을 받고 세간의 화제가 되기 시작하였다. 이러한 전언과 전투 사실에 근거하여 동아건설이 한국해양연구소에 의뢰해 탐사작업을 시작했는데 돈스코이호로 추정되는 침몰선을 찾아내 촬영하는 것을 성공하여 이 배를 인양한다고 발표하였지만 동아건설이 부도를 맞으면서 인양 작업은 시작도 못 하고 말았다.

아직 인양의 기술적 어려움으로 어쩌다 호사가들의 입방아에 오르내리기도 하고 탐사꾼들이 탐을 내기도 하지만 그 어떤 반가운 소식도 들리지 않는다. 만약 돈스코이호가 온전하게 인양되어 선체와 수조 원에 달하는 금화 등이 발견된다면 러시아가 소유권을 주장하고 나서겠지만, 그건 그때 가서 따질 일이고 우선은 인양된다면 세계적인 뉴스가 될 것이다.

그 후 1999년 동아건설이 이 돈스코이호의 인양작업을 과대 선전한 것은 보물선 인양을 앞세워 증권시장에서 동아건설의 주가를 띄우고 자본조달을 하기 위한 의도였다는 소문이 나돌기도 했다. 이후 잠잠하던 이 돈스코이호 인양 문제는 2018년 한 업체가 인양을 추진한다고

영원한 로망 보물

발표하여 또 한 차례 뜨겁게 달아올랐으나 이 또한 신빙성이 없는 것으로 알려졌다.

만일 이 돈스코이호가 인양된다면 보물이며 금괴가 없을지라도 건져 올린 이 전함을 울릉도에 전시한다면 러시아와 일본 관광객이 줄을 서지 않겠는가? 이것 하나만으로도 인양 가치는 충분할 것으로 본다.

콜챠크(Kolchak)의 황금과
청산리 전투

얼마 전 국내에서 개봉된 영화 〈제독의 연인〉의 남자 주인공 알렉산드르 콜챠크는 제정 러시아 말기의 실존 인물이었다.

이 영화는 사실에 바탕을 두고 허구를 가미하여 동료 셀 제이의 아내 안나와 콜챠크의 비련을 그렸다. 영화는 대부분 전쟁 신으로 일관했지만, 여기에 등장하는 콜챠크(Kolchak.1874.11.16.~1920.2.7.)는 모험심이 강해서 군인이기 전에 북극을 탐험한 모험가이며 지리학자이고 어뢰학자였다. 그는 러시아 해군에 입대하여 해군 소장이 되었는데 1916년 독일과의 해전을 승리로 이끌어 나중에는 흑해 함대 총사령관으로 진급하였다.

러시아는 로마노프 왕조의 마지막 황제 니콜라이 2세와 그의 왕후 알렉산드라의 분수 넘친 사치와 괴승(怪僧) 라스푸틴의 전횡을 방치하여 인심을 크게 잃고 있었다.

이 틈을 노린 레닌과 트로츠키의 볼셰비키 혁명이 성공하여 300여 년을 지켜온 제정 러시아 로마노프 왕조가 무너지고 만다.

영원한 로망 보물

콜챠크는 영국과 미국을 등에 업고 1918년 11월 18일 옴스크에서 레닌을 반대하는 반혁명 정부를 세워 붉은 군대와 맞서게 된다. 당시 사람들은 레닌의 혁명군을 붉은 군대(赤軍)라 부르고, 옴스크의 콜챠크 군대를 볼셰비키(Volshevik)에 맞섰다고 해서 백군(白軍)이라 칭하였다.

이 콜챠크의 백군에는 독일군에 징발되어 독로 전쟁터에 끌려와서 포로가 된 후 다시 백군에 편입된 4만2천 명의 체코인을 포함하여 25만의 병사가 있었다. 또한, 콜챠크에게는 니콜라이 2세가 군자금으로 넘겨준 금괴 50여 톤이 있었다고 한다.

콜챠크의 백군은 농노 해방이라는 구호를 앞세운 적군에 밀려 바이칼 호수까지 후퇴하였다. 유럽 쪽으로의 퇴로가 막힌 백군은 진퇴양난에 빠지게 된다. 위기에 빠진 백군의 체코 군단은 블라디보스토크 쪽으로 퇴로를 보장받는 대가로 이르쿠츠크에서 콜챠크를 체포하여 적군에 넘겨주는 배신을 하였다.

퇴로를 보장받긴 했지만 체코 군단은 시베리아 철도 중간중간이 이미 적군의 수중에 있었기 때문에 블라디보스토크로 질러가기 위해 폭 40~80km, 길이 636km, 얼음 두께 3m의 바이칼 호수를 횡단하기 시작하였다.

체코 군단의 백군이 영하 50도 혹한에 얼음 바다를 횡단한다는 것은 죽음을 의미하였으나 달리 선택의 여지가 없었다.

1920년 2월, 죽음의 행군이 시작되었다. 두께 3m 얼음 위에는 지푸라기 하나 있을 리가 없었다.

영하 4~50도의 혹독한 추위 속을 마냥 걷기만 하는 이 과정에서 백군의 상당수가 동사하였고, 많은 금괴도 얼음 위에 버려졌다.

6월이 되어 얼음이 녹으면서 시신과 금괴는 호수 아래에 가라앉았다. 콜챠크를 넘겨주어 귀국길을 보장받은 체코 군단은 시베리아 철도를 따라 5,000km를 횡단하여 블라디보스토크까지 가는 동안에도 약탈을 일삼았는데 레닌은 모스크바를 장악하느라 체코 군단을 견제할 여력이 없었다.

체코 군단은 시베리아행 열차 중에서 화차 29량을 금과 은그릇, 백금, 보석, 미술품, 고급 가구 등으로 가득 채웠다. 이 보물들은 콜챠크가 남긴 금괴와 시베리아 횡단철도 주변 도시에서 약탈한 것들이다.

이 체코 군단은 우리나라와도 묘한 인연을 맺게 된다.

당시 만주, 시베리아에는 일제의 압제를 피해 이주해온 조선인이 수십만 명이 있었다. 이들 중 상당수는 독립군이었다. 연해주라고도 불리는 블라디보스토크에 있던 조선인들은 조선독립군에 대한 지원도 열렬했는데 아무리 어려워도 쌀 한 홉, 보리 한 주먹, 심지어 짚신을 삼아서라도 도와주려고 하였다.

체코 군단이 블라디보스토크에 도착한다는 정보를 입수한 독립군은 조선인들의 성금을 모아 체코 군단에서 1,200정의 소총, 탄약 80만 발, 기관총 6정, 박격포 2문을 샀다. 이때의 총포 대금으로 건넨 조선인의 금가락지, 금비녀, 은팔찌, 옥구슬, 수놓은 비단보자기 등은 체코 군단 후손에게 전해져서 지금도 볼 수 있다고 한다.

연해주의 조선인 약 6천여 명은 북간도까지 5백 리 길을 릴레이식으로 이 무기들을 옮겨 주었다. 이 무기를 입수한 조선독립군은 사기충천하여 일본군과 일대 접전을 벌이게 된다. 1920년 10월 21일부터 약 6일간에 일본 군대를 크게 무찌른 김좌진, 이범석, 홍범도 장군의 청산리 대첩은 체코 군단에서 구입한 무기의 덕을 크게 본 것이다.

청산리 전투에서는 독립군 2천 명이 일본군 2만 명 이상을 상대하였는데 독립군과 직접 격전을 벌인 일본군 5천 명 중 3천 명 이상을 몰살시키고 숱한 일본군 무기를 노획하는 쾌거를 이루었다.[*]

최근 러시아에서는 바이칼 호수에 수장된 콜챠크의 금괴를 찾기 위하여 러시아 과학아카데미 이르쿠츠크 센터와 모스크바 해양연구소가 2009년 6월 15일부터 잠수정 미르(Mir)호를 투입하여 최고 깊이 1,642m인 바이칼호를 뒤지고 있다 한다.

아직 아무런 성과는 없다지만 만일 금괴가 발견된다면 당시 러시아 황실이 콜챠크를 얼마나 지원하고 신임했는지 추정할 수가 있고, 또 얼마가 군자금으로 쓰였는지 밝혀낼 수 있을 것이라고 한다.

콜챠크의 금괴가 발견된다면 유물로서의 가치도 엄청날 것이라고 한다.

---

[*] 독립군 활동을 했다고 선전하는 김일성은 이 청산리 전투하고는 아무런 관계가 없다. 8·15 광복 후 북한에 진주한 소련은 연해주의 항일연합군 하부 조직원 30대의 김성주를 데려와서 전설적 독립군 김일성의 이름을 도용하여 북한 정권을 세우게 하였다.

애리조나 '공포의 산'으로 간
잉카 보물

서기 1000년경 바이킹족이 이미 아메리카를 다녀왔었다는 사실은 구미 역사학계의 정설이다.

그 후 500여 년이 지나 1492년 10월 12일 콜럼버스가 아메리카에 도착하여 대서양 뱃길이 열리자 유럽 여러 나라가 앞다투어 미주 대륙을 탐험하기 시작하였다. 이에 자극받아 1519년 11월 에스파냐(스페인)의 페르난도 코르테스(Fernando Cortes)는 508명의 부하와 아즈텍과 적대적이던 톨락스 칼텍 부족을 이끌고 말 16필, 선박 11척에 분승시켜 테노치티틀란(지금의 멕시코 수도)을 전격적으로 점령하였다.

아즈텍 사람들은 천둥소리를 내는 대포와 총포, 그리고 이상한 짐승을 타고 번쩍이는 갑옷을 입은 하얀 인간들에게 저항 한번 못하고 순식간에 점령당한다.

아즈텍은 천문력(天文曆)이나 공예기술, 정밀한 석재 건축술에서 현대보다 더 정밀한 기술 문명을 지니고 있었지만, 이상하게도 철기를 모르는 원시 부족 형태의 생활을 하고 있었다.

코르테스는 겨우 흑요석 창으로 무장한 아즈텍 왕 몬테주마 2세를 간단히 포로로 잡고 수많은 황금과 보화를 약탈하였다.

코르테스는 비록 모험가였지만, 아즈텍의 수많은 금은보화를 약탈하는데 정신이 팔려있었다. 코르테스는 신부들을 앞세워 악마의 유산이라는 이유로 아즈텍 문화유산을 철저히 짓밟고 불태워 버린다. 그는 인류문화 역사에 커다란 죄악을 저지른 것이다.

그들은 아즈텍 문자를 해독할 단서까지 모조리 없애버리는 우를 저질러 아즈텍 문명을 영원한 미스터리로 만들어 버렸다.

스페인의 영토를 넓히고 막대한 부를 고국에 보낸 코르테스는 본국에서만 영웅 대접을 받았다. 하지만 지금의 멕시코인에게는 잔인한 정복자로, 저주의 대상으로만 기록된다.

코르테스보다 더 잔인한 수법으로 금은보화 약탈에 나선 사람은 피사로였다.

코르테스의 황금을 부러워하던 프란시스코 피사로(Francisco Pizarro)는 10년 후 부하 알마그라와 함께 1531년 잉카(페루)의 수도 쿠스코를 침략하였다. 피사로는 180명의 군인과 말 30여 마리, 대포 1문으로 잉카 황제 아타우알파를 속여 비무장으로 나오게 한 다음 기병과 대포로 황제를 일거에 생포하였다.

잉카인들 역시 철갑으로 무장한 기병과 천둥 번개 같은 대포 소리와 소총에 놀라 황제 근위병 5천 명이 한순간에 항복하였다.

쿠스코는 황제의 황금상이 18개나 있었고 성벽에는 황금 조각물과 황금 장식이 주렁주렁 매달린 황금의 도시였다. 피사로는 사방 6m 높이 7m의 감옥에 황제를 감금하고 감옥에 황금과 보석을 가득 채우면 황제를 풀어준다는 조건으로 잉카인들을 협박하였다. 잉카인들은 황제를 구하고자 황금 2백 상자, 은 20상자, 보석 60상자를 두 달 만에 피사로에게 바쳤다.

피사로는 잉카 황제를 풀어주지 않고 후환이 두려워 아타우알파를 교살하는 만행을 저질렀다. 잉카인들은 백인들의 잔인함에 놀라 반란을 일으켰으나 총포와 철제무기에 처절하게 참패하였다.

그 후, 지도자급 잉카인들은 아예 금붙이를 없애버리면 백인의 잔혹함이 없어지리라 생각해서 영원히 금을 숨겨 버릴 생각을 하게 되었다.

이를 실행에 옮긴 잉카인들은 파이치차라는 곳으로 황금을 지니고 잠적하였다고 한다. 더 약탈할 황금이 없어지자 얼마 후 황금 분배에 불만을 가진 부하 알마그라에게 피사로는 피의 죗값으로 피살되었다.

이 파이치차라는 곳은 지금껏 전설로만 구전되어 내려왔는데 좀 더 구체적인 전설에 의하면 잉카인과 교류가 있던 아파치족의 숨겨진 땅이라고 한다.

아파치족이 잉카인의 금괴를 숨겨준 전설의 장소가 바로 파이치치이며, 그곳은 미국의 애리조나에 있다고 한다. 아파치 인디언들은 이 금괴를 애리조나의 '공포의 산'이라고 불리는 아주 깊은 산 속 동굴에 숨겨두었다. 또한, 아파치족의 주술사는 "동굴 근처에 가면 저주를 받아 죽게 된다. 이 저주는 영원히 이어질 것이다"라고 주술을 걸었다.

주술대로 아파치족이 숨긴 황금은 그 후 아무의 눈에도 띄지 않았고,

아파치족은 버펄로를 사냥하며 먹고 사는데 황금의 가치도 몰랐고 황금엔 아무 관심도 없었다. 주술을 철저히 믿은 아파치인디언은 저주의 장소라서 철저히 외면하며 살았다는 것이다.

그 후 300여 년이 흘러 아메리카는 유럽에서 신교도 박해를 피해 이주해 온 사람들의 신천지가 되었다.

독일사람 야콥 왈츠도 그중 하나로 종교적 박해를 피해 1845년 아메리카 신대륙 미국에 이민 왔는데 일자리가 없어 서부로 금을 찾아다니는 유랑생활을 하고 있었다.

왈츠는 애리조나에서 '공포의 산'이 아무도 들어가 본 적이 없는 미지의 땅이라는 소문을 듣고 '공포의 산'으로 탐광을 나섰다. 그는 1865년 8월경 비를 패해 어느 동굴에 들어갔다가 엄청난 양의 금괴를 발견하였다.

야콥 왈츠가 발견한 금괴 하나하나는 타고 간 말에 실을 수 없을 정도로 무거웠는데, 그는 이런 것이 수천 개임을 확인했다. 적어도 수십 톤은 될 정도의 양이었다.

그는 너무 무거워 금괴는 포기하고 고대 잉카의 금 장신구만 몇 개 들고 마을로 하산하였다. 그는 들뜬 마음과 술에 취하여 사람들에게 이를 자랑하였고 그 소문이 사방에 퍼지게 되었다.

이 소문으로 야콥 왈츠는 당시 가장 악명 높은 깽 딜톤에게 붙잡혀 고문 끝에 지도를 그려주게 되었다. 지도를 손에 넣은 딜톤 일당은 즉시 '공포의 산'으로 들어갔고 이들은 3개월 뒤 변사체로 발견되고 생존자는 아무도 없었다고 한다.

이후 왈츠는 수많은 사람으로부터 지도를 그려달라는 협박에 시달리다가 알코올에 찌들어 1891년 사망하게 된다. 그는 그 동굴에 다시 가고 싶어 했지만 병들고 알코올에 찌든 허약한 몸이라 도저히 갈 수가 없었다.

그런데 그가 그려둔 보물 지도를 장례를 맡았던 콜른이라는 장의사가 왈츠의 의복에서 발견하게 되었다. 장의사 콜른은 가족들을 모아서 금괴를 찾겠다고 '공포의 산'으로 들어갔는데, 그 후 다시는 장의사 일행을 본 사람이 없다고 한다.

왈츠의 황금 이야기는 여기에서 영원히 미궁으로 빠진다.

지난 140년간 '공포의 산'에서 70여 명이 숨졌다는 사실 때문에 아파치족의 저주와 주술이 지금도 작용한다고 전해지고 있다.

이 이야기를 출판한 〈도이치맨의 금괴〉란 책은 지금도 미국에서 베스트셀러 중 하나라고 한다.

제2장

보물을
찾아라

행복과 불행을 부르는 요물

성경의 출애굽기에서 모세의 형 아론이 황금 수송아지를 만들어 신으로 추앙하는 이야기가 나온다.

황금은 모든 금속의 황제로 표현되고 가치를 숭배받는 유일한 존재이다. 현대에서도 황금은 신이 아니면서 신상(神像)의 겉면에 자리 잡아 인간으로부터 경배를 받는 유일한 물질이다.

그러나 애석하게도 실제로 황금 자체의 운명은 부러울 것이 못 된다. 금이 땅속에서 나와 빛을 보는 순간 신상에 장착되지 않거나 인간에게 장식된 것이 아니면 금고나 지하 저장고 또는 폐쇄된 공간에 갇히는 굴욕을 감수해야 하는 금속이다.

인간의 탐욕으로 황금은 늘 수난을 당하고 있다.

황금을 지닌 자는 강탈당하는 화가 언제 미칠지 모르는 일이다.

그러함에도 인간들은 황금을 좇느라 신세를 망치고 목숨을 잃고, 온갖 곤욕을 치르고 있다. 그래서 황금만큼 인류 역사에서 행과 불행을 부르는 요물도 없을 것이다.

황금을 차지하기 위해 숱한 피비린내 나는 전쟁이 일어났고, 수많은 국가가 멸망했으며 이 노란 금속 때문에 엄청난 살육과 범죄가 난무하였다. 미다스(Midas)의 전설도 인간의 한없는 욕망이 빚어내는 끔찍한 결과를 시사해 준다.

이미 천하 갑부인데도 욕심이 과한 미다스는 주신(酒神) 디오니소스로부터 손에 닿는 모든 것을 황금으로 변하게 하는 능력을 허락받는다. 이 마법으로 미다스는 세계 최고의 부자가 될 꿈에 부풀었지만, 결과는 끔찍한 것이었다. 미다스가 손으로 집은 빵이 황금으로 변하고, 미다스가 손잡은 사랑하는 딸마저도 황금으로 변하여 버린다.

미다스는 이 끔찍한 결과에 결국 디오니소스에게 무릎 꿇고 이 마법을 풀어 달라고 애원하게 된다. 미다스는 팍톨로스 강에서 목욕한 후 비로소 마법이 풀리게 된다. 지금도 팍톨로스 강에서는 사금이 나오는데 이것은 미다스와 딸의 몸에서 떨어져 나온 황금 쪼가리라는 것이다.

인간의 터무니없는 욕심과 탐욕을 경계하는 신화이다.

현대에도 비슷한 일화가 많다.

일례로, 1964년 일본의 잘 나가는 여행사인 후지간꼬가 도쿄 남쪽 160km 떨어진 유가시마의 후나바라 휴양지 호텔에 황금으로 된 욕조를 설치하고 여행객을 유치하여 비싼 값으로 엄청난 손님을 끌어들였다.

2분 입욕에 1천 엔을 받았는데 인기가 있어서 2천 엔으로 올려도 아주 성황이라고 한다. 그러나 우리가 상상하듯 여행객들이 그 황금 욕조에서 하루의 피로를 푸는 것이 아니었다.

인간의 욕심으로 수많은 사람이 다치고 망신을 당해야 했다.

어떤 고객은 끌을 숨겨가서 욕조를 긁다가 절도죄로 끌려갔고, 어떤 신사는 발뒤꿈치로 황금 욕조를 깨부수려다 발목뼈가 부러지기도 했으며, 어느 귀부인은 황금 조각을 떼려고 이빨로 물었다가 의치를 해야 하는 신세가 되기도 하였다.

이런 예처럼 황금은 반드시 인류를 행복하게 해주는 게 아니고 어쩌면 인간을 타락하게 하는 마성을 지니고 있는지도 모른다.

인류역사상 최초의 금화는 2500년 전에 소아시아의 리디아에서 주조되었다. 리디아는 그리스나 동방의 여러 나라와 무역을 하기 위해 금화를 제조하였는데 금화의 한쪽에는 리디아의 수호신 바사레이우스의 상징인 달리는 여우가 새겨져 있다.

이때부터 무역 거래에서 황금이 국제 화폐의 역할을 하게 된다.

태양의 제국으로 불리는 잉카제국은 황금을 태양신의 금속으로 간주하여 잉카인들에게 황금은 아주 성스러운 금속이었다.

잉카제국은 1531년, 말 30여 필, 총과 대포로 무장한 피사로의 180명 병사에 의해 무지막지한 약탈을 당했다. 잉카의 황제 아타우알파는 수천 명의 부하가 지켜보는 가운데 피사로를 천상에서 내려온 신성한 존재로 착각하여 극진하게 환대하였는데 피사로는 역으로 잉카 황제를 포로로 잡는다.

피사로는 잉카인들에게 황제의 몸값으로 창고를 채울 만큼의 황금을 요구하였다. 대포와 총의 위력에 굴복한 잉카인들은 피사로에게 엄청난 양의 황금을 바쳤지만, 보복이 두려운 피사로는 잉카 황제를 죽이고 말았

영원한 로망 보물

다. 그런데 피사로 역시 황금을 다투던 동료에게 1541년 6월 26일 비참하게 피살당하고 만다. 죄의 값을 그렇게 치른 것이다. 황금의 복수였다.

이 정복자들은 잉카의 황금을 싹쓸이해서 잉카 문명의 정수인 금 장신구를 운반하기 좋게 금괴 형태로 용해하였다. 스페인은 두 세기 동안 이베리아반도로 금을 실어 나르기 위해 보물선이 수시로 드나들었다. 피사로의 죽음 말고도 황금의 복수는 이때부터 본격적으로 시작되었다.

1595년 어느 여름날 700만 불이나 되는 금과 보물을 실은 산타 마가리타 호는 플로리다로부터 그리 멀지 않은 곳에 좌초되어 가라앉았다. 1643년에는 6척의 보물선이 세비야로 가는 도중 허리케인에 의해 중남미 앞바다에서 침몰하였다. 선박일지에 의하면 이 배들에 실린 화물은 황금이 대부분으로 6,700만 달러어치였다고 한다. 1715년에도 14척이나 되는 황금 운반선이 침몰하였다.

역사학자들은 카리브 해에 약 100척 이상의 보물선이 수장되었다고 추정한다. 바하마 섬과 버뮤다 섬 사이에는 60척 이상의 스페인 배들의 묘지가 있고 멕시코 만에는 7~80척의 보물선들이 멕시코만에서 수장되었다고 한다.

잉카의 황금으로 스페인은 한때 세계 최고의 부국이 되었지만, 그 결과 엄청난 인플레이션에 시달렸다. 이로 인해 지구상에 가장 강력한 제국이었던 스페인은 결국 몰락하고 만다.

이것이 바로 황금의 저주이고 복수이다.

행복과 불행을 부르는 요물

: 황금 에피소드 2

유사 이래 적어도 8만 5천t 이상의 금이 채광되어 주조되었고, 그것을 모두 한군데 쌓아 놓으면 가로, 세로, 높이 약 20m 정도의 방을 꽉 채울 수 있을 거라고 한다.

지질학자들은 아직도 약 1천억 t의 금이 지구에 묻혀 있는 것으로 추정하고 있다. 이와는 별도로 약 100억t의 금 이온이 바닷물에 녹아 있고 매년 수십 톤의 사금이 강물을 타고 바다로 흘러가는 것으로 추정한다. 지금도 아마존 하류에서는 준설선을 이용하여 매년 상당량의 금을 건져 올린다.

과학이 발달하여 채집기술이 진보한다면 머지않은 장래에 바닷물에 녹아 있는 금을 무진장으로 추출할 수 있을 것으로 예측한다.

19세기 말엽 필라델피아의 금광 제련회사 맞은편에 아주 오래된 교회가 있었다. 교인들이 교회가 너무 낡아 그 교회를 수리하려고 할 때 어떤 주민이 지붕을 3천 달러에 사겠다는 제안을 하였다.

교회에서는 어차피 다 낡아 버리려던 지붕을 돈 주고 사겠다는데 웬 횡재인가 싶어서 그 제안을 수락하였다.

결과는 교회가 엄청난 손실을 보았다. 지붕을 산 그 사람은 지붕을 뜯어 불로 태워서 그 재 속에서 약 8kg의 금을 뽑았던 것이다.

수년 동안 재련소의 용광로에서 날아간 금가루가 그 지붕에 쌓여 있음을 교회에서는 몰랐다. 삼성제련소로 불리던 장항제련소 굴뚝에서도 상당량의 금을 추출한 바가 있다. 굴뚝을 청소하면서 얻은 부산물이었다.

1차 대전 무렵 유럽의 큰 은행에 근무하는 어떤 출납계원에 관한 에피소드이다. 당시는 금본위제이기 때문에 매일 수천 개의 금화가 들고 났는데 그 계원은 이것들을 분류하고 계수하는 일을 하였다. 이 출납계원은 그 책상 위에 깨끗한 천을 깔고 금화 분류작업을 하였는데 상사들은 그 사람의 깔끔함을 칭찬하였다.

이 은행원은 일주일에 한 번씩 천을 집으로 가져가고 다음 날이면 새 천으로 깔았다. 이런 일은 몇 년 후 부하직원이 우연히 그의 집에서 프라이팬으로 이 깔개 천을 굽고 있는 것을 발견할 때까지 계속되었다. 그는 천에 붙어있던 금가루들을 모아서 금덩어리를 만들고 있었다. 금화를 셀 때 금가루가 떨어지고 있었던 것이다.

남아프리카의 금광에서는 광산 전체를 철조망 치고 채광 인부들을 한 달씩 교대시킨다고 한다. 매일 광구에서 나오는 인부들은 그날그날 엑스레이 검색대를 통과시키고 치과의사가 이를 검사하고 있다.

광부들이 갱내에서 캐낸 금덩어리를 삼키거나 이빨 사이로 감추는 걸 찾아내기 위해서이다.

얼마 전에 중국에서 입국하는 승객들이 항문에 금덩어리를 숨겨 오다가 엑스레이 검색대에서 발각된 예를 본다면 아프리카 광부들이 금덩어리를 삼키거나 이빨 사이로 숨길 수 있는 개연성은 충분하다.

이런 경우는 다이아몬드 광산에서도 흔히 있는 일이다.

국제 금 가격이 폭등하고 나서 인도의 뭄바이 금은방 거리에서는 매일 저녁 금은방 거리 앞을 빗자루로 쓸고 닦는 풍경이 벌어진다. 이렇게 빗질하면 일주일에 2~3g의 금가루를 얻을 수 있어서 이것으로 몇 사람의 식생활이 가능하다고 한다. 금은방을 출입하는 금 세공사, 점원, 금 거래 업자의 몸에서 떨어진 미세 금가루가 모여 그 정도라는 것이다.

우리나라의 종로 3가 금은방 거리를 청소하고 하수구를 뒤지면 아주 짭짤한 수입원이 될 듯싶다. 종로 3가의 금은방 거리는 세계 어디에도 유례가 없는 금은방 집합소이기에 뭄바이의 수백 배의 금 회수가 가능하리라고 본다.

종로 3가에는 불경기인 최근에도 1천여 곳의 점포, 사무실, 세공공장이 영업하고 있다. 이곳에 인프라를 구축하여 넉넉한 매장과 주차장을 갖춘다면 도심형 공장과 노동 집약산업인 귀금속 공장을 관광 상품화하면 세계적 명소가 될 것이다.

영원한 로망 보물

금을 캐는 화장터와
일본의 금 수탈

1930년대 초 서울(京城) 인구는 40만 정도였다.

이중 일본인은 10만 정도였는데 이 10만 명 중에는 별의별 잡놈들이
다 있었다. 그러니까 일본 말로 낭인(浪人)이라는 건달, 무식쟁이, 심지
어 소매치기, 뚜쟁이 같은 일본 본토에서는 하등 쓸모없는 하급 인간들
이 일본 본토인이라고 경성(京城)에서 설쳐 대고 있었다.

이들 중에는 부락민(部落民)이라는 불가촉천민도 많았다. 지금도 일
본의 부락민 300만 명은 일반인들과 혼인도 못 하고 취직도 할 수 없고
천대받으며 사는 마이너리티 최하층 백성이다. 일본인들은 하천변, 산
기슭에 이들 하층민을 모아놓고 부락이라는 명칭을 주어서 일반인들의
접근을 막았다.

우리가 무심코 쓰는 ○○부락이라는 말은 일본강점기에 우리나라의
마을 행정 조직을 만들면서 의도적으로 백정만도 못한 아주 최하층 천
민들이 사는 지역이라고 낮추어서 쓴 말이었다.

그것을 모르는 우리는 아직도 ○○부락이라고 쓰고 있다. 앞으로는
부락이라고 절대 표현하지 말고 우리말 '마을'을 사용해야 한다.

일제 강점기인 1930년대에 이러한 부락민부터 건달, 낭인, 불량배까지 조선에 와서 분탕질하고 순진무구한 조선인들을 등쳐먹고 있었다.

일본 군부 정권에서 고의로 금산(金産) 정책을 펴면서 금값이 오르자 일본인 조선인 가릴 것 없이 금에 미쳐 돌아갈 때 일본인 건달 하나는 희한한 생각을 떠올려 떼돈을 번 자가 있었다.

규슈(九州) 구마모토현(熊本縣) 출신 낭인 유하라(湯原)는 하릴없이 무위도식하며 건달 낭인 생활을 하고 있었다.

1931년 12월 일본 정부에서 금 수출입을 금지하면서 금값이 치솟았다.

온통 신문 잡지에서 금 이야기이고, 금광 이야기와 노다지 캔 것만 떠들어 대고 있는 것에 자극을 받아 유하라도 망치와 괭이를 메고 산골짜기를 헤매고 다녔다. 어느 때는 한강에 나가 모래를 퍼서 사금을 찾기도 하고 남산에 올라 애꿎은 바윗덩어리를 깨보기도 하였다.

이렇게 금을 찾고자 조선 천지를 헤매던 유하라는 지금의 아현동을 지나다 화장터를 발견한다. 당시 아현리 화장터는 1905년 개장하여 홍제동으로 옮겨간 1929년까지 25년간 일본인들의 화장터였다. 일본인들은 화장하는 습관이 있어서 일본인 전용 화장장이라고 할 수 있는 곳이었다.

일본인들은 4촌 간에도 결혼하는 근친혼이 많았는지라 거의 모두가 뻐드렁니에다 치아가 부실하여 보철(補綴)을 많이 하였다. 더구나 그때는 누런 금이빨이 부의 상징처럼 유행할 때였다. 어느 넋 나간 일본인은 생니를 뽑고 금이빨을 하기도 하였다.

영원한 로망 보물

유하라는 이 폐 화장터에서 틀림없이 송장을 태운 재를 처분한 잿더미가 있을 것이고 그곳을 뒤져보면 금이빨 같은 금속이 있을 거로 추측하였다. 유하라는 이런 생각을 하자마자 경성부로 달려가서 화장장 정리허가를 받아 냈다.

세상일은 그야말로 요지경인지라 그 추측이 그대로 적중하여 유하라는 하루아침에 거금을 거머쥔다. 유하라의 예상대로 송장을 태운 잿더미를 정리하니 금이빨이 쏟아져서 며칠 만에 2,500원어치의 금붙이를 수확하였다. 당시 최고 인텔리 신문기자의 급료가 40원 할 때이니 어떤 파장을 몰고 왔는지 짐작할 수 있을 것이다.

문제는 이 소문과 신문 기사가 전국에 퍼지고 난 다음이다.

황금에 눈이 어두운 황금광들이 앞다투어 지방 도시의 화장장 정리 청원을 하느라 화장장이 있는 곳에서는 일대 소동이 벌어졌다. 부산과 대구 같은 곳에서는 이 청원을 놓고 고소와 고발 등의 송사로 그 지방이 시끄러울 정도였다.

다행히 조선사람들은 화장하지 않고 매장을 하여서 이 소동과 무관하였지만, 일본 신문에 난 기사에는 일본인들은 아비, 어미가 죽으면 먼저 금이빨 뽑을 궁리부터 한다는 가십 기사가 나기도 하였다.

중국에서 일어난 사건이지만 어느 부호집 마나님이 금반지를 끼고 마차 밖으로 손을 내밀었다가 손마디를 잘리었다는 소문까지 들리던 터에 경성에서도 코 베어 간다는 풍문 대신 사람들은 코가 아니라 손가락 조심하라는 이야기가 돌기도 하였다.

이러한 소동을 겪으면서 일본 군부에서는 조선에서 막대한 양의 금을 수탈하였다. 일본은행의 앞잡이 노릇을 한 조선은행이 매입한 금은 수시로 삼엄한 경계 속에 일본으로 실어갔다.

1934년 1월부터 5월까지 일본 본토로 대략 200kg에서 500kg 정도의 금을 44회나 실어갔다는 기록이 있다. 또 다른 기록에 의하면 1939년 한 해 우리나라에서 생산된 금은 31t으로 세계 5위였다. 이 금 또한 남김없이 일본 본국으로 실어갔다. 이 엄청난 금은 형식상으로는 조선총독부가 매입했다 하였지만 실은 조선은행에서 종이돈을 마구 찍어낸 것이기에 조선의 일반 경제는 인플레로 인해 말 못할 정도로 무너진 것이다. 이로 인해 소작농 같은 서민들은 유리걸식하며 만주로 갈 수밖에 없었다.

전쟁 자금을 마련하고자 광분한 일제는 조선산금령(1937), 금광업설비장려금교부규칙(1937), 조선중요광물증산령(1940), 일본산금주식회사법(1938), 조선광업진흥주식회사령(1940), 금산정비령(1943) 등을 잇달아 내놓으며 조선의 금과 광물을 싹쓸이해갔다.

특히 일제가 악랄하게 조선의 밑바닥까지 수탈한 것은 1940년 11월에 발한 "금의 국세조사"였다. 11월 20일까지 동네마다 조사위원을 두어서 각 가정에 있는 놋그릇이나 쇠붙이 같은 것들을 강제로 공출하게 하였다.

양반 종가의 제사에 쓰는 유리 그릇까지도 모두 뺏어 갔는데 더욱 심한 것은 동리마다 수탈할 물량을 정해서 가정집의 무쇠솥까지도 빼가는 바람에 밥을 짓지 못하는 마을이 속출했다는 것이다.

영원한 로망 보물

특히 금붙이가 가장 심했는데 금화는 물론 금반지, 금목걸이, 비녀, 시계, 안경테, 금이빨 개수를 조사하고 10k나 14k로 된 펜촉과 전당포에 맡긴 물목까지 신고하게 하였다. 만일 허위신고나 미신고자가 있으면 주재소(파출소)에 끌려가 순사와 헌병에게 매질을 당하고 벌금까지 부과하였다.

이 정도였으니 일제가 얼마나 악독했는지 더 말해 무엇하랴!

조선에 상륙한 골드러시

1930년대 우리나라에 골드러시 붐이 일어나서 황금광(黃金狂) 시대라 불리는 시절이 있었다면 다들 반신반의한다. 불과 80여 년밖에 안되었는데 사람들의 기억이나 역사에서 희미한 흔적밖에 없으니 그야말로 세월이 무상하다 할 것이다.

황금에 미친 그 시절, 숱한 사람들이 들판이고 산천이고 무덤이며 심지어 화장터까지 탐광꾼들이 곡괭이, 망치, 삽을 든 채 온 산하를 헤매고 다니며 뒤집고 파헤쳤다. 마치 유령 영화의 한 장면처럼 황금귀(黃金鬼)들이 온통 야단법석을 떨었었던 시대가 1930년대였다. 사람들은 황금 귀신에게 홀려 신분의 고하나 나이, 직업, 성별을 안 가리고 심지어 청진기를 내던진 의사와 법복을 벗어버린 변호사며 있는 자를 미워하던 공산주의자와 양반 자제들까지 가세하여 신문 지상에 금광 이야기가 빠진 적이 없었다.

특이하긴 하지만 간호사를 지내고 전화 교환수로 있던 김정숙이란 여자의 벼락부자 이야기는 장안의 화제였다.

영원한 로망 보물

김정숙은 열다섯 나이에 결혼하여 남편 따라 금판을 8년간 전전하다가 강원도 횡성에서 노다지 금광을 발견하여 일약 30만 원대의 부를 이뤘는데 지금 화폐가치로도 300억 원이 넘는 갑부가 되었다.

김경숙은 4남 4녀를 둔 어머니였을 뿐만 아니라 남편을 지성껏 섬겼다는 점과 금광 경영수완이 탁월해서 억척스러운 조선 여자의 본보기로 장안의 또 다른 화제였다.

우리나라 어느 한때의 증권 파동처럼 금광 열풍이 불어 닥치자 지금도 우리 귀에 익은 정치가, 문인, 사회 저명인사들조차도 금광에 손을 대는데 예외가 아니었다. 독립운동하시던 조병옥 씨, 소설가 채만식 씨, 1936년 손기정의 일장기 말소 사건 당시 동아일보 편집국장이던 설의식 씨, 조선일보 사회부장 팔봉 김기진 씨, 여류 소설가 모윤숙 씨 등등 이루 헤아릴 수 없는 저명인사들이 금광사업에 뛰어들었다.

이들 중 아무도 금광에 성공한 사람은 없었지만 그러한 세태였으니 나머지 촌부(村夫) 촌부(村婦)야 더 말해 무엇하겠는가?

1933년 1년간 조선총독부 광산과 처분계에 광업 출원 건수가 5천20건인데 이 중 3천222건이 금광 건이었다고 한다. 1934년에 금광 출원 건수가 6천9백72건, 35년에 5천8백13건이었는데 이 숫자는 해마다 한 도(道)에 2~3백 곳, 일개 군(郡)마다 한해에 2~30군데씩 금광이 생겨났다는 계산이다.

당시 식민지 조선은 최악의 경제 상황이어서 곡물 가격은 폭락하고, 실업증가, 물가폭락, 만주사변 발발, 소작 농민쟁의 등 사회 혼란상이

아수라장인데 유독 금 열풍이 분 연유는 무엇이었을까?

1929년 10월 세계 최강대국 미국의 금융 공황은 그 여파가 농업공황으로 이어져 쌀, 면화, 사탕수수, 양모, 고무 등 국제시장에서 농산물 가격의 폭락으로 이어졌다.

일본도 이 여파를 피하지 못한 데다가 초유의 풍작으로 쌀 생산량 증가는 조선의 쌀 수입을 막았다. 조선 역시 사상 최고의 풍작과 일본으로의 수출 길이 막혀 쌀값이 반값으로 폭락하였고, 쌀은 남아돌아도 미리 당겨다 쓴 농비, 품삯, 씨앗값, 소작료 등 조선 농민은 빚에 치여 망할 수밖에 없었다. 그러니 유일한 희망으로 금점에 매달릴 수밖에 없는 극에 달한 심정이었다. 마치 로또 복권 사려고 긴 줄을 서는 심리와 같은 것이었다.

지금도 그렇지만 설사 내 땅에 금이 난다 하더라도 이를 채광하려면 광업권을 내야 하는데 이는 선원주의(先願主義)이고 먼저 광업권을 낸 사람이 우선주의라서 광업권 자체가 돈이고 투기의 대상이었다.

당시 조선에서 광업권 내는데 320원 정도가 들었다고 한다. 금광 출원료 100원, 열람비 5원, 수수료 10원과 등록세 200원 등등 320원 정도면 금광 출원증을 받을 수 있었다.

그런데 이러한 출원권이 금 구덩이에서 조금만 금이 비치면 수천 원, 수만 원에 투기꾼에게 매매가 되었다. 그래서 너도나도 금광에 미쳤던 것이다. 꼭 17세기의 네덜란드 튤립 투기와 유사하게 미쳐 돌아갔다.

영원한 로망 보물

금 수탈이 빚어낸
밀반출과 문화재 훼손

1930년대 일본제국은 조선을 속국으로 삼아 국력이 커져서 기세등등하던 시기였다. 기고만장한 일본 군부는 중국과 동남아시아까지 속국으로 삼아야겠다는 야심에 광분하고 있었다.

일본 군부는 정권 유지를 위해 국민을 통제하고, 전쟁을 즐길 수밖에 없었고 그 비용을 충당해야 하는 조선만 죽어나고 있었다.

특히 일본 군부는 전쟁 준비자금으로 황금이 무진장 필요하던 때였다. 일본 정부 또한 금본위제(금태환 제도)를 택하고 있어서 화폐 발행고의 최소 10% 이상은 황금을 준비해야 했다. 금태환 제도를 시행하는 모든 국가는 국제 상거래 시에 상대국이 요구하면 금으로 결제할 의무가 있었다.

일본은행과 조선중앙은행은 화폐 1원을 금 0.5돈(1.875g)의 가치가 있다고 화폐법에 명시하였다. 형식상 은행에 가서 화폐 대신 금을 달라고 하면 내주게 되어있었다. (그러나 일반인에게는 금 태환을 시행하지 않았다.)

황금이 필요한 일본 제국주의 정권은 갖은 방법을 동원하여 조선에서 금 생산을 독려하기 시작하였고, 인쇄 종이에 불과한 조선은행 지폐를 주고 금을 무한정 매입하였다. 그렇게 조선 천지가 온통 금 열풍이 불어 황금광(黃金狂)들로 들끓게 되었다. 그 와중에 벌어진 희한한 몇 가지 에피소드를 적어본다.

◦ 활개 친 금 밀수출

일제의 군부 정권은 조선에서 생산되는 금을 될 수 있으면 싸게 사고자 국제 시세나 이웃 중국보다 싼 값을 유지하는 강권 정책을 폈다. 1931년 12월 일제는 아예 금 수출을 전면 금지했다. 여기서 부작용으로 발생한 것이 금 밀반출이다.

당시 만주의 금값은 조선이나 일본보다 30~50% 비싸게 형성되어 있었다. 그래서 처벌을 감수하는 금괴 밀수출이 성행하였다.

조선의 신의주와 만주 안동현과는 압록강 철교를 통해 불과 100여 미터밖에 안 떨어져 있는데 금값이 50%가 차이가 났으니 어찌 그 유혹을 떨쳐버릴 수 있겠는가? 워낙 유혹이 크다 보니 신의주 경찰서의 경찰관, 철도의 기차 화부, 철도원, 철도 공안, 일본 헌병까지도 금 밀반출에 뛰어들었다.

그리고 소위 에로(Eros)니 그로테스크(Grotesque) 사건이라고 이름 붙여진 몸속 항문에 넣어 금괴 밀반출을 시도하는 사건 등이 속출하였다. (이러한 항문 속 금괴 운반은 요즈음도 일어나고 있다.)

한 예로, 1933년 5월 1일 평양 거주 신 씨와 정 씨가 항문에 금괴 60 돈 3개를 넣고 철도로 국경을 넘다가 적발된 사건이 신문에 대서특필되기도 하였다. 이들이 밀반출에 성공했다면 단번에 45원을 벌 수 있었다고 한다. 당시 최고 인텔리 급인 신문기자 월급이 40원 정도였으니 그 수익성이 어떤지를 짐작할 수 있을 것이다.

금 수출 금지 이후 1936년까지 5년간 만주로 밀반출하다 적발된 양은 무려 1천 관에 달하였다고 한다. 당시 가격으로는 1천만 원대에 달하는 엄청난 양의 금이 세관과 국경 수비대, 경찰에 적발되었다.

실제 적발되지 않은 것을 합하면 그보다 5배만 잡아도 5천만 원에 달하고, 현재가치로 환산하면 5조 원대에 이르는 액수이다.

금과 함께 아편도 밀거래하였는데 당시 신문에 언급된 수법을 보면 (1) 경찰관, 세관원 매수하기 (2) 여성의 몸속에 숨기기 (3) 구두 뒤축에 숨기기 (4) 열차 의자 밑에 숨기기 (5) 열차 화부와 공모하기 (6) 아기 업고 포대기에 감추기 (7) 작은 덩어리로 만들어 먹어 버린 후 배설하기 (8) 기타 자전거나 인력거, 물고기 뱃속 등에 감추기 등등 기기묘묘한 방법을 다 동원하였다. 가장 괴기스러운 것은 죽은 사람의 뱃속에 넣고 관으로 덮기도 했다는 것이다.

이러한 밀반출 행위는 태평양 전쟁이 끝날 때까지 계속되었다.

고려 개국공신 장절공 신숭겸 장군은 드라마틱한 생을 살았던 분이다.

서기 927년 신라 포석정에서 경애왕을 살해하고 의기양양 회군하던 견훤과 왕건이 일전을 벌였는데 결과는 왕건의 대패였다. 죽음 직전의 왕건을 대신하여 왕건의 갑옷을 입은 신숭겸은 견훤 군에게 잡혀 참살되었고 왕건은 무사히 탈출할 수 있었다.

그 뒤 신숭겸은 머리가 없어진 채 발견되었는데 개경으로 돌아온 왕건은 신숭겸 장군의 공을 기려 순금으로 머리를 만들어 후히 장례를 치러주었다고 한다. 왕건은 황금 머리가 도굴될 것을 염려하여 춘천, 구월산, 팔공산에 똑같은 묘를 쓰게 하였다.

지금 춘천시 서면 방동리의 신숭겸 장군의 묘에도 봉분이 세 개가 있는데 평산 신씨 후손들도 어느 묘가 실제 묘인지 확신할 수 없다고 한다. 더구나 봉분이 세 개라서 이상하긴 하지만 그것이 더 자랑스러운 조상 묘인지라 가문의 자랑으로 여긴다고 한다.

이러한 신 장군의 묘가 일본강점기에 수난을 당하기 시작하였다.

황금에 눈이 뒤집힌 도굴꾼들이 밤낮을 가리지 않고 인적이 끊어지면 무덤을 파헤치고자 하였다. 문중에서는 하는 수없이 천막을 치고 경계를 설 수밖에 없었다고 한다.

이뿐만이 아니었다.

가야 지방이나 경주지방의 고분이 이때 많이 도굴당했는데 무식한 도굴꾼들이 황금 금관을 비롯한 황금 유물들을 몽땅 녹여버렸다고 한다. 그래서 문화재 관련 당국에서 고 무덤을 파면 3대가 망한다는 헛소문까지 만들어 퍼트리기도 하였다고 한다.

이것이 다 일제의 만행으로 생겨난 비극이다.

| 신숭겸 장군 묘

조선 연금술의 비밀

원래 사회가 혼탁하고 나라가 어지러우면 별의별 해괴한 사건이 속출하지만 1920~30년대의 식민지 조선은 전례 없이 암울하고 앞날이 보이지 않던 시절이었다. 조선 천지가 황금에 미쳐 돌아갈 때 조선에 홀연히 수은으로 금을 만들 수 있는 발명가가 있다는 눈 번쩍 뜨일 소문이 돌았다. 그것도 아주 은밀한 가운데 떠도는 풍문이었다.

그 발명가는 유명한 연금술사이고 애국지사이며 국제적 과학자인 김종순 박사라는 것이었다. 그 사람은 우리 조선을 구하고자 큰 뜻을 품고 해외로 망명한 애국지사인데 이 발명품으로 나라를 광복시킬 원대한 계획을 품고 있으며, 상류층 갑부들만 알고 있는 극비사항이라는 풍문이었다.

그러던 1928년 3월 남원 지방의 유명한 부호 윤창호의 집에 홍우찬이라는 사람이 찾아왔다. 그는 유창하고 구수한 입담으로 "러시아 우랄 산맥 가까운 곳에 연구실을 차린 김종순 박사가 연금술을 발견하였는데 이분은 우리나라가 독립할 자금을 만드는데 아낌없이 자기의 기술을 투자하실 분"이라면서 윤창호를 설득하기 시작하였다.

그러면서 홍우찬은 윤창호 앞에서 김종순으로부터 받았다는 '고수액'
이라는 액체에서 직접 연금술을 시현하더니 말하였다.

"오늘 만든 이것은 한 돈밖에 안 되지만 '고수액'은 불과 30전에 불과
하니 금 한 돈에 3원이라면 거의 열 배의 이익이 납니다."

홍우찬은 이어서 "1만 원어치 고수액 한 병이면 십만 원어치 금을 만
들 수 있지만 애석하게도 돈이 없어 고수액을 못 가지고 왔다.

윤 부호께서 3만 원을 투자하시면 지금 당장 우랄 산중으로 사람을
보내서 '고수액'을 사오겠다"고 하였다.

홍우찬의 매끄러운 언변과 현란한 말솜씨에 부호인 윤창호는 민족을
위해서 쓰겠다는데 그깟 3만 원은 문제가 아니라고 생각해 흔쾌히 투
자를 결정하였다. 3만 원을 받은 홍우찬은 2만5천 원을 러시아 우랄
산중으로 보내고 남은 5천 원으로 인천에 금 공장을 차렸다. 윤창호는
출자한 지 불과 열흘 만에 2천 원어치 금을 배당받는다.

신이 난 윤창호는 김종순 박사를 침을 튀기며 선전하고 거기서 나온
금을 여러 부호와 친지들에게 선물까지 하는 호의를 베풀었다. 그 덕분
에 다른 부호들도 민족적 대사업을 위해서 거금을 투자하기 시작했다.
이 민족적 대사업은 불행히도 1929년 1월 왜경 고등계 형사들에 의해
막을 내린다.

아무리 은밀하게 금 사업을 한다고 해도 밤말은 쥐가 듣는 법처럼 독
립운동자금으로 부호들의 재산이 해외로 빼돌려진다는 소문을 왜경 정
보원이 들었고, 결국 인천의 금 공장이 수색당한다.

조사 결과 놀라운 사실이 밝혀졌다. 김종순 박사는 가공의 인물이고 '고수액'은 노란 물감을 들인 맹물이었고, 우랄 산중으로 보낸 돈은 홍우찬이 가로챈 사실이 밝혀진 것이다.

홍우찬은 어떻게 금을 만들어 냈을까?

연금술의 비밀은 '고수액'에 넣는 수은과 숯이었다. 홍우찬은 숯 안에 미리 금분을 섞어놓았다가 '고수액'에 수은과 숯을 넣으면 금 아말감이 되는데 이것을 불로 태워 수은을 날려 보내서 금이 추출되는 것처럼 쇼를 했던 것이었다. 홍우찬이 부호 7명으로부터 갈취한 돈은 무려 15만 원에 달했다.

1930년 4월 형사재판에서 홍우찬은 단순 사기범으로 3년 징역형을 받았다. 그러나 독립운동 자금 제공 혐의를 받은 부호들은 수만 원씩 사기를 당하고도 몇 달씩 구금되는 수모를 당해야만 했다.

그 당시 서울 시내 괜찮은 주택이 1만 원 정도였다는데 15만 원이면 15채 값에 달했다. 이러한 사기 사건도 결국은 그놈의 미친 황금 때문에 벌어진 일이었다.

이 해프닝의 단초를 제공한 것은 일본인 화학자 나까오카 한타로 박사였다. 후일 일본의 오사카 대학 총장까지 지내고 일본제국 학사원 원장을 지낸 나까오카 한타로는 1924년 9월 세계가 깜짝 놀랄만한 연구 결과를 발표하였다.

10년 동안 원자핵 치환 기술을 연구한 결과 130g의 수은에서 1g의 금을 만들 수 있다는 내용이었다. 때마침, 독일의 베를린 공대 아돌프

미테 교수도 램프에 수은 증기를 넣고 강한 전류로 자극하면 금 입자가 생성된다는 학설을 발표하였다.

그에 용기를 얻은 일본 정부에서는 수은 연금술을 산업화시켜서 국력을 키우고자 막대한 연구투자비를 쏟아부었다. 그러나 모두 실패로 돌아갔다. 이 두 나라의 기술은 후에 일종의 착각으로 밝혀졌다.

램프에 수은을 넣고 강한 전류를 흘릴 때 램프와 전선에 함유된 미량의 금이 흘러나온 것으로 밝혀진 것이다.

그래도 한타로는 다른 화학 논문으로 1950년 제 수명을 다할 때까지 대학 총장까지 역임하는 명예를 누렸다.

연금술은 중세기 때부터 사람을 혹하게 하였지만, 그로 인해서 수많은 과학발전이 이루어진 것은 인류를 위해 그나마 다행한 일이었다.

(출처: 조선일보)

일본이 강탈한 각국의 금과 보물

1937년 일본군은 당시 중화민국의 수도 격인 난징(南京, 남경)을 6개월에 걸쳐 치열한 공략 끝에 그해 12월 13일 점령한다.

일본군 중지나(中支那) 사령관 이와네 마쓰이(松井石)와 6사단장 하세 히사오 휘하 5만의 포악스러운 일본군은 그날부터 2개월간 인류 역사에 없는 만행을 저질렀다. 난징 시민 남녀노소 불문하고 참혹한 살인을 저지르고 약탈, 강간, 방화, 생매장, 심지어 일본도로 중국인의 목베기 시합을 하는 만행을 저지르기 시작하였다.

무카이 도시아키와 노다 다케시라는 두 초급 장교는 누가 얼마나 빨리 100명의 중국인을 살해하는가를 내기하여 일본 신문에서 매일매일 이들의 살인 숫자를 중계하기도 하였다. 이때 겁에 질린 수많은 남경 시민들이 목숨을 부지하고자 앞다투어 금이며 보물이며 재물들을 포악한 일본군에게 바쳤다고 한다.

그러나 결과적으로 수십만의 남경 시민은 재물만 뺏기고 처참하게 살해당하고 말았다. 당시 남경 시민 80만 중 거의 반수에 가까운 30만 명 이상이 죽었다고 하니 그 참상을 짐작할 수가 있다. 이 남경학살 사건은 히틀러의 유대인 학살과 더불어 온 인류가 잊어서는 아니 될 천인공노 할 만행으로 기록되어 있다. 그럼에도 가증하게도 일본인들은 이를 인정하지 않고 있다.

이때의 살인, 강간 만행이 세계 각국에 뉴스로 알려지자 두려움을 느낀 일본군 수뇌부가 겨우 조치를 한다는 것이 정신대라는 미명의 군대 위안소 운영이었다. 인류 전쟁 역사상 식량 조달을 위해 닭이며 소를 끌고 다닌 적은 있었지만, 군인들의 욕정을 풀어준다는 명목으로 전쟁터에 납치한 부녀자를 부대와 더불어 끌고 다닌 예는 전무후무한 일이었다. 조선의 새파란 처자와 중국, 인도네시아, 버마(미얀마), 필리핀뿐만이 아니고 심지어 싱가포르에 거주하던 네덜란드 여성 등 수십만으로 추정되는 엄청난 수의 여인들을 납치하여 강간 능욕하고, 폭행, 학대하는 등 참혹한 짓을 하다가 종내에는 참살하였다.

그러나 아직도 일본 정부와 일본 정치인들이 그러한 남경학살은 없었으며, 군대 위안소도 없었다고 발뺌하고 있다. 미국 의회나 캐나다 의회, 유럽 의회, 심지어 유엔에서도 군 위안부 문제를 일본이 사과하라고 정식으로 결의문을 채택하고 있지만, 일본 정부는 아직껏 부인만 하고 있다. 우리나라에는 그 치욕스러움을 용기 내 증언한 할머님들이 지금도 이십여 분이나 살아 계신다.

참으로 일본인들의 후안무치는 비교할 데가 없을 정도이다.

이미 점령했던 조선이나 만주에는 더 수탈해 갈 것이 없었던 일본은 남경대학살 이후 개인 병사의 약탈을 금지하는 대신 본격적으로 점령지의 재물을 탈취해서 군자금으로 쓰기 시작한다. 그때부터 군대 차원에서 아시아 12개 나라의 금과 보물, 문화재 등을 조직적으로 강탈하고, 도둑질하기 시작하였다.

일본군은 이렇게 약탈하고 탈취한 금과 보물을 일본 본토에 수송하기 시작하였다. 그러나 해상 통로가 미군 잠수함에 막혀 더 이상 일본 본토로 운송할 수가 없게 되자 이때 약탈한 금붙이는 전부 금괴로 녹여서 덩어리로 만들었다. 그런 다음 금괴와 그 보물들을 필리핀으로 모으기 시작한다.

이렇게 수집한 약탈 금괴와 보물, 문화재, 진귀한 골동품 등은 당시 필리핀 주둔 사령관 야마시다 도모유키(山下奉文)의 지휘하에 루손도 남부 밀림지대와 북부 바기오 등지 175군데에 은닉하였다.

이 작전을 골드 릴리(일본명: 긴노유리)라 명명했고 총지휘자는 일본 왕의 사촌 동생 다케다 츠네요시였다. 나중에는 이것을 야마시다의 골드라고 부르게 된다.

이렇게 보물 은닉이 끝나던 1945년 6월 어느 날.

175군데 보물 창고를 설치하는 데 앞장선 수석 엔지니어 공병 장교 175명을 소집한 다케다와 야마시다는 '터널8'이라고 명명된 지하 65m 어느 동굴에서 보물 은닉 작전 성공을 자축하며 포도주를 마신다.

그러나 축제 도중 한밤중에 다케다와 야마시다는 다케다의 필리핀 시종 겸 운전사 벤 발모레즈를 데리고 도망 나온다. 그리고는 그 수석 엔지니어 공병 장교뿐만 아니라 일본군 경비병과 필리핀 노무자 등이 있던 파티장 겸 보물 창고 입구를 폭파해 버린다.

영원한 로망 보물

사실, 그전에 이미 수석 엔지니어인 공병대 장교들 역시 자기들이 숨긴 보물의 동굴에 자기 부하와 필리핀 노무자들을 하나 남김없이 묻어버렸었다. 마치 진시황릉을 축조한 병사들을 비밀이 샐까 봐 모두 생매장한 것처럼 부하들을 생매장하였고 결국 그들 자신도 그렇게 처참하게 생을 마감하게 되었다.

이러한 만행을 저지른 야마시다는 45년 9월 22일 미국의 맥아더 장군에게 투항하고 다음 해 2월 전범으로 처형당한다. 야마시다는 비밀을 숨긴 채 끝내 보물 이야기는 실토하지 않았다.

그러나 마닐라에 진주한 CIA 전신인 OSS 소속 미군 정보 장교들은 야마시다의 부관 겸 운전병인 고지마 소령을 심문해서 보물의 은닉 사실을 알아낸다. 물론 고지마는 사면한다는 조건이었다. 마치 만주 731 생체실험 부대의 이시이 부대장이 생체실험 비망록을 미국에 넘겨주는 조건으로 사면받아 제 수명을 다한 것처럼.

야마시다 골드는 추후 미국 정부의 블랙 골드가 된다.

미국의 블랙골드와 독재자 마르코스

야마시다 보물의 일부를 찾아낸 맥아더는 자기 키의 두 배가 넘는 금괴와 보석, 문화재, 골동품에 넋을 잃는다.

맥아더는 이 보물의 처리 방법을 트루먼 대통령과 국무장관이던 존 포스터 덜레스와 상의 끝에, 보물 발견 사실을 비밀에 부치기로 하고 금괴들을 45~47년 사이에 42개국 은행 176개 계좌로 숨겼다고 한다.

맥아더 장군이 찾아낸 보물들은 속칭 야마시다 골드 중에서 극히 일부였다고 하는데, 야마시다의 운전병 고지마의 진술이 일관되지 못 한데다가 숨긴 보물의 정확한 지도도 없고 동굴 입구의 폭발로 지형지물이 변해 버렸기 때문이다. 또 열대우림의 밀림은 폭우 때문에 수개월이면 지형이 수시로 변한다고 한다.

상당수의 보물은 나중에 필리핀의 독재자 마르코스가 차지하였다. 그런데 아직도 발굴하지 못한 보물의 상당수가 필리핀 밀림의 어딘가에 있어서 많은 탐사꾼이 찾아다닌다고 한다.

앞서 이야기 한 대로 맥아더 장군이 발견한 보물은 미국 정부의 공식

전리품이 되지 못하고 이후 미국 정부의 블랙 골드(Black Gold)가 되어 미국의 역대 정권이 관리하는 은밀한 공작 자금이 되었다.

이 블랙 골드는 미국의 대외 정치공작 활동에 아주 유용하게 쓰였다고 한다. 특히 소련과 중공의 공산주의 확산을 막는 반공전선 구축과 쿠바에 대한 반 카스트로 활동, 전후 유럽의 재건사업에 쓰였다.

지금도 미국의 우방국에 대한 공작자금 등에 쓰인다고 하며, 일본의 전후 복구자금에도 이 자금이 쓰였다고 한다.

일본이 패망 후 몇 년 만에 부흥할 수 있었던 것은 한국의 6·25 전쟁 물자 조달이라는 특수 때문이기도 하지만 그보다는 야마시다 골드를 활용한 미국의 전략적 지원 덕도 무시할 수 없다고 한다. 중국, 소련에 대항할 수 있는 환태평양 반공 노선을 일본을 중심으로 구축하기 위하여 미국이 정략적 차원에서 일본의 재기를 도왔다는 것이다. 일본 극우집단의 구심점이 되는 말썽 많은 일본 천황 제도를 유지한 근본 원인도 이 때문이고, 미국으로서는 공산주의에 대항하기 위한 어쩔 수 없는 조치였다는 것이다.

전후 일본 우익의 강력한 정당인 자민당 창당에 고다마 요시오라는 야쿠자 두목의 자금과 야마시다 골드가 투입되었다고 한다. 고다마 요시오는 태평양 전쟁 중 중국에서 아편 밀매와 강도, 약탈을 일삼던 자로서, 중국의 숱한 보물을 일본으로 빼돌렸는데 고다마가 자민당에 자금을 후원하여서 사면받았다고 한다. 블랙 골드가 정치와 한패가 되면 무서운 위력을 발휘하는 것이다.

미국의 일본 지원은 전쟁 배상금에서 독일과 현격한 차이가 나는데 이것은 미국의 아시아 정책에서 비롯된 것이다.

독일에는 450억 달러의 전쟁 배상금을 책정하면서도 일본에 배상 면제라는 특혜를 베푼 이면에는 이 야마시다 골드를 미국이 챙기는 것으로 그 몫을 상쇄했기 때문이라는 것이다. 아시아 각국에서 약탈한 금과 보물을 그 나라에 돌려주지 않고 일본이 입을 다무는 조건으로 미국이 마음대로 처리한 셈이지만 일본이 태평양을 지키는 관문이기 때문이다.

1952년, 필리핀 지방 도시 일로코스의 가난한 변호사 마르코스에게 일본인과 필리핀 사람 몇이 비밀 지도를 갖고 방문한다. 이들은 야마시다의 보물 지도라며 자기들은 자금이 없으니 이것을 발굴하여 함께 나누자고 제안하였다.

이들은 미국 CIA 필리핀인 책임자, 일명 샌티라고 불리던 산타 로마나의 하수인으로 블랙골드 관리인들이었다. 샌티는 야마시다의 운전병 고지마 소령을 직접 고문한 사람이다.

변호사 마르코스는 이들과 더불어 많은 보물을 차지하고 결국 그 자금으로 필리핀의 대통령이 되어 독재자의 길로 들어서게 된다. 마르코스가 찾아낸 금괴는 적어도 현재가치 500억 달러어치가 넘었다고 하는데 그러한 자금이 없었다면 사실상 대통령 자리까지 올라가는 것은 불가능했다는 것이 정설이다.

여기서 흥미로운 점은 이멜다이다.

이멜다는 마르코스 등장 이전에 샌티의 애인으로 샌티 덕분에 미스 필리핀까지 되었던 미모의 여성이다. 이멜다는 샌티를 배신하고 한창 권력의 정상에 다다른 마르코스를 유혹하여 퍼스트레이디 자리를 차지한다.

마르코스와 이멜다는 일본인과 샌티를 따돌리고 그 많은 보물을 독차지하였다고 한다. 마르코스는 나중에는 샌티가 관리하는 미국 블랙골드의 비밀 계좌를 실토하라며 샌티를 협박하고 고문 끝에 죽음으로 몰아넣는다.

이러한 사실들은 워싱턴 포스트 기자 출신 스털링 시그레이브와 그의 부인 페기의 〈야마시다의 골드〉란 다큐멘터리 책에 기술되어 있다. 이 책은 시그레이브가 20년에 걸쳐 추적 조사하였고, 다케다 츠네요시의 운전사 벤 발모레즈를 면담하였으며 미국 국무부, 재무부, 펜타곤, CIA 등을 취재하여 결론을 얻은 것으로 상당히 신빙성이 있어서 보물 추적자들에게 인기 있는 책이다.

금은업계에 요즈음도 심심찮게 필리핀 금괴를 들먹이며 사기 치고자 기웃거리는 부류가 있다는 소리가 들린다.

"야마시다 골드를 수십 톤 발견하였는데 발굴 자금이 없다.

불도저 몇 대 살 돈과 몇 달 치 필리핀 인부들 숙식비만 해결해주면 발굴 금괴의 반을 주겠다"라며 접근하는데 상당한 사람들이 감언이설에 속아서 수천만 원씩 사기를 당하고 있다.

"황금 부스러기로 뒤덮인 캘리포니아"

: 골드러시 1

1849년 미 서부 캘리포니아 지역에서 사금이 발견되자 일확천금을 노리는 사람들이 황금을 찾아 벌떼처럼 캘리포니아로 몰려들었다.

짧은 미국 역사상 남북전쟁 사건 다음의 큰 사건이라고 해도 과언이 아닌 골드러시(Gold Rush) 파동이 일어난 것이다.

'Fourty Niner'란 말은 1849년 금을 찾아 서부로 떠난 사람을 이르는 말이다. 이런 금 열풍을 골드러시(Gold Rush)라고도 하는데 신천지를 찾아 서부로 떠난 것은 프런티어 정신도 있었겠지만, 인류 최고의 로망인 황금이 많은 사람을 열광시켰기 때문이었다.

황금이 사람들을 미치게 하였고, 이런 미친 열망이 이리떼처럼 캘리포니아로 달려가게 한 것이다. 한마디로 온갖 인간 군상들이 서부 캘리포니아로 몰려들었다.

물론 이 골드러시로 미 서부의 발전이 급속하게 이루어진 계기가 되기도 했지만 미국 역사상 특기할 사건이다.

1992년 톰 크루즈가 주연한 〈파 앤드 어웨이〉(Far and Away)에는

영원한 로망 보물

서부 개척 시대의 풍경이 잘 그려져 있다. 영화에는 말과 마차로 전력질주하여 미리 깃발을 꽂아 놓은 땅을 차지하는 장면이 있는데 이 장면은 실제 있었던 사실을 재연한 것이다. 영화에서처럼 1893년 9월 16일 정오에 오클라호마주가 체로키 인디언 땅 26,000㎢를 10만 명이 참여해 마차와 말 경주로 나눠준 일이 있었다.

1800년대 구교도의 박해를 받으며 오랜 가뭄으로 기근에 허덕이던 유럽 사람들의 탈출구는 오로지 신대륙 아메리카였다. 그들에게 신세계 아메리카는 하나의 신앙이었고 유일한 구원처 같은 곳이었다.

독일계 스위스 사람인 존 셔터(John Sutter)도 그중의 한 사람이었다. 존 셔터는 가난을 피해 미국 동부로 건너와 닥치는 대로 농사와 궂은일을 하고 장사를 해서 어느 정도 돈을 모았다.

셔터는 1839년 더 넓은 신천지인 캘리포니아로 정착하여 5만 에이커에 달하는 농지를 개간하기 시작하였다. 그는 고향인 스위스의 친척과 독일계 이민자들을 불러들였다. 셔터는 이에 만족하지 않고 더 큰 농장을 마련하여 더 많은 고향 사람들을 불러들일 원대한 꿈을 꾸기 시작하였다.

셔터는 아메리칸 강가 새크라멘토에 제재소도 만들었다. 1847년에는 제분 공장용 수차 발전기도 세울 계획을 마련하였다. 그러기 위해서는 물줄기가 필요하여 그의 수하 제임스 마셜과 아메리칸 강가를 살피던 중 강가에서 완두콩 반쪽만 한 사금을 발견한다. 강바닥이 작은 사금 알갱이로 반짝이고 있었다.

오직 농장을 키워서 고향 사람들에게 일자리를 주겠다는 일념 하나인 셔터에게는 이 황금이 눈에 들어오지 않았다. 셔터가 농장 일에만 전념하기로 하고 사금을 외면한 것이 불운의 시작이었다.

셔터는 농장 일군들이 사금에 미쳐 농장을 떠날 것을 걱정해서 사금 발견을 비밀에 부치기로 한다.

그러나 세상일이란 생각대로 돌아가지 않는 법… 사금 발견 소식을 마셜의 친구 사뮤엘 브레넌이 알게 되고, 입소문에 입소문을 타고 사금 발견 소식이 사방에 퍼지게 된다.

번개처럼 빠른 입소문은 얼마 가지 않아 신문사에 알려지고 매체란 매체는 황금발견 이야기로 도배되다시피 하였다.

'뉴욕 트리뷴'지에서도 "캘리포니아 사방이 황금 부스러기로 뒤덮였다. 마치 뉴욕의 진흙 길처럼" 같은 아주 자극적인 르포기사를 내보냈다.

나중엔 사기꾼까지 이 이야기에 끼어들었는데 별별 희한한 사기 광고까지 신문에 난무하게 된다. 몸에 바르고 산꼭대기에서 구르면 온통 금싸라기가 붙는다는 연고를 판매한다는 사기꾼 광고가 그것이었다. 그 연고는 당시 일당의 5배인 5달러에 매진되어 물건이 없어서 못 파는 웃지 못할 일도 일어났다.

신문에서 사금 발견 소식을 떠든 지 며칠이 지나지 않아 수만 명의 사람이 마치 하늘을 가득 메운 메뚜기 떼처럼 캘리포니아로 몰려들기 시작하였다.

영원한 로망 보물

미국 역사상 그 유명한 골드러시의 시작이었다. 말이나 마차는 물론 수백 킬로를 걸어오는 사람들도 있었다.

결국, 존 셔터가 우려하던 일이 벌어지고 말았는데… 존 셔터 농장의 농부, 인부 심지어 소젖을 짜던 아가씨, 아주머니들까지 금을 캐러 떠나가 버렸다.

존 셔터가 아무리 막아보려 했지만 소용없는 일이었다. 존 셔터의 농장은 인부들이 떠나자 양과 말, 소 떼들이 울타리를 넘어 농작물을 뜯어먹고 짓밟아 농장이 황폐해져 버린 것이다.

황당한 사태는 여기서 끝이 아니었다.

금을 찾아 몰려온 사람들은 대개 굶주린 유랑민이었고 이미 장거리 대륙 횡단에 제정신이 아니었다. 반쯤 실성한 빈털터리 유랑민이 대다수였다.

이렇게 금을 캐러 몰려온 사람들은 폭도나 다름없게 변해 버렸는데 이들을 제어할 아무런 정부 차원의 치안력도 없었고 의지도 없었다. 너무나 갑작스럽게 발생한 사태였기 때문이다.

존 셔터의 농장이 이 유랑민들의 종착지가 되면서 상황은 걷잡을 수 없이 혼돈의 중심에 놓여 버린다. 존 셔터의 농장에 몰려든 금 채굴꾼들이 존 셔터의 농작물과 농기구들을 약탈하고 곡식을 거덜 내며 가축들을 잡아먹기 시작하였다.

이렇게 비극의 막이 올랐다.

골드러시와 존 셔터의 비극

: 골드러시 2

1803년 2월 15일생인 존 셔터는 독일계 스위스인이다. 그는 온갖 고생 끝에 캘리포니아에 대 농장을 만들었다. 그는 이 농장에 스위스와 독일계 이민자들의 천국을 만들 꿈에 부풀어 있었다. 사금 발견은 당시 미국사회 전체를 뒤흔들었고 당시 미 대통령 제임스 K. 포크까지 1848년 12월 5일 미국 의회에서 황금 발견을 선언하였다. 이런 상황이니 미개척지인 캘리포니아에 온갖 군상들이 몰려들 수밖에 없었다. 사방에서 몰려든 금 채굴꾼들은 곧 흉기와 권총으로 무장한 폭도로 변해버린다. 그들 폭도는 존 셔터의 저택과 농장을 차지하고, 그의 생명까지도 위협하는 것이었다. 존 셔터의 집안은 사금 발견 이후 단 한 달도 안 돼 전 재산인 가축과 양식을 털리고 저택까지 빼앗겨 풍비박산된다. 존 셔터는 살아남기 위해 궁벽한 산골로 도망칠 수밖에 없었다. 이런 혼란과 무질서가 10년 가까이 지속되었다. 그러다 차츰 사금 채취가 바닥나고 사회가 안정되자, 광란의 사태도 가라앉게 된다. 이 와중에 1803년생인 그의 아내 아네트는 1860년 화병과 가난으로 죽게 되고 셔터의 육신도 골병이 들어 만신창이가 된다.

10여 년이 지나 캘리포니아에 치안 질서가 잡히고 사회가 안정되자 셔터는 농장을 되찾아 재건할 생각을 하게 된다. 존 셔터는 세 아들 중 하나를 법률 공부를 시키고 4년에 걸쳐 뺏긴 재산에 대한 증거자료를 수집하였다. 셔터는 그의 농장을 무단 점거하고 농장을 훼손한 1만 7,221명을 상대로 소송을 제기하게 된다. 이들에게 점거한 사유지를 떠날 것을 요구하고 그들이 채굴한 황금의 일정량에 대해 소유권을 주장하였다. 또한 그가 개인적으로 건설했던 저수지, 교량, 방앗간 등을 복원시켜 달라는 청원을 주 정부에 제출하였다. 마침내 긴 법정 투쟁 끝에 1865년 3월 15일 주 법원은 존 셔터에게 승소 판결을 한다. 마땅히 그래야 하는 것이 사회정의였다. 그러나 이 소송은 셔터에게 더 엄청난 불행을 안기게 된다.

살던 집에서 쫓겨나고 엄청난 배상금을 물어내게 된 금 채굴꾼들은 이판사판의 행동을 하기 시작하였다. 눈이 뒤집힌 금 채굴꾼들이 물불

SUTTER'S MILL AT COLOMA
A reproduction of photograph in possession of Charles B. Turrill, of San Francisco, from original daguerreotype taken on the spot by R. H. Vance in 1850. James W. Marshall in the foreground.

| 1848년 1월 24일 캘리포니아 골드러시
= 존셔터 제재소 Sutter's Mill site in Coloma

안 가리고 보복 행동에 나선 것이다. 채굴꾼들은 법원에 불을 지르고 재판관을 죽이겠다고 날뛰며 완전 무법천지를 만들어 버렸다. 이 폭동 와중에 세 아들은 금 채굴꾼에게 맞아 죽고 셔터는 친구의 도움으로 목숨만 부지하여 샌프란시스코를 탈출하였다. 심지어 주 대법관도 이들의 살해 협박에 겁을 먹고 워싱턴으로 줄행랑을 쳐 캘리포니아 일대는 완전 무정부 상태가 되어버렸다.

셔터는 근근이 모았던 돈을 소송비용으로 다 날리고, 완전 거지가 되어버린다. 정신마저 혼미해진 상태였지만 존 셔터는 오로지 억울함을 풀고 재산을 찾겠다는 일념만은 버리지 않았다. 워싱턴으로 올라간 존 셔터는 남루한 옷차림으로 15년을 하루같이 국회의사당과 연방 대법원 앞을 서성대며 그의 억울함을 호소하며 지내게 된다. 그러나 정부관계자는 가난하고 육신이 병든 존 셔터의 이야기를 들어주지 않는다. 그렇게 비참한 생을 이어가던 존 셔터는 1880년 6월 18일 의사당 건물 계단에서 심장마비로 한 많은 생을 마감하게 된다. 그의 찢기고 더러워진 옷자락 속에는 죽어서도 눈을 못 감을 억울한 내용이 담긴 청원서와 기소장이 있었다. 현재 캘리포니아의 "셔터의 요새 (Sutter's Fort)"란 이름의 박물관은 실제 존 셔터가 살았던 저택인데, 골드러시 당시의 유품을 전시하고 있다. 입장료 3달러를 내면 19세기 초의 캘리포니아의 생활양식과 금 채굴 도구, 채광 모습 등을 엿볼 수가 있는데 이 이면에는 존 셔터의 불행과 비극이 숨겨져 있는 것이다.

캘리포니아와 청바지의 탄생

: 골드러시 3

최초의 사금을 발견한 존 서터의 친구이자 목수인 제임스 마셜 (1810.10.8.~1885.8.10.)도 평생 금을 쫓아다니다 큰돈을 벌지도 못하고 허무하게 세상을 떠났다. 그는 평소 존 서터의 불행한 일생을 두고 가슴 아파했는데 사금 발견을 후회하며 노년을 보냈다고 한다.

존 서터와 달리 엉뚱하게 그곳에서 잡화점을 하던 사무엘 브렌넌 (1819.3.2.~1889.5.14.)은 타고난 장사꾼 기질로 엄청난 부를 모아 갑부 반열에 오르게 된다.

그는 새크라멘토의 아메리칸 강에서 주워온 사금을 조그만 유리병에 넣어 길거리를 뛰어다니며 사금 발견을 큰 소리로 선전하였다. 그렇게 해서 모여든 사람들에게 도끼, 삽, 곡괭이, 쟁반 등 사금 채취 도구를 팔아 떼돈을 벌었다. 20센트 하던 쟁반 하나가 며칠이 안 돼 15달러로 폭등할 만큼 비싸도 없어서 못 팔 정도였다. 이런 장사 수완으로 브렌넌은 샌프란시스코 최초의 백만장자가 되었다.

당시 사금 발견 소식은 군대 사병들마저 탈영하도록 만들었고 하녀도 주인 몰래 집을 뛰쳐나가 금을 찾아 강가로 몰려다녔다.

은행 직원도 사금 채취에 미쳐 은행 문을 닫을 지경이었다. 신문사의 기자까지도 강가로 몰려가서 신문 발행이 끊겼고 아예 신문사 사장도 새크라멘토로 달려가는 사태가 벌어졌다.

당시 샌프란시스코 인구가 840명이었는데 아이와 노인만 빼놓고 모두 새크라멘토로 달려가 몇 주 만에 몇십 명으로 줄어들 정도였다.

그러나 곧 샌프란시스코 북부 오리건주에서도 3천 명이 몰려왔고, 멕시코에서도 4천 명이 캘리포니아로 이주했다.

1852년에는 중국인도 2만 명이나 몰려왔다. 중국인들은 미 대륙 횡단철도 공사에 종사하던 쿨리(苦力)들이었다. 필리핀, 호주인은 물론이고 스페인 등 유럽의 여러 나라에서도 떼로 몰려왔다.

천 명이 안 되던 캘리포니아 인구는 1849년에 8만 명, 1850년에는 25만 명으로 늘어나면서 캘리포니아는 미국 31번째 주(州)로 승격하게 된다.

사실, 이러한 골드러시 광풍은 가장 참담한 비극으로 생을 마감한 존 셔터와 제임스 마셜의 사금 발견으로 촉발된 것이었지만 캘리포니아가 발전하는데 엄청난 이바지를 하였다.

가장 큰 바람을 넣은 사무엘 브렌넌은 잡화에서도 엄청난 폭리를 취했지만 잡화 대금을 사금으로 받아 챙겨서 9주 만에 3만6천 달러를 벌어들이면서 샌프란시스코 최고, 최초의 백만장자 반열에 오른다.

캘리포니아에서는 1848년부터 58년까지 10년간 10억 달러어치의 금을 캤는데 현재 시세로도 130억 달러에 해당한다. 채취한 금의 양으로 따지면 1849년에 85t, 사금이 고갈된 1853년에 100kg 등 5년간 약

영원한 로망 보물

370t이라는 어마어마한 사금을 채취하였다. 이것은 남아프리카처럼 수 킬로미터 지하 광구에서 채광한 것이 아니고 그냥 강바닥에서 간단한 사람의 노동력으로 생산된 금이었다.

캘리포니아의 골드러시는 엄청난 금 채굴량으로 미국 경제에 커다란 영향을 미쳤지만 미국 생활사에서도 중요한 여러 가지 흔적을 남겼다.

◦ 골드러시와 청바지

서부 영화 주연인 존 웨인의 필수 복장이던 청바지는 〈에덴의 동쪽〉, 〈이유 없는 반항〉에서 제임스 딘이 입고 나오면서 그 무렵 미국 청소년의 대표 패션이 되었다.

우리나라에는 6·25 이후 청바지가 구제품이라는 이름으로 처음 들어왔다. 미군들이 사복으로 주로 입었는데 〈맨발의 청춘〉에서 신성일이 착용함으로써 젊은이들이 선망하는 패션이 되었다.

이처럼 모두 한 벌쯤은 있어야 하고 입어봐야 하는 트렌드로 자리 잡은 청바지는 실은 골드러시 당시의 캘리포니아에서 최초로 만들어진 것이다.

그때 사무엘 브렌넌과 함께 부자로 성공한 이는 '리바이 스트라우스' 였다. 그도 브렌넌처럼 잡화점을 경영했다.

그는 잘 팔릴 줄 알았던 마차와 텐트용 천막지를 잔뜩 쌓아 놓았지만 하나도 팔지 못해 도산 위기에 처한다. 부도 위기로 도망갈 처지이던 그는 금 채굴꾼들의 작업복이 광석에 견디지 못하는 것에 착안하여 텐트 천으로 작업복을 만들어 보았다.

바지 허리 위쪽에 넓은 주머니를 달고 어깨에 걸칠 수 있게 만들어 일반 바지 위에도 입을 수 있게 만들었다. 튼튼한 바지 주머니와 지퍼 쪽에는 반짝이는 구리 단추 못을 박아 넣었다. 텐트 천 리바이의 바지(Levi's Pants)는 생각지 않게 불티나게 팔리기 시작했다. 워낙 튼튼한 바지라서 금 채광꾼에게 딱 맞았기 때문이다.

리바이 스트라우스는 잡화점을 팔아 치우고 아예 텐트 재질의 전문 작업복 의류 회사를 차렸다. 이것이 대박을 터트렸다.

Levi's 청바지는 미국 서부 문화를 상징하게 되었고, 세계의 젊은이들이 입고 싶어 하는 패션으로 자리 잡게 되었다. 요즈음에는 청바지를 기계로 갈아 아예 구멍을 내거나 허옇게 발색시켜 마치 금을 캐다 나온 것 같은 형태를 즐겨 입는 괴상한 옷차림도 유행이다.

심지어 Levi's는 북한의 젊은이들에게도 인기라는데 이것을 입다 걸려서 정치범 수용소에 가더라도 한 번쯤 입고 싶어 하는 옷이라고 한다.

캘리포니아는 당시 최단시간에 도시가 형성되어 런던과 함께 가장 영향력 있는 도시로 발전하였다.

캘리포니아의 골드러시는 황금과 연관된 역사에 여러 가지 의미를 내포하고 존 셔터의 비극도 불러왔지만, 리바이스 청바지처럼 또 다른 인류 문명사에 기록될 아이러니한 이면사를 만들어 내기도 하였다.

영원한 로망 보물

트레저 헌터가 된
효자동 이발사 1

'트레저 헌터'는 영화의 단골 메뉴이다. 해리슨 포드 주연의 〈인디아나 존스〉를 필두로 니컬러스 케이지의 〈트레저〉란 영화의 내용은 보물찾기이다. 두 영화가 히트한 배경은 인간의 보물에 관한 환상을 그렸기 때문이다.

우리나라의 트레저 헌터라면 효자동 이발사 박○웅 씨를 빼놓을 수가 없다. 박정희 대통령의 머리를 만진 박 씨는 박 대통령 취임 초부터 근무한 게 아니었다고 한다.

박 씨는 공부하려고 상경했다가 호구지책으로 이발을 배워 청와대 부근 경복고등학교 근처에서 작은 이발소를 하고 있었다. 그런데 1963년 봄 어느 날 겨우 이발 의자 두 개인 조그마한 이발소에 난데없이 육영수 여사가 당시 어린 초등학생이었던 지만 군을 데리고 들어왔다. 이발사 박 씨는 대통령 부인이 어린 아들을 데리고 와서 이발을 부탁하리라고는 꿈에도 생각지 못했지만 박 씨는 놀라면서도 칭얼거리는 지만 군의 머리를 정성을 다해서 깎아 주었다고 한다.

육영수 여사는 아들을 보통 어린이들이 경험하는 것처럼 평범한 세상 물정을 가르치고자 청와대 밖의 이발소에 데려왔다고 하였다. 그 후 한 달에 한두 번, 지만 군 머리를 깎아 주다가 이것이 인연이 되어 육 여사의 천거로 박 씨는 청와대 구내 이발소의 촉탁 근무자가 되었다.

그렇게 박 씨는 청와대에서 박 대통령을 가까운 거리에서 모시게 되고, 대통령에게 흉기가 될 수도 있는 이발 가위를 마음대로 들이댈 수 있는 유일한 사람이 되었다.

그렇게 박 씨는 박정희 대통령을 모시기 시작한 1964년부터 박 대통령 서거 후 1980년 8월 최규하 대통령이 퇴임할 때까지 청와대 이발소를 지키게 되었다.

박 씨가 회상하는 박정희 대통령은 구멍 난 러닝셔츠를 아무렇지도 않게 입었고, 허리띠 구멍은 볼펜이 드나들 정도로 오래도록 착용하는 근검절약이 몸에 배었다고 한다.

처음 근무할 땐 에어컨 없이 선풍기를 틀고, 겨울에는 양동이에 데운 물을 육영수 여사가 직접 가져와서 대통령 머리를 감기곤 했다고 한다.

이러한 효자동 이발사 박 씨에게 운명과도 같은 보물찾기와의 기이한 인연이 얽히게 된다.

처음 박 씨에게 이러한 전기를 마련한 사람은 동아대학교의 지질학과 구○택 교수이다. 구 교수가 보낸 이 모라는 사람이 박 씨에게 도움을 요청해 왔는데 국가적으로 아주 유익한 이야기가 틀림없어 보였다고 한다.

1973년 여름이었다. 이 모 씨는 부산 앞바다에 버려진 동(銅, 구리)

영원한 로망 보물

케이블이 무진장한데 이 해저 전선 인양 허가를 받도록 주선해 달라고 하였다. 이 해저 전선은 일제 강점기 시대 일본군이 군사 목적으로 일본 본토까지 해저 전선을 깔아 둔 것인데 이 구리 선이 엄청난 양이라고 했다.

이 해저 전선은 2차 대전 후 샌프란시스코에서 종전 처리를 위한 미일조약에서 "일본이 매설해 놓은 모든 해저 전선은 각국의 영토 중간에서 각국에 귀속한다"라고 명기되어 있어서 이 전선의 절반은 한국 소유였다. 그런데 이 영토 개념이 한일 간 의견 차이로 합의가 안 되어 해저 전선을 인양하지 못하고 해방 후 30년 넘도록 방치하다 보니 바다 밑에서 여러 원인으로 절단되어 해류의 유속으로 망실되고 있는 상태였다.

일본과 한국은 이 영토 개념에서 일본은 대마도 외곽 기점으로 하자고 하고, 우리나라는 일본 본토로 하자고 해서 협상이 안 되고 있던 터였다.

1973년 당시 우리나라는 막 중공업 국가로 발돋움하고자 철, 구리, 니켈 같은 원자재가 엄청 필요하던 시점이었다.

이 해저 전선은 지름 7cm로 전선 표면을 볼펜 굵기의 강철 수십 가닥이 외부를 감싸고, 그 속에 5mm 두께의 납이 피복되어 있으며, 다시 그 안에 3mm 두께 통고무로 에워싼 얇은 알루미늄판이 있고, 그다음에 비로소 구리 선 38가닥이 꽉 들어차 있어서 그야말로 무엇 하나 버릴 수 없는 보물 같은 것이었다.

더구나 일제는 이 해저 전선을 곧게 일직선으로 바다 밑에 깐 것이 아니고 바다 밑 지형과 급한 해류(海流)를 고려하여 지그재그로 설치하였는데 모두 여덟 가닥이나 매설하였다.

이 해저 전선 인양 발굴허가는 영토 조항을 다루는 외교부, 전선 케이블을 담당하는 체신부, 거기에 부산 앞바다의 군용기지를 관할하는 국방부 등 유관기관이 많다 보니 도대체 허가 관청 자체가 애매한 상황이었다.

박 씨는 어선의 그물에 걸려 나온 전선 몇 가닥을 박 대통령에게 보여주고 감히 이발사의 신분이지만 이게 바로 국익에 보탬이 되니 허가를 내주십사 직언하였다고 한다. 이러한 우여곡절을 거쳐 다음 해 1974년 인양 허가를 받아서 발굴에 착수하였다.

한때 인양 작업에 얽힌 여러 사람의 이권 다툼으로 난관이 있었지만, 그 곤경과 역경을 이겨내고 거의 13만 톤에 이르는 막대한 양의 해저 전선을 인양했다.

이 해저 전선은 일제 강점기 시대의 군사기밀이기 때문에 해도에 그려진 것이 없었다. 인양 작업은 그냥 막연하게 어림짐작으로 중형 배에 닻 같이 생긴 갈고리를 몇 개씩 매달아서 바다 밑을 훑는 원시적인 방법으로 진행하였다. 이렇게 원시적인 작업으로 인양 비용이 많아져 그 자금을 조달하는데도 무척 어려움이 많았다.

이 해저 전선을 따라가다가 대마도 근처에서 일본 경비정에 쫓겨나기도 하고 부산 앞바다 군사 지역에 잘못 들어가서 방첩부대에 끌려가 혼쭐이 나기도 하는 우여곡절을 겪은 것이다. 당시는 간첩선이 출몰하던

영원한 로망 보물

시기이고 모든 해안가에 군 경계병이 배치되어 있던 때라 이런 경계지역에 허가 없이 들어온 인양 작업선을 군부대에서 가만두었을 리가 없었을 것이다.

이런 곤경을 이겨내고 어려운 작업을 했지만, 매장물 관리법에 인양물의 60%만 가지게 되어있어서 인양자들은 큰 재미를 못 보고 겨우 파산을 면한 정도였다. 그러나 당시 국가적으로 보면 13만 톤의 어마어마한 철과 구리, 알루미늄을 얻은 셈이어서 그것 자체로 큰 보람일 수 있었을 것이다.

박 대통령에게 허가를 청원한 효자동 이발사 박 씨는 인양업자로부터 아무런 대가도 받은 바 없고, 그저 애국한다는 마음으로 이 일을 추진하였는데, 이권을 챙긴 것으로 오해받아 관계기관으로부터 뒷조사를 당하는 곤경에 처하기도 여러 번이었다고 한다.

육영수 여사가 흉탄에 서거한 지 얼마 되지도 않은 시기에 감히 박 대통령 면전에 열변을 토하면서 매장물 허가를 청원하는 박 씨도 박 씨이지만, 일개 촉탁 직원에 불과한 이발사의 이야기를 진지하게 들어주었던 박정희 대통령도 대단한 분임에는 틀림이 없어 보인다.

아무튼, 어렵고 고단한 작업을 통해 바닷속의 일제 잔재(殘滓)를 거두어 나라 경제 발전에 도움이 되도록 애쓴 박○웅 씨와 인양팀은 돈은 못 벌었어도 큰 보람과 긍지를 지니게 되었다.

이 일을 계기로 박 씨는 운명적으로 보물찾기에 빠지게 된다.

트레저 헌터가 된
효자동 이발사 2

송강호 주연의 영화 〈효자동 이발사〉의 모델은 박정희 대통령 이발사 박○웅 씨인데 완전히 허구라고 한다. 영화 제작자는 그 당시를 상업적 허구를 섞어 재미있게 연출했지만, 그와 반대로 박 씨는 아주 진지한 인생을 산 사람이다.

박○웅 씨는 박 대통령이 외국 방문 시 다섯 번을 수행했는데, 당시 박정희 대통령은 비용 절약을 위해 수행원을 줄여서 박 씨는 이발뿐만이 아니고 대통령의 양말을 빨고 와이셔츠를 다리는 등 수행비서 역할과 짐꾼 역할까지 했다고 한다.

오랫동안 청와대에서 생활하면 자연 청와대 분위기를 닮아갈 수밖에 없었던 모양으로 박 대통령을 모시면서 점차 마음과 몸이 나라를 먼저 생각하게 되는 삶을 살게 되었다고 한다.

외부에서는 박 대통령을 가까운 거리에서 모시니까 대단한 권력이 있는 줄 알고 그에게 별의별 청탁을 다 했다. 그러나 박 씨는 일체 그런 요구를 들어준 적도 없고 또 그런 일에 말려든 적도 없었다.

그러한 박 씨가 엉뚱하게도 해저 케이블 인양에 말려들게 되고, 일제 강점기 때 일본군이 부산에 숨겼다는 금괴와 보물을 발굴한다고 가산을 다 탕진해 버리게 된다.

대통령의 이발을 한다면 보통 신임이 있어서는 안 되는 것이다. 날카로운 면도칼을 대통령 얼굴에 들이대는 이발을 아무나 시킬 수는 없는 일이다.

이러한 박 씨의 별난 행보와 행적에 관해 이야기를 해보고자 한다.

1975년경 청와대 이발사 박 씨에게 공군 대령 출신인 김○태 씨와 부산 동아대학의 지질학과 구○택 교수가 친지의 소개로 찾아 왔다.

그들은 낡은 종이에 펜으로 그린 부산 적기(赤崎), 지금 부산시 남구 문헌 4동 1210번지 일대의 보물 매장도를 내놓으면서 매장물 발굴허가를 받아 달라고 하였다. 지도는 김○태 씨가 일본군 공군 대위로 근무할 당시 노구찌 이찌나까(野口一長)란 일본군 중위로부터 받았다는 적기(赤崎) 일대의 일본군 지하기지에 묻혀 있다는 보물의 위치도였다.

또 하나의 지도는 당시 적기 만에 주둔한 일본군 제122 독고부대 사령관으로부터 받았다는 4장의 비밀지도와 배치도였는데 금괴 수백 톤, 금동불상 36개, 비취 불상 1개, 다이아몬드 1천6백 개, 은 150톤 등이라고 기재되어 있는, 비록 허술하기는 하지만 그런대로 그럴듯해 보이는 매장물 지도였다.

이들이 주장하는 매장지는 당시 군수기지 사령부로 아무에게나 발굴허가를 내줄 수 있는 곳이 아니었다.

박 씨의 생각으로는 발굴비용이야 허가 요청자가 부담하는 것이고,

보물이 나온다면 그것은 국가적으로 엄청난 이익이 틀림없으므로 박 대통령에게 이발하는 틈을 타서 직보하였다고 한다.

박 대통령 역시 5·16이 나기 전 군수기지사령관을 지냈으므로 그곳 지리를 소상히 아는 터였다. 박 대통령의 지시였는지는 몰라도 국방부로부터 발굴허가를 얻게 된다. 결국, 이 일로 효자동 이발사 박 씨는 보물 발굴에 관여하게 된다.

그 후 김○태 씨와 구○택 씨가 사망하고 박 씨는 박 대통령 서거 후 그때 받은 퇴직금으로 정○재라는 사람과 손잡고 발굴 작업에 매달린다. 1982년 1월에 발굴 작업을 시작해서 83년 9월 지하 10m쯤에서 잠수함기지 통로나 입구로 보이는 지점을 발견했으나 발굴허가 기간이 다 되어 작업을 중단하게 되었다고 한다.

이 밖에도 잠수부를 동원해서 이 일대 바다 밑을 뒤지기도 하고, 어느 땐가 우암로 도로 확장 공사 중에 방공호 비슷한 대형 인공터널 3개가 발견되어 사람들의 시선을 끌기도 하였다.

가산을 탕진한 박 씨는 셋방을 전전하고 이 발굴 작업은 현재 이런저런 사정으로 지금은 작업이 중단되었다.

부산 적기 일대에 일본군의 약탈 보물이 있다는 이야기의 근거는 다음과 같다.

일본군이 패망하기 직전 1944년도에 일본군은 중국을 비롯한 동남아 각국에서 금괴를 비롯한 보물을 적극적으로 약탈하기 시작했고, 이약탈한 보물을 잠수함을 동원해 일본 본토로 운송하기 시작한다.

영원한 로망 보물

약탈의 주동자는 태평양 전쟁 당시 필리핀 방면 사령관이던 야마시다였고, 히로히토 왕의 동생인 다케다 츠네요시 왕자가 이 작전의 총책임자였다. 이때 일본 본토를 미군이 해상봉쇄하자 일부는 필리핀에, 또 일부는 부산의 지하기지에 숨기게 되었다는 것이다.

흥미로운 사실은 이 땅에 대한 독특한 이력이다.

해당 부지의 토지대장을 보면 1939년 4월에 조선인 땅이던 것이 일본 도쿄의 한 일본인에게 넘어가고 같은 해 9월 일본목재공업주식회사의 명의로 된다. 이 땅은 츠네요시 왕자가 보물을 숨기기 위한 황금백합 작전을 개시하는 1945년 7월 3일 조선총독부로 소유권이 넘어갔다. 이 사실은 지하야 어찌 되었든, 지상은 불모지나 다름없었는데 조선총독부로 소유가 넘어간 것은 지하 매설물이 중요하다는 방증일 것이라는 추측이다.

이 일대에서 광복 직전 조선 노무자 천여 명이 갱도 작업 중 죽고 다쳤으며, 종내에는 학살되어 매장된 것도 이와 무관하지 않다는 게 '태평양전쟁희생자유가족협회'와 '일제강제연행생존자협회'의 주장이다.

아무튼 이 땅 지하가 잠수함기지 또는 어뢰 창고라는 주장이 끊임없다. 만일에 보물이 없는 잠수함기지라 할지라도 우리의 선조 천여 명이 눈을 못 감고 그곳에 묻혀 있다는 사실이 밝혀진다면 보물 발굴 못지않은 중요한 사건이라 할 것이다. 그래서 그분들의 원한이 밝혀지고 일본군의 만행이 백일하에 드러난다면 그 또한 우리 후손들이 반드시 밝혀야 할 의무가 아니겠는가?

아무튼, 효자동 이발사 박 씨는 이 일을 계기로 우리나라에 묻혀 있는 일본군의 보물 소동에 휘말리고 결국 남은 일생을 보물찾기의 트레저 헌터로 살게 된다.

효자동 이발사에 얽힌 후일담 하나.

다음은 박○웅 씨의 회고담이다. 청와대 구내 이발은 형식상 1회 이발에 2,500원을 받았는데 박 대통령은 수시로 세상인심을 묻고 박 씨의 살림 형편을 도와주었다고 한다. 그는 박 대통령의 배려로 작은 아파트도 마련했다고 하며 박 대통령의 인격에 감화받아 열렬한 신봉자가 되었음을 고백하였다.

박 씨는 박 대통령 서거 후 최규하 대통령 재임 시까지 근무했다고 한다.

영원한 로망 보물

제3장

보석,
알고 보면
더 아름다운

장신구와 탄생석(Birth Stones)

동서양을 막론하고 고대로부터 들과 강가에서 발견되는 예쁜 돌들은 아름다운 색상과 문양으로 사람들에게 신비한 느낌과 주술적 영감을 안겨주었다. 돌을 주운 사람은 본인이 간직하기도 했지만, 부족의 장이나 좋아하는 이성에게 이 돌을 바쳐서 호감을 사기도 했다.

더 나아가 아름다운 돌들을 먹을거리나 무두질한 가죽이나 풀잎 줄기로 짠 옷감 등과 교환하기도 했을 것이다.

돌들은 이렇게 최초의 상업적 거래의 매개가 되었고 그렇게 거래된 신비한 돌들은 추장이나 제사장의 가슴에 다는 신분 상징이나 권위의 장식으로까지 변하게 되었다. 아름다운 돌들은 풍요를 기원하는 염원의 상징이었다. 여기에 재앙으로부터 액운을 막는 호신(護身)의 의미도 더해지게 되었다.

이때쯤 사람들의 인지가 발달하면서 천재지변에 두려움을 품었고, 달과 별의 운행에 관심을 갖게 되었다. 사람들은 계절과 천체 변화가 인간에게 어떤 영향을 준다고 느꼈을 것이다. 이것이 발전하여 점성술이 되고 별과 달의 운행을 헤아릴 줄 아는 사람이 그 집단을 이끌게 되었다.

그 사람들은 점차 점성술에 심취하게 되고, 미를 추구하는 욕구와 더불어 장식 돌을 지니면 기분이 좋아지면서 행운이 찾아온다는 믿음을 갖게 되었다. 손재주가 늘면서 사람들은 보석 돌뿐만 아니라 여러 가지 짐승의 뼈로 만든 골각기들을 장신구로 만들어 두려움을 이겨내는 부적(符籍)으로도 쓰게 되었다. 또한, 풍요를 기원하는 여러 상징으로, 더 나아가 자기를 나타내고 표현하는 데 쓰기도 하였다.

장신구는 결국 여러모로 인간을 즐겁게 하는 노리개이고, 부적이며, 거래 매개물이 되었다.

이러한 의미의 장신구는 그 사람이 태어난 달과 연관 지어 몸에 지니면 행운이 따른다고 믿는 탄생석(誕生石, Birthstone)이 되었다.

특히 서양의 점성술에서는 탄생석이 초자연적인 힘이 있다고 여겼으며 각각의 탄생석에 의미가 붙여지면서 인간의 운명을 점치는 데에 보조적인 역할을 해왔다.

기독교 문명권에서는 구약성서 《출애굽기》 제28장에 제사장 복식의 장식과, 신약성서 《요한 계시록》 제21장에 나와 있는 천국의 예루살렘 성곽을 장식한 12가지 보석이 탄생석과 연유한다고 보고 있다.

이스라엘에서는 12부족, 12천사, 천체 12궁 등 12라는 숫자를 신성시했는데 12달과 동일시되어 12가지 상징색의 보석을 선호하였다.

중근동 지방의 점성학에서도 각각 탄생한 달의 성좌에 속해 있는 보석을 지니고 있으면 재해나 병마를 물리치고 행운과 장수와 명예를 얻을 수 있다고 믿어 왔다. 그러나 탄생석이 일반화한 된 것은 18세기에 이르러서였다.

1월 가넷 (사랑, 진실)

2월 자수정 (성실, 평화)

3월 아쿠아마린 (총명, 용기)

4월 다이아몬드
(영원한 사랑, 청정무구)

5월 에메랄드 (행운, 행복)

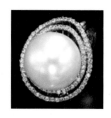

6월 진주 (건강, 권위, 부)

7월 루비 (열정, 영원한 생명)

8월 감람석 (지혜, 행복, 믿음)

9월 사파이어 (자애, 성실)

10월 오팔 (희망, 순결)

11월 토파즈 (우정, 인내)

12월 터키석 (행운, 성공)

영원한 로망 보물

18세기에 폴란드와 중부 유럽에 이주해온 유대인들은 12가지 보석을 1년의 열두 달과 견주어 자신이 태어난 달에 해당하는 보석으로 장식 용품을 만들어 몸에 지녔다. 또한, 유럽 각지를 떠돌던 집시 점술사들도 여러 가지 보석에 대해 초자연적인 힘을 부여했다.

그러나 시대와 민족에 따라 그달의 보석을 선택하는 방법이 똑같지는 않았다. 현대에 와서 각각의 달과 관련된 탄생석들은 앞 사진에 열거된 것처럼 고대에 생각했던 것과는 많은 차이가 있는데, 이는 이용 가능성이나 가격이 많이 달랐기 때문이다.

특히 성서에 나와 있는 보석 이름은 색깔을 주로 하는 것이어서 다이아몬드가 들어 있지 않고 진주도 포함되어 있지 않다.

그때까지 다이아몬드는 인도에서만 발견되었고, 인도 지방에서만 알려졌다. 중근동에서는 다이아몬드를 알지 못하였지만, 다이아몬드의 어원인 아다마스란 말이 있는 것으로 보아서는 막연하게나마 강한 광채의 흰 돌이 있다는 것은 알고 있었던 같다.

전래의 탄생석들은 20세기 이후 각 보석의 쓰임새나 보편성에 따른 가치 평가가 달라지면서 새로운 탄생석이 추가되었다.

근대에 와서 이것을 상업적으로 활용하고자 대대적인 캠페인을 벌인 것은 유럽과 미국의 보석상들이었다. 중세기의 보석상들은 다이아몬드, 루비 사파이어같이 값비싼 보석만 다루어 황실과 최상류층만 상대하고 서민층과는 담을 쌓아 대중화에 실패하였다.

보석상들은 상류층의 전유물이란 편견을 벗어버리고 일반 대중에게도 보석의 문호를 열고자 하였다. 그리하여 미국에서는 1912년에, 영국에서는 1937년에 보석상들이 중저가 보석이 포함된 새로운 탄생석을 임의로 선정하여 홍보하기 시작하였다.

미국·영국에서는 약간씩 다른 탄생석을 선정하였다. 그것이 현재의 탄생석의 기준이 되었다. 프랑스와 기타 나라에서는 특별히 선정해 놓은 탄생석은 없고 주로 미국에서 선정한 탄생석을 소비자에게 권하고 있다. 우리나라와 일본은 미국의 탄생석을 기준으로 하고 있다.

소비자들은 보석상이 선정한 탄생석에 너무 매달릴 필요는 없다. 그때 그때 주머니 사정에 맞추어 프러포즈, 결혼 기념, 생일 기념 등에 따라 성의껏 준비하고 정성과 사랑을 더 하면 되는 것이다.

'사랑의 선물은 값으로도 따질 수 없고, 따져도 안 되고, 사랑은 황금 중량으로도 무게를 잴 수도 없는 아주 고귀한 의미이기 때문이다.'

영원한 로망 보물

다이아몬드… 그 영원한 신비

◦ 다이아몬드의 신비

우리나라에서 다이아몬드가 일반인에게 회자된 시기는 1913년 일본 소설을 번안하여 연재한 〈장한몽〉이라는 신문소설이다. 이를 각색한 신파극 '이수일과 심순애'에서 공전절후의 명대사 "김중배의 다이아몬드 반지가 그렇게 좋더란 말이냐"에서 다이아몬드에 대한 열광이 시작되었다.

사람들은 그 이전에 불경에서의 "금강불괴"란 말에서 세상에서 가장 단단하고 깨지지 않는 보석이 있다고 알고 있었지만, 이 금강석이 다이아몬드인 줄은 모르고 있었다.

2800년 전 세상에서 다이아몬드를 제일 먼저 발견한 이들은 인도인이다. 인도에서 발견된 이 신비한 돌을 사람들은 광택이 죽지 않는 하늘에서 지구로 떨어진 별 조각이라고 믿었다.

아주 옛날 인도의 전설에 따르면 바닥이 온통 다이아몬드로 뒤덮인 골짜기가 있는데 사람이 내려갈 수 없는 험준한 지형으로 온갖 독사와 맹수가 우글거리고 있었다. 그 골짜기에 내려갈 수 없는 사람들은 고기 뭉치를 그 계곡에 던져 넣었다고 한다. 그러면 다이아몬드가 묻은 고기를 독수리가 채서 올라오면 독수리를 위협하여 고기에 묻은 그 단단한 돌을 얻었다고 한다.

이 전설에서도 다이아몬드 발견이 그만큼 어려웠음을 알 수 있다.

그 귀한 다이아몬드는 인도의 왕국과 유럽 왕실에 들어가 선망의 보석이 되었다. 유럽 중류층의 전유물이 된 계기는 19세기에 남아프리카에서 대량의 다이아몬드가 발견되고부터이다.

다이아몬드는 지구상 물질 중에서 가장 강하고 단단하여 모스 경도에서 10으로 치는 물질이다. 모스 경도 9인 루비보다 90배나 단단한 다이아몬드의 주성분이 연필심의 흑연과 똑같은 탄소로 이루어져 있다니 얼마나 신기한 일인가?

다이아몬드는 탄소 성분이라서 열과 전기 전도성이 아주 뛰어나지만 비교적 열에 약해 850℃가 넘어가면 연소를 시작하여 고열에서 이산화탄소(숯)가 되어 버린다. 다이아몬드를 망치로 치면 부서지지만 절대로 긁히지는 않는다.

다이아몬드는 수십억 년 전, 지구 내부 깊숙한 곳의 펄펄 끓는 마그마 속에서, 탄소가 막대한 열과 압력을 받아 생성되었다. 이것이 지각 활동과 화산작용으로 다이아몬드가 함유된 청점토(Blue Ground, Kimberlite)를 지각까지 밀어 올려 넓은 파이프 형태로 식어버리는데 다이아몬드는 이 청점토의 광맥 안에서 발견되고 있다.

최근 고온, 고압시설에서 인조 다이아몬드를 생산하여 천연산보다 저렴한 가격으로 시판을 시작하고 있다.

。 다이아몬드는 귀할 수밖에 없다

수십억 년 전 생성된 다이아몬드는 지구 내부의 깊숙한 곳에서 지표까지 나오는데 매우 오랜 여정을 거치게 되고, 또한 희귀하게 발견된다.

현대에는 채굴 장비의 발달로 다이아몬드의 생산량은 계속 증가 추세에 있으나 점점 고갈되어 가고 있다. 유사 이래 오늘날까지 다이아몬드의 총생산량은 모두 합해도 겨우 3~4백 톤밖에 되지 않는 것으로 추정된다. 부피는 대형 버스 하나를 채울 수 있는 양이다.

채굴한 다이아몬드 중 15~20% 미만이 보석용으로 적합하다고 판정되며, 나머지는 공업용으로 쓰이고 있다. 보석용 다이아몬드는 자잘한 것 포함 200mg(0.2g, 1캐럿)을 얻기 위해서는 청점토 광맥에서 약 250t의 광석을 캐내어 선별하고 가공해야 한다.

다이아몬드는 컷팅이 잘되고 색상과 투명도가 좋고 크기가 클수록 값어치가 더 나간다.

。 보석의 황제, 다이아몬드

오늘날 전 세계 원석의 80% 이상을 공급하는 곳은 호주, 자이레, 보츠와나, 러시아 등 4대국이며 그다음은 남아프리카와 아프리카 몇 나라, 남미 제국과 브라질, 중국, 인도네시아, 그리고 인도 순이다.

불행히 우리나라는 신생대 지역이라 발견 가능성이 작다.

○ 영원한 사랑의 상징, 다이아몬드

15세기까지 다이아몬드는 워낙 희귀해서 힘과 용기, 불가침의 상징으로 오직 왕족들만이 지닐 수 있었다. 그때까지는 연마할 수 없어서 원석 자체를 그대로 사용하였다.

어느 날 앤트워프의 다이아몬드 상인이 다이아몬드 가루로 연마하는 방법을 발견하면서 각을 내게 되고 광택을 내서 더욱 찬란한 광채를 내게 되었다.

그때 라운드 다이아몬드의 연마는 최소의 각을 친 컷팅으로 겨우 광을 내는 정도였지만 1919년 수학자 톨코우스키가 다이아몬드의 굴절률을 최대한 살려서 입사된 빛이 대부분 다시 반사해 나오는 58면의 컷팅 방식을 찾아내었다. 지금은 모두 이 공식을 적용하고 있다.

라운드 이외의 4각인 스퀘어, 물방울, 오발, 마퀴즈컷 등을 팬시 컷이라고 하는데, 이것은 원석의 중량을 최대로 살리기 위한 것으로 라운드보다 가격이 저렴하다.

희귀한 다이아몬드에는 사랑과 전설이 얽혀 있는데 사람들은 큐피드의 화살 끝에 박힌 다이아몬드는 그 어느 것도 따를 수 없는 마력을 지니고 있다고 믿어 왔다. 다이아몬드라는 말은 그리스어의 'ADAMAS'에서 유래되었으며 이는 '정복할 수 없다'는 뜻으로 사랑의 영원함을 암시하고 있다.

1447년 프랑스 버건디 지방의 귀공녀 '메어리'는 오스트리아의 대공 '맥시밀리안'으로부터 다이아몬드 반지를 받았는데 이것이 다이아몬드

영원한 로망 보물

약혼반지의 효시로 알려져 있다.

여성들이 왼손 약지에 약혼반지를 끼게 된 이유는 고대 이집트인들이 사랑의 혈관이 심장에서 바로 왼손 약지로 연결되어 있다고 믿었기 때문이다.

◦ 다이아몬드의 아름다움은 어떻게 나타날까?

자갈처럼 보이는 다이아몬드 원석에서 숨겨진 찬란한 아름다움을 찾아내는 것이 다이아몬드 연마사의 기술이다. 다이아몬드 연마 시에는 한 치의 실수도 용납되지 않는다.

아주 작은 실수로 아름다움이 훼손되고 중량도 줄게 되기 때문이다. 다이아몬드 원석을 자르고 연마하는 과정에서 손실되는 양이 총 원석 중량의 50% 이상이 되는데 연마과정에서 실수하면 그 가치 손실은 어마어마하다. 그래서 아주 작은 멜레 사이즈는 가공료가 싼 제3국에서 연마하지만, 고가의 큰 다이아몬드는 주로 식구들끼리 기술을 전수하는 가족 경영이 될 수밖에 없다.

다이아몬드 연마는 주로 뉴욕, 앤트워프, 텔아비브, 뭄바이에서 하고 있다. 멜레 사이즈를 연마하는 인도에는 약 40만 명의 연마사가 있으며 이스라엘에서는 약 12,000명이 연마 산업에 종사하는데 이스라엘의 총 수출소득의 약 25%를 벌어들이고 있다.

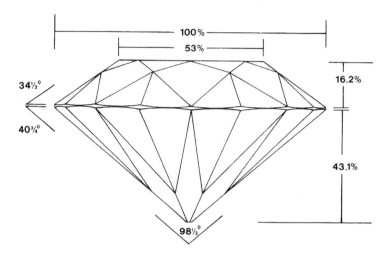

Amesican Ideal cut

FANCY SHAPES

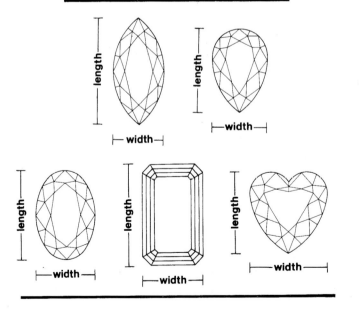

영원한 로망 보물

∘ 보석디자이너의 예술과 기술

커트와 연마를 거친 다이아몬드는 숙련된 보석디자이너에게 보내지며, 이들은 다이아몬드의 아름다움이 최대로 돋보이도록 세팅한다.

자연에서 얻는 가장 귀중한 보석으로서 아름답게 빛나는 다이아몬드는 특히 금이나 백금 같은 귀금속과 잘 어울려 더욱 아름다운 조화를 이루게 된다.

최근 다이아몬드 장신구 디자인은 예전의 지나치게 화려하고 복합한 디자인에서 단순하고 우아한 디자인으로 바뀌어 가고 있다.

| 다이아몬드와 결혼반지 | 다이아몬드와 커플링

'Simple is Beautiful'이란 말이 잘 어울리는 심플 디자인은 다이아몬드의 불꽃 같은 마력을 강조함으로써 다이아몬드의 황홀한 아름다움을 더욱 돋보이게 한다. 그러나 아직도 일부의 약혼반지, 결혼반지, 결혼기념일 반지 등에는 전통적인 디자인이 많이 쓰이고 있다.

결혼기념일 반지에 세팅된 다이아몬드 가락지는 "나의 사랑은 원처럼 끝이 없다"라는 말을 상징함으로써 사랑의 영원함을 시사하고 있다.

디자이너의 창작성에 더욱 영감을 주는 최근의 큰 변화는 남성용 다
이아몬드 반지이다. 평상복과 정장 모두에 다이아몬드가 잘 어울린다는
것을 알게 된 남성들의 숫자가 점점 증가하고 있기 때문이다.

　　　　　　　　　　　　　　　　　　　　　　영원한 로망 보물

인(仁)·지(智)·예(禮)·의(義)를 갖춘 옥(玉)

"옥은 군자의 덕에 비할 수 있으니 부드럽고, 따사롭고, 광채가 나는 것은 인(仁)이요, 짜임새가 고르면서 굳은 것은 지(智)인 것이며, 깨끗하면서 깎이지 않음은 의(義)요, 몸에 드리워 품위가 나는 것은 예(禮)이고, 두들기면 그 소리가 맑고 은은한 것이 낙(樂)이다."

예기(禮記)에서 언급한 옥(연옥, 軟玉)에 관한 상찬(賞讚)이다.

중국이나 우리나라 사람들은 옥을 천지의 정수이며 대지의 정물로서 지극히 순결한 것으로 알고 있었다.

하늘의 신을 옥황상제라 하였고, 황제가 앉는 의자를 옥좌라 불렀다. 임금의 도장은 옥새라 했고, 황후 가례나 세자 책봉같이 중요한 내용을 새긴 것을 옥책이라 하였으며 귀한 아들은 옥동자라 하였다.

이처럼 귀하고 고결한 것은 모두 옥에다 비유하였다. 웃기는 것은 일본인들이 일본 왕의 육성을 옥음이라고 하는 것이다. 은쟁반에 옥구슬 구르는 소리가 있다는 말은 들었어도 전범 히로히토의 갈라진 목소리를 옥음이라고 하는 것은 옥을 모독하는 것이다.

| 경옥(비취)

| 쑥색 옥 종류

서양에서는 화려한 색상의 보석과 다이아몬드처럼 빛이 반사되는 것을 즐기고 선호하지만, 동양에서는 빛을 흡수하였다가 은은하게 발산하는 옥이나 비취, 산호, 호박 같은 것을 유난히 좋아한다.

우리나라의 선사시대 무덤이나 가야, 신라 고분에서 나온 곡옥(曲玉)과 관옥(管玉), 구옥(球玉)은 광물학으로는 각섬석(角閃石)인 연옥인데 가끔 비취라 부르는 경옥도 상당수 출토되었다.

우리나라 무덤에서 나온 경옥은 중국비취(버마비취)와 광물학상 거의 비슷한 휘석(輝石)의 일종이다. 이 경옥은 분명 우리나라 출토물인데 아직 그 산지를 찾지 못해 미스터리로 남아 있다.

옥과 비취는 완전히 다른 계열의 광물로 가격도 현저히 다르다.

동양에서 옥이라 함은 보석의 동의어이기도 하다.

우리나라 무덤에서 나오는 옥 장신구 중에 가장 특이한 것은 굽은 옥, 즉 곡옥이다. 이 곡옥은 한쪽이 좁고 둥글게 연마한 굼벵이 모양인데 굵은 쪽에 가는 구멍을 뚫어 금관에 금실로 매달거나 끈에 매달아

영원한 로망 보물

목걸이용으로 사용했다.

학자들은 이 모양을 짐승 이빨을 부적처럼 사용하던 습속에서 비롯된 것으로 보기도 하지만 일부 학자들은 인간 태아를 형상화한 것으로 보기도 한다. 옥은 가락지, 목걸이, 팔찌, 브로치, 비녀와 요란한 머리 장식인 잠(簪), 남자들의 관자, 고관들의 옥대(玉帶), 동곳, 패용 장도, 옥 화병, 문방구 등에 사용되었다.

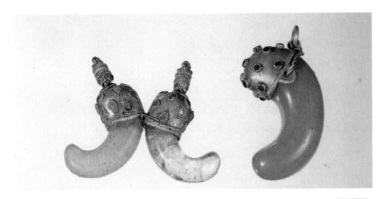

| 곡옥

| 옥담뱃대 (위에서 3번째)

| 잠

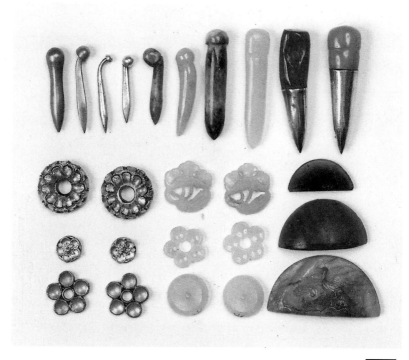

| 동곳

　일반 서민계층에서는 저승길의 노자로 동전과 함께 생쌀을 많이 쓰지만 상류층, 특히 왕이 죽으면 시신을 보존한다는 믿음과 저승길 노자로 죽은 자의 입에 옥을 넣어 함옥(含玉) 또는 반함(飯含)이라고 하였다.

영원한 로망 보물

옥은 색상에 따라 유백색, 황색, 암녹색, 회흑색 등 다양하다.

백색 옥 이외에 암녹색 옥을 쑥비취, 대만비취란 이름으로 우리나라에서도 6~70년대에 많은 사랑을 받았다.

옥은 보석 중 으뜸가는 질긴 성질을 지니고 있다. 질기다는 것은 조직이 치밀하여 잘 깨지지 않는 것을 말한다. 1906년 4월 미국 샌프란시스코에서 대지진이 났을 때 전당포에 진열된 상품 중 바닥에 떨어져 깨지지 않은 것이 유일하게 옥 그릇과 옥 화병이었다고 한다.

옥은 강원도 고성, 경기도 남양, 함경도 단천 등 30여 곳에서 소량씩 생산된다. 옛날에는 중국이 옥 조공을 바치라는 압력이 심해서 쉬쉬하고 궁중 소용으로 소량 생산하여 상류층에서만 사용하였다.

현재 춘천시 동면 월곡리에 있는 대일광업에서 백옥이 대량 산출되는데 품질과 색상이 아주 뛰어나다. 이 광산은 1968년 곱돌(납석)을 채광하다 발견되어 1974년 2월 12일 옥 광산으로 정식 출원했다.

춘천의 옥 광산은 1,500만㎡ 면적에 6개 광구가 있다. 지하 400m 수직갱에서 0.3m~1m의 광맥이 형성되어 있는데 추정 매장량은 30만 톤이고, 연간 150t을 생산하고 있다.

이 옥 광산 발견 소식은 미국의 유명한 광물 연마 잡지인 라피다리(Lapidary)에 1974년 기사화된 바 있다.

이 옥을 조각하여 세계적인 명품으로 만든 이는 1996년 2월 1일 중요무형문화재 100호 옥장(玉匠)으로 지정된 장주원(張周元) 씨이다.

| 백옥 지구본 향로(장주원 作)

영원한 로망 보물

장주원 씨는 1937년생, 목포 출신으로 1959년 종로 4가에서 세공 공장을 운영하였고, 그 후 종로 2가에서 옥 가공 기술을 거의 독학으로 연마하였다.

한때 가족으로부터 미쳤다는 소리를 들을 정도로 옥 공예에 몰두한 장 씨는 용을 조각하면서 입속에 있는 여의주 구슬 속에 또 구슬을 만드는 환옥(還玉) 기술을 성공시켜 세계적인 명성을 얻었다.

조선조의 법령과 제도, 국가경영에 관한 법전인 경국대전에는 조정에서 경영하는 상의원(尙衣院)에 옥장(玉匠) 10명, 구슬을 만드는 주장(珠匠) 2명을 두라고 기록하고 있다. 이를 보면 조선 조정에서 꾸준히 옥장 기능공을 관리 육성하였음을 알 수 있다.

이러한 전통을 일제가 맥을 끊고 말살하였는데 다행히 장주원 씨가 그 맥을 되살렸을 뿐만 아니라 그 몇 단계를 발전시켰으니 장주원 씨의 재능과 열정이 진정 대단하다고 하겠다.

| 백옥 쌍사자 향로(장주원 作)

영원한 로망 보물

유리, 그 화려한 유혹

　오늘날 인간은 유리를 빼놓으면 일상생활이 불가능할 정도로 유리와 밀접한 관계가 있다.

　IT의 가장 핵심이 소프트웨어겠지만 그에 앞서 하드웨어가 없으면 이 마저도 불가능한데 이때 반도체의 주재료가 한마디로 유리질, 즉 실리 카이다.

| 경주 금령총 출토 유리잔

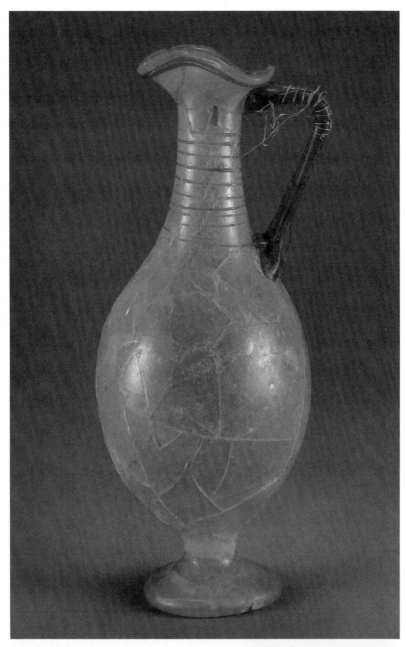

| 황남대총 남분 유리병 (국보 193호)

영원한 로망 보물

인류는 토기를 굽는 과정에서 자연스럽게 유리를 발견하였을 것이다.

지구를 구성하고 있는 광물질 중 70%가 규석(이산화규소, SiO_2)이므로 처음 질그릇을 불에 굽거나 방한용 불을 피우는 과정에서 땅에 널린 규석(일명 차돌)가루가 고온에 녹아 영롱하게 빛을 발하는 것을 보고 유리를 발견했으리라 추정한다.

1세기 로마의 박물학자 플리니우스(Plinius, G.P.)도 〈박물지〉에 "천연소다를 무역하는 페니키아의 상선이 지중해 연안 강 하구에 이르러 식사 때가 되어서 취사를 하고자 모래사장에서 소다 덩어리를 받침으로 솥을 걸고 취사를 하는데, 그 불길로 소다가 모래와 융합하여 처음 보는 반투명의 액체가 몇 줄기 흘러 내려왔다.

이것이 유리의 기원이다"라고 하였다.

사람들은 이때부터 대대적으로 유리질을 갈아 장신구를 만들고 여기에서 발전하여 생활 용기를 만들어 썼다.

유리는 초자(硝子) 또는 파리(玻璃)라고도 하는데 비정질이어서 성형이 자유롭고 특유의 색채를 낼 수가 있으며 투광성, 불투수(不透水)성, 재생이 쉽고 광택이 아름다운 다양한 성질을 지닌 물질이다. 이러한 여러 가지 특성 때문에 옛날부터 다채롭게

| 상감옥 목걸이 (보물634호)

제조되었고 귀중하게 다루어져 왔다.

유리는 대략 기원전 1세기까지는 매우 귀해서 거의 귀족들만이 소유할 수 있었다. 볼록 유리는 확대경과 거울로 인류 발전에 이바지하였다.
우리나라에서 발견되는 유리 종류 유물 중에는 중동지방에서 온 것으로 추정되는 기명(器皿)들도 있지만 가야 시대와 삼국시대에서는 독자적으로 만든 찬란한 공예작품이 많다.

| 목걸이 경주 천마총 (보물 619호)

| 상감옥 목걸이 (보물 634호)

부여읍 합송리 청동기 유적에서 나온 구멍 뚫린 유리구슬(관옥, 管玉)은 기원전 2세기경으로 밝혀져 가장 오래된 것이고 고조선 말기(BC

100년경)의 유리구슬과 귀걸이가 그다음으로 오래된 것이다.

1921년 발굴한 경주의 금관총(金冠塚)에서 두 개의 유리잔과 3만 개가 넘는 유리 관옥(管玉), 1924년 금령총(金鈴塚)에서 발굴된 두 개의 유리잔과 유리 구슬, 1926년 서봉총(瑞鳳塚)에서는 암청색 반투명 유리 주발과 유리 구슬이, 1973년 155호 고분 천마총(天馬塚)에서 유리 그릇과 더불어 8천 개가 넘는 유리 구슬이 출토되었다.

기타, 공주의 무령왕릉이나 상주, 고령의 고분군에서 수만 개의 유리 구슬이 쏟아져 나와 그 시대에는 유리가 최고의 보물로 간주 되었음을 알 수 있다.

이때 나온 유리 그릇은 중국이나 동양에서 아직 발견된 적 없는 것으로 신라나 가야에서 제조된 것으로 추정하고 있다. 또한, 경주 불국사 석가탑에서 발견된 유리병 역시 우리나라 토기와 비슷한 형태라 우리나라에서 제조된 것이 틀림없을 것이다.

일본 왕실 유물 창고인 정창원(正倉院)에 있는 백유리병은 경주 98호분에서 출토된 병과 흡사하여 칠지도와 함께 우리나라에서 건너간 것이 확실하다고 증명되었다.

1981년 5월 2일 경주군 내남면 덕천리 강부산 기슭에서 유리를 녹이는 용융 가마터가 발견되었는데 이 시기를 가야 시대 이전으로 추정하고 있어서 우리나라의 유리 제조 연대가 상당히 오래된 것으로 유추하고 있다. 신라 시대의 것으로 추정되는 염색된 유리가 25년 전 미국 보석 학원(GIA)의 Gem & Gemology에 기사로 실리기도 하였다.

사진 설명에는 유리를 살짝 불에 구웠다가 물에 식혀 크랙을 만든 후 미세한 균열 사이로 녹색 물감을 처리(Dyed stone) 한 놀라운 기술이라는 기사였다.

벌써 그 시대에 유리 균열에 염색할 줄 알았다는 것이 신기하기도 하지만 익산 귀금속가공단지 초기에 유리 염색 상품도 당당히 수출품목에 들어가 있었으니 그 역사가 길기도 한 셈이다.

근대적 유리공장은 명성황후가 임오군란으로 충주로 피신할 때 공을 세운 이용익(李容翊)이 1902년 국립 유리제조소에서 병유리를 만든 것이 시초이고, 일제 강점기인 1938년에는 전국에 24개의 유리공장이 있었다. 이용익은 함경도 명천의 보부상 출신으로 걸음이 빨라 충주를 하루 만에 왕복하며 명성황후의 전갈을 대궐로 전해서 이후 탁지부 대신을 지내기도 하였다.

이용익은 출신 성분을 떠나 비교적 개화된 사람으로 공업전수소를 만들어 금은세공, 목공, 직조, 염직 등 기능인 양성을 주도하였다. 또한, 교육입국의 신념으로 보성학교를 만들어 신학문을 가르치도록 하였다. 그는 고종의 밀명으로 독립운동을 하다가 소련 연해주에서 병사한 풍운아였다.

옹진반도의 순이도, 주문진, 안면도에서 채취한 모래는 규석 순도가 아주 좋아서 한때는 일본에 수출하기도 하였다.

유리에 산화납을 넣으면 굴절률이 높아지면서 경도가 낮아져 가공이 쉽다. 이에 착안하여 만든 것이 광택이 좋은 크리스털 유리 용기이다.

사실 크리스털(Crystal)은 보석 광물업계에서 수정을 일컫는 말이다. 그러나 약삭빠른 상인들이 수정이란 말을 도용함으로써 마치 수정 그릇인 듯 소비자들을 현혹하고 있다.

일곱 가지 보석(七寶)과
예술성 높은 칠보

　귀금속이나 구리 같은 금속판에 형형색색으로 유리질(법랑, 琺瑯, Enameling)을 덧입힌 것을 칠보(七寶)라 한다.

　칠보는 우리 귀금속업계에서도 많이 접하는 것 중의 하나이다.

　지구상에 70%를 차지하는 가장 흔한 광물인 석영(유리질)가루에 다른 광물질을 섞어 금이나 은판 또는 구리판에 고온으로 녹여 붙임으로서 화려하고 아름다운 색상과 광택을 나타낸 것이 현대적 칠보이다.

| 머리 꽂이

　　　　　　　　　　　　　영원한 로망 보물

칠보는 서양에서 미케네 문명기인 기원전 13~11세기에 이미 사용된 바 있다. 그 후 로마 시대를 거쳐 중세에 와서 더욱 다양한 색상과 제작 기법으로 발전하였는데 실크로드를 거쳐 중국과 우리나라에 전파된 것이다.

조선 중기에 일본에 전해졌는데 일본에서 크게 발전하여 다양한 칠보 기법을 선보이고 있다.

| 떨잠

우리나라의 경우 5~6세기의 금령총 무덤에서 파란 칠보가 입혀진 금 가락지가 출토되었고, 7세기경으로 추정되는 녹색 칠보 은제 장식이 평양 근처에서 출토되었으며, 8세기경으로 추정되는 경주 분황사 탑에서 녹색 칠보 은제 침통이 발견되었다. 조선조 때는 주로 하얀 은에 황색, 청록색, 감색, 자색의 칠보가 성행했다. 이 칠보 기법에 관한 문헌은 일본에서도 발견되었다.

일본 칠보의 시조로 불리는 히라타 시로(平田四郎, 1595~1615)는 교토 사람으로 "조선인으로부터 칠보를 배워 칠보사(七寶師)가 되었다"라는 기록을 남겼다.

현재의 칠보는 제3공화국 때 일본에서 거주하던 이은(李垠) 황태자비 이방자(李方子) 여사가 귀국하여 설립한 명휘원에서 현대적 의미의 칠보 기법을 가르쳤다.

이방자 여사는 직접 만든 브로치, 머리 장식, 장식용 칠보 작품을 팔아 그 기금을 장애우 돕기에 쓰면서 세간에 널리 알려졌다.

이 현대적 의미의 칠보 장식 기법은 주로 세 가지의 방법을 쓴다.

바탕 면에 선을 붙여 각 구획에 색색의 칠보를 입히는 유선(有線) 칠보, 서로 다른 색의 유약을 겹쳐 발라 새로운 색상을 구현하는 무선 칠보, 바탕에 문양을 새긴 후 그 위에 투명 유약을 입혀 밑그림을 돋보이게 하는 투명 기법이다.

칠보 재료는 유리질(규사)에 납, 수산화나트륨, 산화구리, 탄산나트륨, 아비산, 주석산 같은 융제를 적당히 혼합해 투명, 반투명, 불투명의 에나멜(법랑)이 되도록 700~820도의 열을 가해 만든다.

파란색은 산화코발트, 초록은 산화구리, 노란색은 산화크롬, 갈색은 산화철을 쓴다.

칠보는 금, 은 금속판 등에 예술적 감각의 작품을 창출해 낼 수가 있는데 새로운 예술의 한 장르로서 전망이 아주 밝다고 본다. 귀금속업계에서도 이 칠보 기법을 응용하여 여러 가지 반지, 펜던트, 팔찌, 귀걸이, 머리 꽂이, 은기 등을 제작하여 장신구 및 장식물로 만들고 있다.

이처럼 칠보는 훌륭한 예술성을 지녀 많은 사랑을 받고 있다.

다만 이 칠보의 유리질에는 광물금속이 섞여 있어서 실제 사용하는 잔이나 식기 안쪽에 사용하면 인체에 해로울 수 있다.

　　　　　　　　　　　　　　　영원한 로망 보물

엄밀히 말해서 현대적 칠보는 우리의 조상들이 만들었던 전래의 칠보나 불교에서 말하는 칠보가 아니다. 본래의 전래적 칠보는 일곱 가지 보석을 일컫는 말로써 칠진(七珍)이라고도 하였다.

이 말의 시원은 인도에서 비롯되었고, 중국에서는 육조시대 이전으로 추정되며 우리나라에서는 신라 시대 때부터 일곱 가지 보석을 일컬었는데 일곱 가지 보석을 열거하면 다음과 같다.

일반적 칠보

금, 은, 유리(청백색 유리질), 파리(각종 진한 색유리), 마노, 산호, 거거(巨渠, 큰 대합조개, 깎거나 다듬어 보석용으로 사용)

무량수경(無量壽經) 칠보

금, 은, 유리, 파리, 마노, 산호, 거거

반야경(般若經) 칠보

금, 은, 유리, 마노, 파리, 산호, 호박

불지론(佛地論) 칠보

금, 은 유리, 마노, 거거, 진주, 파치가(유리 구슬의 일종)

항수경(恒水經) 칠보

금, 은, 유리, 파리, 마노, 거거, 적주(赤珠, 붉은 구슬)

대론(大論) 칠보

금, 은, 유리, 파리, 마노, 거거, 진주

아미타경(阿彌陀經) 칠보

금, 은, 유리, 파리, 마노, 거거, 적주

법화경(法華經) 칠보

금, 은, 유리, 마노, 거거, 진주, 매괴(玫瑰, 적색의 장미나무 뿌리나 그 화석) - 황호근 저, 〈한국장신구미술연구〉 참고

이렇듯 칠보는 일곱 가지 보석을 지칭하는데 실제로 이러한 개개의 보석도 중요하지만, 이 여러 보석이 함께 어우러졌을 때 그 조화로움이나 호화로움이 대단하다. 조선조 때는 특히 칠보잠(七寶簪, 칠보 비녀)이 유행했는데 부녀자가 이것을 하면 최고의 사치요 영화로 알았다.

고대 소설 속에 "눈썹은 반달 같고 치아는 석류를 닮았으며 머리에 칠보단장"이라고 새 신부를 묘사한 글들이 있다. 이때의 칠보단장(七寶丹粧)은 시집가는 처녀나 나들이 부녀자들이 갖가지 패물 장신구로 한껏 치장했을 때 그 호사스러움을 말하는 것이다.

머리에 트레머리라고 하는 가체(加髢, 가발)를 얹고 금, 은, 마노, 산호, 호박, 칠보를 장식한 비녀와 뒤꽂이를 하였으니 얼마나 대단하였겠는가? 그래서 시집가는 새색시나 귀부인들의 사치함을 나타낼 때 칠보단장(七寶丹粧) 하였다고 한 것이다.

가체가 한참 유행한 조선 중기에는 가체 값이 기와집 한 채 값이었다고 한다. 일부 몰지각한 양반 가문의 사치가 일반 부녀자에게도 번져 중국에서 들여온 비단과 기물, 화장품으로 기강이 문란해지고 뇌물이 성행하는 등 부작용이 대단하였다.

결국, 조정에서는 왕가의 비빈 외에는 가체와 칠보단장을 금하는 교지를 내리게 되었다. 다만 일생에 단 한 번, 시집갈 때만 가체와 칠보 족두리를 허락하고 대례복으로 노랑 원삼(圓衫)을 입도록 했다. 노랑 비단 옷감은 궁중에서만 허락된 색이었다.

이처럼 조선 시대에는 칠보가 사치의 대명사였다.

최근 칠보로 오인하는 것 중의 하나로 에폭시 수지가 있다. 비록 색상은 비슷하지만, 에폭시는 180도 열에 녹는 일반 화공약품이다. 취급이 간편해서 액세서리용으로 플라스틱에 쉽게 쓰고 있다. 에폭시는 붓으로 그냥 발라서 건조하면 되는 것이라 칠보와는 전혀 다른 재료이다.

진주,
오묘하고 영롱한 아름다움

세상의 어떤 보석보다도 독특한 아름다움으로 사랑받는 유기질 보석이 진주(珍珠. Pearl)이고, 어느 분위기와 복장에도 썩 잘 어울리는 보석이 진주다. 심지어 진주 브로치는 검은 상복에도 잘 어울리는 보석이다.

신약성경 마태복음 13장 46절에 "천국은 좋은 진주를 구하는 것과 같다. 좋은 진주를 발견하면 자기 소유를 다 팔아 진주를 사느니라"라고 진주를 천국에 비유할 만큼 고대에도 최고의 보물로 여기던 것이다.

조개에 핵이 저절로 들어간 것이 천연진주이고 핵을 강제로 삽입한 것이 양식 진주 (Cultured Pearl)이다.

진주는 천연이든 양식이든 조개가 최소 2년 이상 수년에 걸쳐 제 몸을 희생하여 만들어 내야 한다. 큰 이물질 핵이 들어가면 조개 자체가 폐사하기 때문에 천연진주가 20mm 이상 되고 원형이며 색상과 광택이 양호하면 그 가격은 천정부지일 수밖에 없다.

이렇게 귀한 진주는 경도가 약해서 광택이 죽는 약점이 있어 식초나 양념 같은 것에는 아주 치명적이다. 심지어 사람의 땀에도 변색이 되고 마모가 될 정도이다.

먼지는 돌가루이기에 먼지 묻은 그대로 헝겊으로 문지르면 상처가 생기게 되어 함부로 문지르지 말아야 한다. 진주는 미지근한 온수에 흔들어 거즈로 가볍게 물기를 제거하는 것이 가장 좋은 방법이다.

진주와 보석이 수입 금지 품목이었을 때 어떤 사람이 크림 통에 숨겨 왔다가 진주층이 벗겨져 수백만 원을 손해 본 일도 있었다.

그래서 진주를 취급하는 보석점에서는 진열장 안에 항상 일정한 습도를 유지하고, 아주 고급 천의 케이스에 모시고 있다. 고가의 진주라도 진주층이 벗겨지면 백 원 가치도 없게 된다. 그렇다고 진주를 착용하는 데 너무 두려워할 필요는 없고, 이론적으로 그러하니 진주를 애인처럼 소중한 보물로 다루라는 말이다.

2016년 8월 팔라완 섬에서 한 어부 가족이 거대한 진주를 발견해 팔라완 섬 '프린세사'시에 기증하여 기네스북에 올랐다.

이 진주는 2.2피트(약 67cm) 길이에 바로크 형태로 무게가 자그마치 34kg이나 나가서 팔라완 시청에서는 전시장을 만들어 전시하고 있으며 대강 우리나라 돈으로 1,100억 원을 호가하는 감정을 받았다. 더욱 놀라운 사실은 이 어부 가족이 10년 전에 발견하여 침대 밑에 보관하다가 시에 무상으로 기증하였다는 점이다.

민물 홍합 조개에서 진주를 양식하는 방법을 알아낸 것은 13세기경

중국이다. 중국인들은 홍합 속에 작은 모래알이나 나뭇조각 또는 금속 조각을 집어넣어 진주가 형성될 때까지 3년을 양식장에 놓아두는 방법으로 반구형 진주를 생산하였다.

미키모토 고키지(御木本幸吉, 1858~1954)라는 일본인이 해수 진주 양식에 성공하였다. 가난한 우동집의 장남인 그가 진주 양식에 나선 것은 32세 무렵. 외딴섬에 들어가 실패를 거듭한 지 4년 만인 1893년 미키모토는 반원형 진주를 만들어 냈고, 1905년에는 원형 진주를 선보였다.

미키모토는 비슷한 시기에 양식 기술을 개발한 또 한 사람과의 특허 전쟁에서 승리하여 선구자가 되었다.

일본에서는 1970년대 중반부터 진주 양식이 산업으로 발전하여 현재 약 2,000여 개의 진주 양식장을 보유하고 있다.

1930년대에 천연진주 수출로 먹고살던 쿠웨이트는 미키모토 진주 때문에 나라 경제가 거덜 날 뻔했다. 다급해진 쿠웨이트는 대안으로 자원개발에 몰두하여 5년여 탐사 끝에 1938년 2월 유전을 발견하고, 지금은 산유 대국으로 성장하였다. 일본산 양식 진주 때문에 전화위복이 된 경우이다.

당시, 양식 진주는 세계의 보석 업계를 강타했다. 런던과 파리, 뉴욕의 보석상들은 "교묘한 모조품"이라며 양식 진주를 오랫동안 배격했다. 불신과 기득권의 벽을 무너뜨린 것은 철저한 품질 관리였다.

생산량의 90%를 폐기해 버리는 미키모토의 고급화 전략과 "천연진주와 양식 진주는 본질적으로 같다"라는 학계의 연구가 맞물려 일본은 진주 수출 대국으로 떠올랐다. 귀족들만의 전유물이던 진주는 이제 만인의 보석이 된 것이다.

우리나라에서도 고대로부터 진주를 장식품에 애용하였다.

불교 용구, 족두리, 비녀, 화관, 가체, 뒤꽂이 등에 많이 쓰였다.

진주는 중국에서 호박, 산호와 함께 수입되어 당래품(唐來品, 외래품)으로 여인네의 사랑을 받았다.

허준 선생의 동의보감에도 진주(珍珠)의 효능이 기재되어 있다.

"진주는 성질이 차고 독이 없는 성한무독(性寒無毒)으로 심신을 평안케 하며 눈을 밝게 하고 피부의 종기를 다스린다. 진주 가루를 유즙(乳汁)에 섞어 바르면 검은 반점을 제거하며 얼굴을 윤기 나게 하여 안색을 좋게 한다."

진주분을 고급 화장품으로 상류층이 애용한 근거이다.

| 진주 반지

영원한 로망 보물

7대 불가사의 호박방(Amber Room)

얼마 전 세계인을 상대로 한 인터넷 투표에서 세계 7대 불가사의(不可思議)로 중국의 만리장성, 잉카의 마추픽추, 캄보디아의 앙코르와트 유적지, 인도의 타지마할, 이탈리아의 콜로세움, 요르단의 고대도시 페트라, 러시아의 호박방이 뽑혔다.

러시아의 호박방은 1756년 러시아의 표트르(피터) 1세가 러시아 제2도시 상트페테르부르크(구 레닌그라드)의 남서쪽, 지금의 푸시킨 마을에 여름 별장으로 지은 예카테리나(표트르의 황후) 궁전 안에 있다.

프로이센(지금의 독일)의 프리드리히 빌헬름 1세가 표트르 대제에게 선물로 지어준 사방 14m, 높이 5m 크기의 이 방은 약 7t에 달하는 10만여 조각의 호박과 황금으로 여러 가지 장식을 한 화려하기 그지없는 보물의 방이다.

원래 예카테리나 여름 궁전은 길이 306m, 방이 55개나 되는 바로크 양식의 프랑스식 초호화 별장이다. 이 별장에는 방의 장식 기둥과 색채에 따라서 녹색 기둥의 방, 붉은 기둥의 방 등등으로 이름이 붙여졌다. 이 방 중에서 호박과 황금으로 장식된 곳을 호박방이라 하였는데 호박의 양이나 황금 장식 등을 볼 때 그야말로 세계 7대 미스터리에 걸맞은 방이다.

이렇게 진귀한 호박으로 장식된 호박방은 2차 대전 당시(1941년) 독일이 상트페테르부르크를 점령하면서 히틀러의 명령에 따라 여러 조각으로 분해되어 약탈당한다. 그 후 이 호박이 운송 도중 행방이 묘연하여 이것 자체가 미스터리로 남아 있다. 목격자나 기록이 전혀 없어서 많은 보물 사냥꾼들이 가장 눈독을 들이고, 애타게 찾는 것 중의 하나가 이 호박방의 보물이다.

러시아에서도 이 보물에 대한 행방을 찾기 위해서 1967년 호박 탐사 위원회를 설치하고 유럽을 비롯한 중남미 등 세계의 동굴, 감옥, 교회, 소금 탄광, 심지어 침몰한 수송선까지 추적했지만, 아직 어떤 단서도 찾지 못하고 있다. 참다못한 러시아 정부에서 1979년 775만 달러를 투자하여 이 호박방을 복원하는 작업을 시작하였다.

러시아가 이 호박방에 거의 10t에 가까운 원석이 소요되자 그 비용을 감당하지 못하던 중 러시아산 가스를 수입하던 독일 기업 루루가스가 350만 불을 기부하여 작업이 재개되었다. 이때부터 50여 명의 복원 전문가가 달려들어 24년 작업 끝에 2003년 상트페테르부르크 도시 창건 300주년 기념일에 러시아 대통령 푸틴과 슈뢰더 독일 총리가 참석하여 개관식을 하였다.

현재 이 호박방의 가치는 약 3억 불로 추정되는데 거의 50만 개의 호박을 잘라 붙여서 마치 퍼즐 그림을 맞추듯이 재건하였다.

2007년에는 독일의 도이치노이엔도르프 시의 하유슈타인 시장이 도이치노이엔도르프 인근 20m 지하 인공동굴에서 호박방의 보물로 보이는 귀금속 물체를 전파 탐지기로 확인하였다고 언론 인터뷰에서 밝혔다. 발굴팀의 한 사람인 크리스티안 하니쉬는 자기 아버지가 나치 공군 조종사였는데 독일 패망을 앞두고 약탈 유물을 도이치노이엔도르프 지역에 매장했다고 생전에 말했다는 것이다.

하유슈타인 시장은 "만약 보물이 발견된다면 이것은 독일 정부 소유가 될 것이지만 러시아와의 화해의 증표로 독일 정부에서 승인하면 러시아에 인도할 수도 있다"라고 하였다.

그 이후 10여 년이 지났지만 아직 어떤 발견 소식도 없는 것을 보면 헛소문에 그칠 공산이 높다.

호박(琥珀, Amber)

약 4천~6천만 년 전 소나뭇과의 수액(수지)이 땅속에 묻혀 화석화된 유기물 보석으로 비중이 1.08 정도로 소금물에도 뜨며 경도가 아주 약하고 불에 잘 타며 약품에 취약하다. 가루를 내어 압축 호박을 만들기도 한다. 러시아, 발트해안, 폴란드, 태평양연안에서 산출되며 해안에서 많이 발견된다. 우리나라에서는 투명 여부에 따라 밀화(蜜花), 금패(錦貝)라고도 부른다. 동서양을 막론하고 여러 장신구와 장식에 애용하였다. 중저가로 여성의 노리개, 머리 장식, 반지, 팔지, 남자들의 상투 장식, 갓끈, 부채 손잡이, 문방구에 쓰인다. 쥐라기 영화에서처럼 호박 안에 곤충, 화분, 벌레 등이 들어있으면 수천 배 값이 올라간다.

혁명을 부른
마리 앙투아네트의 목걸이

18세기 말 프랑스 왕 루이 16세의 왕비 마리 앙투아네트가 지녔던 진주와 다이아몬드를 사용해 만든 목걸이가 지난 2007년 10월 27일 영국 크리스티 경매에서 공개되었다.

마리 앙투아네트는 1792년 혁명에 휩싸인 프랑스에서 탈출을 시도하면서 친구이자 영국대사 부인이던 서덜랜드 백작 부인에게 진주와 다이아몬드가 담긴 가방을 맡겼다고 한다. 앙투아네트는 혁명군에게 붙잡혀 이듬해 단두대에서 처형됐지만, 그의 보석은 런던으로 건너와 50여 년 뒤 1848년 서덜랜드 부인이 물방울 진주 21개에 다이아몬드와 루비를 곁들여 목걸이를 만들었다. 이 목걸이는 서덜랜드 부인이 손자 결혼 예물 겸 가보로 삼았다고 한다.

경매에 부쳐진 이 목걸이의 낙찰 예상가는 80만 달러(약 7억3,000만 원)였지만 응찰 가격이 낮아서 유찰됐다.

프랑스 대혁명을 유발한 근본적인 원인은 루이 16세의 방만한 국가경영이었지만 마리 앙투아네트의 사치와 향락 또한 한몫하였다.

영원한 로망 보물

오스트리아 여제 마리아 테레지아의 막내딸로 국가 재정을 파탄 낼 정도로 사치가 심했던 마리 앙투아네트는 사실 루이 16세와 부부로서의 잔재미는 못 느꼈을 거라고 사가들은 말한다. 부부의 정을 모르고 너무나 세상 물정에 어두웠던 앙투아네트는 그 대신 향락과 사치에 몰두하였고 끝내 부부는 단두대(斷頭臺)의 이슬로 사라졌다. 그리고 하나뿐인 아들도(루이 17세) 감옥에서 요절하였다.

여담이지만 최근 프랑스에서 앙투아네트와 요절한 아들의 DNA 검사 결과로 모자지간임이 확실한 것으로 판명되어 루이 16세 옆에 아들이 안장되었다고 한다.

당시 파리 노동자의 연평균 수입이 4백 루블이었다고 하는데 마리 앙투아네트 1년 개인 생활비가 165만 루블에 달했다고 하니 그 낭비벽이 얼마나 심했는지 알 수 있다. 이 낭비벽으로 나라의 재정 상태가 휘청댈 정도로 심각해지고 있을 무렵 혁명의 도화선이 된 다이아몬드 목걸이 사기 사건이 일어난다.

당시 루이 16세와 사이가 좋지 않았던 로앙 추기경이 환심을 사고자 앙투아네트 왕비 선물용으로 그녀가 평소 탐을 내던 160만 루블을 호가하는 다이아몬드를 계약금 일부만 주고 외상구입 하였다. 이 다이아몬드 목걸이는 총 540개에 2,800캐럿이었는데 왕비의 1년 생활비와 맞먹는 거금이었다.

이 다이아몬드 목걸이를 추기경은 왕실을 자유롭게 출입하던 라 모트 백작 부인에게 전해 달라고 부탁하였다. 그러나 라 모트 백작 부인은 이 목걸이를 가로채 런던 시장에 조각조각 분해하여 팔아 버렸다. 그런 다음 로앙 추기경에게는 다이아몬드 목걸이를 왕비에게 전달했다고 거짓말을 하였다.

잔금 받을 기일이 되어도 추기경으로부터 돈을 받지 못한 보석상 보에메르와 바상주는 앙투아네트에게 변제를 요구하게 되었고, 다이아몬드를 구경도 못 한 앙투아네트는 대로하여 로앙 추기경을 재판에 회부하였다.

재판 과정에서 앙투아네트가 관련된 사실이 없는 게 밝혀졌음에도 파리 시민들은 믿지를 않았다. 생활고에 시달리고 있던 성난 시민들은 결국 1789년 7월 14일 바스티유 감옥을 습격하기 시작해서 이것이 프랑스 대혁명으로 발전하게 된다.

혁명의 불길이 거세지자 마리 앙투아네트와 루이 16세는 왕당파의 도움으로 벨기에로 망명하고자 1791년 6월 20일 파리에서 도망쳐 나갔다. 그때까지도 자신의 처지나 형편을 모르던 철부지 앙투아네트는 화장실이 딸린 호화 마차에 미용사와 수많은 시녀를 거느린 마차군단을 이끌고 마치 소풍 나가듯 망명길에 올랐다.

왕비의 진한 향수 냄새와 호화 마차 행렬을 시민들이 몰라볼 리가 없었다. 앙투아네트는 시민군에게 붙들려서 감옥에 갇히게 되고 재판에 넘겨져 사형 선고를 받았다. 결국, 앙투아네트와 루이 16세는 1793년 10월 16일 단두대에서 생을 마감한다. 그때의 나이가 38세였다.

영원한 로망 보물

이 다이아몬드 사건은 프랑스 혁명의 여러 요인 중 하나이지만 앙시앵 레짐(구체제)이 해체되는 사건의 촉발 요인이라는 점에서 여러 가지 시사하는 바가 크다.

최근 2018년 11월 소더비 경매에서 앙투아네트가 소유했던 진주 펜던트 한 쌍이 3,200만 달러(약 362억5천만 원)에 낙찰되어 화제가 되었다.

| 마리 앙투아네트

사랑은 짧아도 보석은 영원하다

: 엘리자베스 테일러

세기의 미녀 엘리자베스 테일러도 세월은 이기지 못하고 암 투병으로 휠체어 신세를 지다 2011년 사망하였다. 1932년생이라니까 우리 나이로 80을 산 셈이다.

애칭이 리즈였던 그녀는 평생 9번의 결혼(리처드 버튼과는 두 번)을 한 것으로 알려졌다. 2009년 사망한 마이클 잭슨(1958년)이 생전에 나이와 관계없이 섹스 없는 결혼을 전제하여 청혼했을 정도의 미모를 지녔다. 리즈도 잭슨을 사랑했던 모양인데 마이클 잭슨의 사망 소식을 듣고 잭슨 곁에 묻어 달라는 유언을 했다고 하여서 뉴스를 타기도 하였다.

이렇듯 세상의 주목을 받은 리즈는 결혼을 자주 했던 만큼 많은 남자로부터 그녀의 마음을 사고자 숱한 보석을 받은 것으로도 유명하다.

리즈는 워낙 보석을 좋아하여 1986년 4월, 사랑을 위해 왕좌를 버린 윈저 공의 부인 심프슨이 사망했을 때 심프슨이 애용하였던 다이아몬드를 예상가격의 30배인 62만3천 달러를 주고 낙찰받은 적이 있다. 리즈는 "왜 그렇게 비싼 가격으로 샀느냐?"는 기자들의 질문에 "난 지금껏 내 돈으로 다이아몬드를 사본 적이 없어서 늘 남자들에게 죄책감이 있었다"라는 명답을 하기도 하였다.

그녀의 주변에는 항상 남자들이 들끓었고, 그녀에게 보석과 다이아몬드를 선물하지 못해 안달하는 남자들이 주변에 널려 있었다.

리즈 테일러가 결혼을 하면서 남편에게서 받은 유명 보석을 대충 나열하면 다음과 같다.

첫 번째 남편 니키 힐튼

1950년 5월 결혼식에서 당시 1만 달러짜리 다이아몬드가 박힌 백금 장식 선물을 했다. 지금 가격으로 따지면 100만 불 이상의 가치.

두 번째 남편 마이클 와일딩

1952년 열애 때 식사 도중 선물 받은 사파이어와 다이아몬드.

세 번째 남편 마이크 토드

1956년 연애 시절, 진주 반지(3만 달러), 29.7캐럿 다이아몬드(9만2천 달러)와 이듬해 결혼식에서는 8만 달러짜리 다이아몬드 팔찌 선물.

영화 제작자인 마이크 토드는 〈80일간의 세계 일주〉를 제작하였을 때 런던 시사회용 루비 목걸이, 파리 시사회용 에메랄드 목걸이와 다이아몬드 목걸이를 리즈에게 선물했다.

네 번째 남편 에디 피셔

1958년 결혼 1년 전 약혼 증표로 50개의 다이아몬드가 박힌 팔찌 선물. 리즈의 27번째 생일에는 27개의 다이아몬드가 박힌 이브닝 핸드백을, 이후 25만 달러짜리 불가리아산 에메랄드 목걸이 선물.

다섯 번째 남편 리처드 버튼

리즈의 여러 남자 중 그래도 가장 많은 사랑을 주고받은 남자가 리처드 버튼이었다. 그는 리즈에게 누구보다 값진 보석과 다이아몬드를 선물하였다.

1964년 리즈의 32회 생일에 다이아몬드와 에메랄드 목걸이를 선물하였다. 리처드 버튼은 리즈와의 결혼을 기념하여 다이아몬드를 선물하였는데 이것이 그 유명한 리즈-버튼 다이아몬드이다. 이 다이아몬드는 페어 컷의 69.42캐럿 물방울 다이아몬드인데 1963년 런던 경매시장에서 카르티에 보석상이 40만 달러에 구매한 것을, 다음 날 버튼이 리즈를 위해 엄청난 프리미엄을 주고 재구매하여 화제의 리즈-버튼 다이아몬드라고 명명되었다.

시중에는 이 다이아몬드 값이 100만 달러를 넘었을 거라는 소문이 있었다. 이 다이아몬드는 리즈가 그 후 1978년 아프리카 남부의 보츠와나(Botswana) 공화국의 자선병원 설립기금으로 내놓았는데 2,500달러를 지급해야 실물을 만지고 볼 수 있었다. 이 다이아몬드는 이듬해 1979년 300만 달러에 사우디아라비아의 어느 왕자에게 팔렸다.

이 밖에 버튼은 1968년 30만5천 달러짜리 33.19캐럿 쿠르프 다이아몬드, 라 페레그리나 진주 목걸이 등을 선물. 1972년 리즈의 40회 생일에는 또 25캐럿 레몬색의 하트 다이아몬드를 선물했다.

영원한 로망 보물

여섯 번째 남편 존 워너

1976년 미국 독립 2백주년 기념으로 루비, 다이아몬드, 사파이어로 장식된 반지와 다이아몬드를 박은 순금 커프스 버튼을 선물.

그 외에 리즈는 약혼을 했던 멕시코 변호사 빅터 루나로부터 16.5캐럿 다이아몬드가 장식된 사파이어 반지를 선물 받았다가 11개월 후 파혼하면서 되돌려 주었다. 또 다른 약혼자였던 사업가 데니스 스타인으로부터는 10만 달러짜리 다이아몬드 반지와 50캐럿 보석 귀걸이를 선물로 받았으나 2개월 만에 파혼하면서 선물은 리즈의 차지가 되었다.

이 같은 리즈 테일러의 보석들은 항상 세인의 관심을 끌었는데 1968년 아카데미상 시상식에서 오드리 헵번이 리즈의 다이아몬드를 보고 "케니 레인?" 하고 묻자 리즈는 정색을 하면서 "아니, 버튼이 준 선물이에요"라고 말했다.

케니 레인은 모조 장신구 제작자로 아주 유명한 사람이다.

그 작품은 비록 모조품이라 하더라도 작품성이나 예술성에서 진위를 구별하기 힘들 만큼 섬세한 장신구들인데 유명 영화배우들이나 연예인들은 그 사람의 모조 장신구를 수십 수백 점씩 보유하는 것이 그 시절 유행이었다.

트럼프 부인
멜라니아와 진주

2017년 11월 일본을 방문한 미 대통령 트럼프가 아베와 골프를 치는 사이 멜라니아 트럼프(47)는 아베 신조의 부인 아키에(55)의 안내로 도쿄 긴자의 미키모토 진주 본점을 방문하였다.

외신은 멜라니아가 시종일관 굳은 표정이어서 아키에의 외교 실패라고 판정했다. 아베의 아양 외교를 먹칠한 결정적 실수였다는 평가였다.

왜 이런 평가가 나온 것일까?

2017년 2월 미국을 방문한 아베와 아키에는 고가의 미키모토 진주 귀걸이를 멜라니아에게 선물했다.

(미국의 공직자 선물법에는 1회 20달러, 연간 50달러 이상은 국고로 귀속되므로 진주 귀걸이도 국고로 귀속된다)

일본인들은 세계 최초로 진주 양식에 성공한 것이 큰 자부심이었으니 이를 자랑할 겸, 멜라니아가 진주목걸이를 사도록 유도했다. 그리하면 멜라니아의 진주목걸이가 세계적 관심을 받으면서 히트를 칠 것이고 미키모토 진주 판매량이 늘어날 것이라는 얕은 상술을 부린 것이다.

그러나 멜라니아 여사는 그들의 상술에 넘어가지 않았다.

이 사실은 일본인들이 미국을 제대로 모르고 있다는 증거였다. 트럼프 부부가 일본 방문, 하루 전 4일 호놀룰루의 진주만 미 해군 시설에 들른 사실을 일본 정부가 간과한 데서 생긴 일이기 때문이다.

"Remember Pearl Harbor"는 미국인들에게 '잊어서는 안 되는 치욕의 구호'(口號)이다. 미국인들은 일본의 진주만 공격을 영원히 잊지 못할 치욕으로 알고 있다. 지금까지 미국이 직접 공격받은 역사가 없었기에 더욱 그러하다.

독일은 2차 세계대전에서의 히틀러 만행을 지금도 진정성 있게 사과하고 있지만, 거꾸로 일본은 내면에 진주만 습격에 은근히 자부심을 가진 민족이다. 일본인들이 진주만 전쟁 박물관 관광을 제일 많이 하는데 폭탄 맞은 미국 함정을 보면서 일본인들은 그들의 만행을 반성하기는커녕, 속으로 뿌듯하게 느끼곤 한다는 것이다. 일본인들이 인도네시아, 중국, 필리핀, 동남아시아를 관광하면서 한때라도 점령한 것에 민족적 우월감을 느끼고 있는 것과 같은 맥락이다.

일본인들이 우리나라에 관광 와서도 창경궁, 경복궁이 자신들 것이었는데 도로 뺏긴 것으로 알고 아깝게 생각하는 것도 그들의 반성 없는 몰염치한 성정에서 오는 것이다. 우리가 소녀상을 세운 것도 "Remember Pearl Harbor"와 같은 의미이고, 중국인들이 난징 대학살을 유물관을 지어 기억하고 있는 것도 같은 맥락에서이다.

트럼프의 방일 일정에서 미국의 영부인답게 멜라니아는 진주만 사건을 떠올려 미키모토 진주점 방문이 결코 달갑지만은 않았던 것이다.

진주(珍珠)는 글자 그대로 진귀한 구슬로 인류가 6,000여 년 전부터 장신구로 사용하였고 2,500년 전에 중국에서 진주를 상거래 했다는 기록도 있다. 진주를 얻으려던 어느 부호가 진주조개 35,000개를 샀는데 작고 돈 안 되는 진주 4알을 찾았을 정도로 아주 귀한 것이 진주이다.

이집트 여왕 클레오파트라의 진주 일화도 유명하다.

로마 장군 안토니오의 환심을 사고자 매일같이 호사스러운 연회를 베풀던 어느 날 클레오파트라는 그를 위해 이벤트를 벌인다. 클레오파트라는 세계에서 가장 오래되고 아름다운 진주 귀고리 중 한 짝을 술잔에 넣어 진주가 녹는 것을 본 뒤 그 술을 함께 마셨다. 일국의 성(城)과 바꿀만한 가치를 지닌 진주였지만 클레오파트라는 애인을 위해 이것쯤은 얼마든지 버릴 수 있다는 애정의 호기를 보인 것이다.

클레오파트라가 남은 귀고리를 술 속에 마저 넣으려고 하자 안토니오가 만류하여 결국 세계에서 가장 오래되고 아름다운 진주 귀고리 한쪽은 건지게 되었다고 한다. 그 남은 진주는 전리품으로 로마로 옮겨진 뒤 파르테논 신전의 비너스 상 귀고리가 되었다고 한다.

전설에는 우리가 믿을 수 없는 신비한 사건이 많은데 그 유명한 '진주를 마신 클레오파트라' 전설도 그중 하나이다.

사실 강한 식초에는 진주층이 쉽게 녹지만 클레오파트라가 실제로 술에 진주를 녹였는지는 알 수 없다. 이 이야기는 진주가 지닌 사랑의 마력에 대한 사람의 믿음이 어떤지를 알게 하는 전설이다.

진주는 진주조개가 먹이 활동 중에 조개 속에 들어온 이물질을 뱉어내지 못하면 이것을 탄산칼슘($CaCO_3$)이 주성분인 콘키올린(Conchiolin)이라는 물질로 감싸서 진주층을 입힌 것이다.

천연진주는 페르시아만과 인도와 스리랑카 사이의 미나르 만에서 채취하는데 지금은 거의 고갈되어 양식 진주가 주로 거래되고 있다.

진주는 보석 중에서 산호, 호박과 함께 유일한 유기질(Organic) 보석이다. 세계 최초로 1905년 일본인 미키모토(Mikimoto)가 원형 진주 양식에 성공한다. 조개껍데기를 깎아 강제로 조갯살 속에 집어넣는 수술법을 성공시킨 것이다.

진주가 인어의 눈물이라는 속설 때문에 한때 혼수예물 목록에서 사라진 적이 있었다. 그러나 천연이든 양식이든 하나의 진주 알이 탄생하기까지는 적어도 3년 이상 바닷속에서 조개의 희생이 없으면 생산이 안 된다.

공장에서 대량생산하는 것이 아니고 조개가 스스로 진주층을 입히는 시간과 조건이 있어야 한다. 많은 공을 들여 진주를 양식함으로써 모든 사람이 저렴한 가격으로 애용할 수 있게 되어 참으로 다행이다.

진주는 모양, 색상, 광택, 크기에 따라 가격이 천차만별이다. 원형을 가장 선호하고, 유백색의 빛나는 광택을 최상으로 친다. 유백색보다는 핑크를 더 알아주는데 이는 아주 희귀하기 때문이고 황금색, 흑색 진주도 많은 사랑을 받고 있다. 진주를 염색할 수도 있지만 자연 광택이

나지 않으므로 미세한 염색 처리만 하고 있다.

  최근 중국에서 담수(淡水) 진주를 연간 1,800톤가량 생산하여 진주 가격이 폭락했는데 해수(海水) 진주와는 다르게 진주층의 두께와 광택의 질이 현저히 떨어진다. 타히티에서 주로 생산되는 크고 광택이 좋은 해수 흑진주는 보석 애호가에게 많은 사랑을 받고 있다.

  우리나라의 해양연구소에서도 진주 양식을 연구하고 있는데 곧 좋은 소식이 있을 것이라고 하니 기대해도 좋을 것이다.

                        영원한 로망 보물

방사선을 쬔 연수정

북한에서 2006년 10월의 1차 핵실험과 이어진 2009년 5월 2차 핵실험은 우리의 가슴을 철렁하게 하는 엄청난 사건이었다.

그 후 2013년 3차, 2016~2017년 4~6차를 감행하였다. 그 위력도 히로시마 원폭 15kt의 20배인 300kt이니 상상을 초월한다. 그러나 우리 국민은 너무나 태연 무심하다.

김정일이 노무현 전 대통령의 국민장 기간에 핵실험을 했다고 그것만 서운해하는 국민이 있었다지만 북한의 핵이 언제 어떻게 되는지 알 수 없으니 걱정이 앞서는 건 당연하다. 북한 정권은 핵실험용 지하 동굴을 15만 정치범을 노예화하여 무자비하게 혹사해서 만들었다고 한다. 그들의 참상은 필설로 표현하기 어렵다고도 한다.

또 핵실험장 인근의 주민을 보안 유지 차원에서 한 명도 대피시키거나 경고를 하지 않아 방사선 피해가 심각하다고 하는데 김정일은 오히려 "방사능 생체실험이 되어 좋지 않겠는가?"라고 하였다.

우리는 언제인가부터 "우리 민족끼리"라는 헛구호에 속고, 북한을 추종하는 세력의 선전선동에 놀아나 북한의 악마적 인권유린과 핵무기에는 눈

감고 있다. 극소수 반미파들은 북의 핵무기가 우리를 지켜 줄 것이라는 망상도 하고 있다. 우리들의 마음속에는 '설마'라는 이상한 마귀가 똬리를 틀고 있지만 요즘 한, 미 두 나라의 최대 현안은 북의 핵과 미사일이다.

원자력 연구는 북한보다 남한이 먼저였다.

우리나라는 6·25 전란으로 밀 한 줌이 다급할 때임에도 이승만 대통령의 혜안으로 미국 정부를 설득하여 미국의 General Atomic 사의 TRIGA MARK-II 연구용 원자로를 들여왔다.

1959년 7월 14일 당시 한국전력 부지(현재 서울과학기술대학교)에 원자로 설치 공사를 시작하여 1962년 3월 19일 완공하였는데 지금은 이전하고 원자로 기념관으로 보존하고 있다. 연구용 원자로는 미국의 지원 35만 달러와 우리 정부 자금 30여만 달러가 들었는데 그 당시로는 지금의 포항제철 급의 대규모 프로젝트였다.

이 연구용 원자로는 학문 연구에 획기적으로 이바지하였다. 원자력 기술 개발뿐이 아니고, 열 및 물질 전달 연구, 자동제어 연구, 방사선의 의학적 연구, 원자로 계측장치 개발, 방사능조사 연구, 비파괴 검사 등 우리나라 기초 과학발전에도 커다란 성과가 있었다.

김정일도 원자 핵기술을 이렇게 썼어야 했다. 그런데 그는 대한민국을 단시간에, 얼마나 파괴할 것인가만 연구시켰으니 통탄할 일이다.

이 연구용 원자로는 우리 보석 업계에도 큰 역할을 하였다.

1960~1970년대의 귀금속, 보석 제품 중에서 가장 많이 팔리고 사

랑받은 저렴한 보석이 연수정(煙水晶)이었다. 이 연수정은 석영(石英, Quarts, 수정)의 일종으로 석영 성분은 실리카(Silica)라고 하는 이산화규소(SiO_2)이다.

순도가 높은 석영은 시험실에서 합성되어 전자공학 기구에 쓰이는데 전자시계는 석영(수정)의 진동을 응용한 것이다. 천연 석영은 완벽한 투명에서부터 이물질 함유량에 따라 반투명, 불투명으로 산출되고 색상 또한 아주 다양하다.

석영은 백수정(Rock Crystal), 레인보우 수정(Rainbow Quarts), 연수정(Smoky Quarts), 황수정(Citrine), 자수정(Amethyst), 침입수정(針入水晶, Rutilated Quarts), 장미수정(Rose Quarts), 어벤츄린수정(Aventurine Quarts), 밀키수정((Milky Quarts) 등 다양하게 분류된다.

우리나라에서는 모든 수정이 조금씩은 다 생산되는데 가장 흔한 것이 백수정이다. 그리고 검은 색상의 천연 연수정도 산출되는데 큰 것은 선글라스용 안경으로, 작은 것은 장신구용으로 애용되었다.

이 연수정 안경이 한때는 경주 남석이란 이름으로 안경점에서 팔렸는데 연극 심청전에서 심 봉사의 검은 안경을 연상하면 된다. 안경알은 사실 옛날에는 연마제나 연마기구가 원시적이어서 4~50년대에는 안경용으로 단면을 절단하려면 보름씩 걸리기도 하였다. 두 사람이 마주 앉아 활에 강선(鋼線)을 달고 석류석(가넷)과 강옥 연마 분(紛)으로 몇 날 며칠을 톱질하였다.

재미있는 사실은 백수정을 위에서 언급한 원자력연구소에 보내 방사선을 쬐면 백수정 속 미량의 철분이 산화철로 변하면서 연수정이나 아주 새까만 흑수정으로 변하였다.

당시 백수정 1kg의 방사선 조사(照射)비용이 약 3천 원 정도였는데 그 당시 금값이 3.75g 1돈당 2,500원 내외였으니 적은 비용은 아니었다. 그러나 100원 하는 백수정이 연수정으로 변하면 알 하나에 500~800원 하였으니 수지맞는 가격이었다.

그 당시 반지용 보석으로는 연수정이나 합성 루비 정도밖에 없어서 원자력 연구소에 연줄이 닿는 사람들은 아주 괜찮은 수입을 올릴 수 있었다. 어쩌다 엷은 색상이지만 황색 수정이 나오면 연수정의 몇 배를 받을 수 있어서 그때는 횡재하는 순간이었다. 이런 경우, 지금이라면 방사능 잔류 때문에 말썽이 나겠지만 그땐 그런 생각조차 하지 못했었다.

최근 외국에서 방사선처리(Radiation) 되는 보석 종류가 많으므로 앞으로 동남아의 조악한 보석이 유입되면 그땐 반드시 방사선 잔류 검사를 하여야 할 것이다.

북한의 핵실험 소동으로 옛날 생각이 나서 적어보았다.

영원한 로망 보물

제4장

금은,
알고 보면
더 재미있는

화폐에서 장신구, 공예품까지

순은(純銀)은 뽀얗고 우윳빛 나는 아름다운 귀금속이다.

이 은백색은 언어로 설명이 어려운 오묘하게 잔상이 남는 흰색이다. 광을 잘 내면 마치 거울과 같고, 얇은 사포로 문질러 광택을 죽이면 은은하고 심오한 은백색이 되는데 영혼을 승화시키는 듯 마음을 침잠케 하는 묘한 마력이 있다.

| 갓 장식

은의 또 다른 매력으로는 은을 황화가리 용액에 담그면 우아한 검은색이 되어 고풍스럽고 귀한 느낌이 난다는 점이다.

은(Ag)의 원자번호는 47, 융점은 961.78℃이다. 은의 비중은 10.5이고 금의 비중은 19.3이다.

은의 비중이란 같은 중량이지만 부피가 금의 1.9배쯤 된다는 의미이다. 은에 금도금을 하면 식별이 어렵지만, 중량을 달아보면 부피 차이로 알 수 있다.

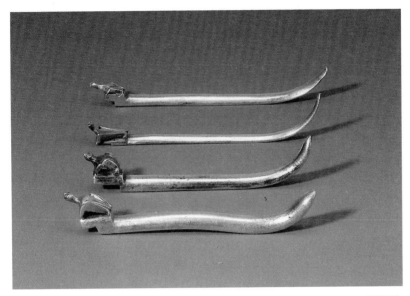

은이 금과 함께 인류 역사에 끼친 영향은 대단하다.

은은 금과 더불어 유일하게 화폐로 쓰인 금속으로 인간에게 가장 사랑받은 Precious Metal이다.

오래전부터 동서양을 막론하고 은은 물물거래와 물가의 기준이었다. 역사적으로는 기원전 2천 년 전에 중동의 리디아 국가에서 이미 은으로 화폐를 주조하여 상용한 기록이 있다.

중국에서도 한나라 이전부터 상거래 시에 전당포에서 발행한 은 보관표로 지방 거래를 하였다. 명나라는 은 본위제를 실질적으로 시행하였다.

청나라 때에는 전당포를 겸한 표국(鏢局)에서 보안업인 운송업과 우체국 역할을 하였는데 이곳에서 은표(銀票)를 발행하여 전당포를 은행이라고도 불렀다. 북경의 신용 있는 표국에서 은 보관표를 써주면 이것으로 지방에서도 유통되고, 지불 수단이 되었다.

우리나라의 경우 고조선과 가야 시대에 이미 은을 캐고 가공하였다. 고령, 김해, 나주 등지의 가야 고분에서 금관을 비롯해 은관(銀冠), 은팔찌, 은 장신구가 대량 출토되고 있는데 이때 벌써 상당한 가공기술과 응용 기술이 있었다.

무령왕릉에서 출토된 무령왕비의 은팔찌는 그 조각 솜씨가 대단하여 국보로 지정되어있고, 또 팔찌를 만든 세공인의 이름도 다리(多利)라고 찍혀 있어서 아주 귀중한 사료적 가치가 있다.

| 무령왕비 은팔찌

예전에 은은 주로 강기슭이나 냇가 같은 곳에서 함지박 방법으로 채취하였다. 함지박(바가지)으로 쌀에서 돌을 분리하듯이 모래를 일어서 은을 얻는 방법이다. 이 방법은 지금도 사금 탐사꾼들이 금과 은의 채

영원한 로망 보물

취에 응용하고 있는데 고순도의 은을 얻기는 쉽지 않았다.

은은 금속 중에서 전기 및 열의 전도도가 가장 높고, 타 금속과의 합금이 용이해서 광범위한 쓰임을 갖고 있다. 생산량도 적당하고 퍼짐성(전성, 展性)과 늘림성(연성, 延性)이 금 다음으로 좋아서 특히 장신구 제조에 아주 적합한 귀금속이다.

은은 인체에 무해하여 장신구뿐만 아니라 수저, 기명(器皿), 술잔, 식기, 주전자, 장식용 공예품 등 그 용도는 광범위하고 무궁무진하다.

현대에는 장신구용보다는 공업용과 의료용구에 많이 쓰이고 있다.

우수한 전기전도성을 이용한 접점, 반도체 회로와 X-Ray 필름이나 사진용 필름, 반사용 유리 거울 등에 쓰이고 있다. 산업이 발전할수록 은의 용도는 다양해서 은의 사용량이 산업발전의 지표 역할도 한다.

장신구용으로는 변색을 줄이고 강도를 조절하며 가공성을 높이기 위해 Sterling Silver를 사용하는데 이것은 은 92.5%의 순도가 되도록 합금한 것이다.

은은 열로 변색되지 않고 질산(HNO_3)에 용해된다. 황산(일본어는 유산)과 염산에 용해되지는 않지만, 황과 염소에 민감하여 공기 중에서 황화은이나 염화은이 되어 표면이 누렇게 변색되고 검게 변한다. 대기 중에 황화수소(H_2S) 가스가 있어서 은과 반응하여 황화은(Ag_2S)으로 변하게 되는 것이다. 예전에 연탄을 땠을 때 연탄(유황)가스로 집안의 은수저가 쉽게 변한 것도 이 때문이다.

은을 밀봉하거나 외부 공기를 차단했을 때만 안정적이다. 그래서 은을 공업용으로 사용할 때에는 코팅하거나 도금하여 쓰고 있다.

사극에서 임금의 수라상 음식을 기미 상궁이 은 젓가락으로 음식마다 검식하는 것을 자주 보았을 것이다. 이것은 당시 독약으로 사용하던 비상(砒霜, Arsenic Trioxide)과 복어 독을 검사하는 것인데 비상은 비소(砒素, As)와 황의 화합물이기에 은젓가락의 색이 쉽게 변하는 것으로 검사를 했다.

당시는 비상에서 황을 제거하는 기술이 부족했었기에 일어난 일이었다. 달걀노른자에는 유황성분이 미량이나마 있어서 은수저로 계란찜을 먹으면 수저가 잘 변한다.

은은 살균력이 아주 강한 금속이다. 중세기 때 우물에 은을 넣어 성당의 성수로 사용한 것도 은의 살균력을 알고 있었기 때문이다.

침(針) 자리 부작용이 아주 적어서 중국과 우리나라에서는 은침(銀鍼)을 많이 사용하였다.

사대부 부녀자들이 여러 가지 노리개, 패물을 애용하면서도 머리 장식에서는 끝이 뾰족한 은 귀이개를 빼놓지 않았다. 식구들이나 자녀들이 급체에 걸리거나 관격(關格)이 들고 심장마비, 사지 경련이 일어났을 때 응급 처치용으로 쓰기 위한 것이었다. 나이 많은 노인네들이 심장마비 증세로 복상사 지경에 이르렀을 때 적당한 혈을 찔러주어서 위급한 사태를 방지하는 용도로도 은 귀이개가 유용했다고 한다.

서양에서는 특히 은의 이런 효능을 잘 알아서 주술적 용도로 많이 응용하였다. 은으로 만든 십자가 목걸이가 악귀를 물리친다고 믿었다.

특히 은으로 만든 단도와 은 탄환을 사용해야 드라큘라나 흡혈귀인

뱀파이어가 죽는 줄 알았다. 은이 사람에게 무해하므로 마귀나 흡혈귀를 대적할 것이라고도 믿었다.

원소기호 Ag는 라틴어로 은을 뜻하는 argentum에서 따온 것이고, 프랑스어의 argent 또한 여기서 유래한다. 이 말은 그리스어로 '빛나는' 또는 '흰색'을 의미하는 'argos'에서 유래되었다. 은은 중세 연금술에서도 취급되었는데, 연금술사들은 은을 달이나 달의 여신들과 결부시켜 'luna'로 부르고 초승달로 나타내었다. 영어의 Silver와 독일어의 Silber는 아시리아어의 은을 뜻하는 'Sarpu'에서 온 말이라고 한다.

미국지질조사국 자료에 따르면, 2011년 전 세계 은 생산량은 23,800톤으로 추정되는데, 멕시코(4,500톤, 18.9%), 페루 4,000톤(16.8%), 중국(4,000톤, 16.8%), 호주(1,900톤, 8.0%) 등이 주된 생산국이다. 사용된 은의 상당량은 회수·재생되어 다시 사용된다.

의학의 시조로 일컬어지는 히포크라테스(Hippocrates, 기원전 460~370경)는 은이 질병을 치료하고 예방하는 성질을 가지고 있음을 기록하였고, 페니키아인들은 물, 포도주, 식초를 은제 용기에 보관하여 부패하는 것을 막았다. 이러한 성질은 중세에 다시 재발견되어 음식과 물을 부패하지 않도록 저장하고, 화상이나 상처를 처치하는 데 은이 사용되었다. 1920년대에 미국식품의약국(FDA)은 항균제로 은 용액을 사용하는 것을 허가하였다.

출전: [네이버 지식백과] 은(Ag) – 금 다음으로 귀하게 여겼던 다양한 용도의 금속

산업·의료용으로 꼭 필요한 금속

은은 여러 장점과 특성으로 인간에게 많은 유익을 주었고 황금 다음 으로 사랑받는 귀금속이다.

우리나라의 경우 6~70년대의 생활이 넉넉지 않았을 때도 대개의 가 정집에 은수저 몇 벌씩은 다 있었다. 당시 좀도둑들이 남의 부엌에 들어 가 손쉽게 들고나올 수 있는 것이 바로 이 은수저였다. 그만큼 가치도 인정받았다.

또한, 70년대 중반까지 혼수 예물에 보료와 더불어 시부모의 은수저 가 필수였다. 그러나 요즈음 취급이 귀찮다는 이유로 은수저 사용이 현저히 줄어들었고, 아파트의 의자 생활로 비단 보료의 용도가 거의 폐 기 되었다. 어찌 보면 신부들의 혼수 비용이 많이 줄어든 셈이다.

최근 외국 유명 브랜드 귀금속상이 국내에 진출하며 다양한 은 장신 구 디자인을 선보여 우리의 눈길을 끌고 있다. 이 영향으로 우리나라도 은 장신구 유행이 일고 있다. 거기에 은값마저 저렴하고 은이 인체에 해 가 없다고 알려지면서 은 제품에 관한 관심이 급격히 커지고 있다.

근대에 와서 은 1g만 가져도 수백 리터의 물을 정화할 수 있다는 사실이 밝혀졌다. 인도의 경전(經典)에도 물을 정화하기 위해 불에 달군 은을 물에 담근다고 하였다. 가톨릭 성당 우물에 은 동전을 던지는 전통도 은의 효험을 본능적으로 알고 있었기 때문이다.

고대 이집트에서는 얇은 은판을 상처에 붙이는 치료방법을 사용했다고 한다. 현대 의학에서도 은 성분이 함유된 거즈를 상처나 궤양, 피부병 등의 치료에 쓰고 있다.

복어 알이나 독버섯, 비상, 황화물, 독극물처럼 인체에 해로운 독소가 함유된 음식물에서는 은이 변색이 되어 독소 유무를 판별할 수 있다. 우리나라 궁중이나 양반가에서의 은 젓가락을 사용한 것도 은의 이러한 독 감별력을 잘 알고 있었기 때문이었다.

동서양을 막론하고 은은 제례용과 장신구용으로 귀하게 쓰였다.

성경 기록에 보면 솔로몬 왕이 하나님 성전을 건축할 때와 제례용으로 쓰는 모든 제구(祭具)를 금과 은으로 만들었다고 하였다.

은은 오늘날 아주 다양한 용도로 쓰이고, 의학용이나 공업용으로 없어서는 안 되는 금속이다.

1839년 프랑스의 화가인 다귀에르가 사진 인화기술을 개발한 것이 사진용 필름이다. 180년이 다 되도록 사진기술은 엄청나게 발전하였지만, 아직도 은 화합물이 없는 필름은 생각할 수가 없다. 용도 폐기된 X-Ray 필름에서 엄청난 은을 회수하고 있는데 이를 하이포 은이라고 한다.

은은 공기 중의 아황산가스, 황화수소에 의해 쉽게 변색 되는데 백금 같은 것으로 도금하는 방법 이외에 이것을 방지할 수단은 아직 발견하지 못하고 있다.

2008년 북경올림픽에서 인공 강우를 시험하였는데 이때 사용된 것이 은 화합물인 요오드화 은이다.

인공 강우를 최초로 성공시킨 사람은 미국 GE 사의 빈센트 새퍼(1906-1993)이다. 그는 드라이아이스 분말이 작은 얼음 결정을 만드는 것을 알아냈고 요오드화 은도 같은 역할을 하는 것을 실험하였다. 미국에서 허리케인이 도래했을 때 요오드화 은 수 톤을 공중에서 뿌린 결과 허리케인 중앙의 폭풍이 요오드화 은에 의해 빗방울이 되면서 폭풍의 기세가 약화된 적이 있다.

세계적으로 은 장신구로 가장 선호하는 은의 순도(純度)는 92.5%인 스털링 실버(Sterling Silver)이다. 스털링(Sterling)이란 용어는 영국에서 처음 시작되었다.

영국의 스털링 실버 품질은 1544년 이후부터 영국 홀 마크(Hall Mark)인 오른쪽 앞발을 들고 있는 사자 그림으로 보증하여 각인하고 있다.

참고로 은단(銀丹)이나 의약품에 사용되는 은은 일반적인 은이 아니라 실버 더스트(Silver Dust)라는 99.9% 은이다. 실버 더스트란 미립자 형태의 고운 銀 분말을 말한다.

은단의 경우 일정한 용기나 진공 장치 속에서 안개처럼 분무하여 은을 도포한다. 은단에 코팅된 은도 세균을 억제하는 역할을 한다.

임진왜란을 부르다

금이나 은은 인류 역사와 생활에 아주 귀중한 발자취를 남긴 광물이다. 고대인(古代人)들은 이 두 광물이 희귀하기도 하고 광택이 뛰어나며 가공성에서 타 금속과 합금이 용이하다는 것을 일찍이 간파하였다. 고대 인류가 동서 대륙 간에 교류가 없었음에도 어느 민족이나 모두 금과 은의 뛰어난 효용성을 잘 알고 있었다는 것은 신기한 일이다.

사실, 고대 중동에서는 금보다 은을 더 귀하게 취급하였던 적이 있다. 기원전 3600년 전의 고대 이집트 법률에는 은과 금의 가치비율이 1대 2.5이었다고 한다. 그래서 금에다 은 도금하는 경우도 허다하였다.

은이 대접받은 것은 산출량과 관계가 있다. 자연 상태에서 순도 90% 이상 되는 금 알갱이를 강가에서 쉽게 채취하였지만, 은의 경우는 채광이나 제련이 금보다 쉽지 않았기 때문이다.

서양의 경우 중세 시대에 와서 영국과 독일 등지에서 은이 생산되었지만, 그때도 은이 금보다 귀한 대접을 받고 있었다. 그러다가 콜럼버스가 미 대륙을 탐험하고 16세기에 중앙아메리카에서 원주민 노예를 부려

은을 대량으로 생산하기 시작했다.

이 막대한 은이 유럽으로 유입되고, 은화 발행이 시작되었다.

은이 기축통화 역할을 하게 된 계기이다.

인도나 중국에서도 은은 귀한 대접을 받았다.

당나라와 송나라 때에 와서 금을 취급하는 금행(金行)과 은을 취급하는 은행(銀行)이 성행하였다. 중국에서도 은화가 화폐로 유통되고 전당(典當)과 대부업(貸付業)을 은행(銀行)이 겸하면서 금융기관을 은행이라 부르게 된 것이다.

옛날 우리나라는 전국 곳곳에서 은이 산출되었지만, 대량 산출되지는 않았다. 그래도 단천(端川)의 은광이 가장 유명하였다. 이 단천 은광은 15세기 때부터 채광하기 시작했는데 17세기 말에는 갱도 길이가 십리였다는 기록이 있다.

연산군 9년 (1503년), 단천(端川)에서 금과 은 채광을 하던 양인 김감불(金甘佛, 까불이)과 장예원 노비 김검동(金儉同, 깜둥이)이란 사람이 새로운 연은분리법(鍊銀分離法)을 개발하여 순도 높은 은 생산을 획기적으로 늘리기 시작하였다.

연은분리법(鍊銀分離法)이란 은과 납이 함유된 방연석(Galena, 황화납, PbS)을 분쇄하여 재를 깔고 질그릇 뚜껑을 덮고 센 불로 녹이면 융점이 낮은 납이 먼저 녹아서 재(灰) 속에 스며든다. 남은 것을 도가니나 쇠 솥에 넣고 용해하여 떠오르는 철이나 불순물을 제거한다.

그리고 다시 남은 것에 납을 넣고 고열을 가하면 납이 고열에 산화하면서 나머지 불순물을 날려버린다. 이렇게 그 당시로는 최고 품질의 은을 정련하였다. 이 연은분리법은 동양에서는 우리나라가 최초였다.

이 연은분리법은 조선에서 개발한 특유의 제련 방법으로 당시 중국이나 일본보다 순도 높은 양질의 은을 생산할 수가 있었다.

기록된 조선 시대(1687년) 광산 현황을 보면 은 생산지는 68군데나 있었다. 그러나 생산량은 미미했다.

조정에서는 중국이 알면 조공을 요구하기 때문에 적극적인 채광을 독려하지 않았다. 또한, 부패한 지방 관리들의 수탈이 심해 조정에 바치는 양은 그렇게 많지 않았다. 제주도 감귤이 한때 번창했으나 관리들이 과다한 공물을 다그치는 등살 때문에 아예 감귤나무를 고사시켜 그 횡포에서 벗어난 것과 같은 이치였다.

조선 시대의 이 탁월한 연은분리법이 일본으로 건너간 사실이 조선왕조실록과 일본의 여러 기록에 상세하게 나와 있다.

조선왕조실록 중종(中宗 91권) 34년(1539년, 己亥) 8월 10일(甲戌) 2번째 기록에 "왜노와 사사로이 연철을 거래하며 연철로 은을 만드는 기술을 전하고 습득게 하니 그 죄가 막중하다"(與倭爲銀, 多貿鉛鐵, 私於其家, 吹鍊作銀, 使倭奴傳習其術, 其罪尤重…)는 내용이 있다.

조선왕조실록 중종 편 95권, 36년(1541년, 신축년) 6월 21일 자에는 "왜노들이 변방에서 문제를 일으키는 것은 납석을 녹여 은 만드는 법을 우리나라 간교한 장사치들이 왜노에게 가르쳐 주었기 때문이다."(化鉛爲銀, 亦出於我國巧商之手. 動誘諸倭, 激下紛然, 參錯無關)라고 기록되어 있다.

왜인들은 생산한 은을 가지고 조선의 동의보감, 팔만대장경, 제지기술, 도자기기술, 제철기술 같은 선진 문물을 거래하고자 했다.

왕조실록에는 중종(中宗)이 이런 왜인들의 폐해를 거론하면서 유서종이란 자를 왜에 연은법을 가르쳐준 역적이라고 처벌한 기록이 있다.

이 연은분리법을 현대에선 회취법(灰吹法, Cuppelation)이라고 부르는데, 일본 말로는 하이후키법이라고 부른다.

다음은 일본의 에도(江戶) 시대의 이와미 광산(石見銀山) 기록이다.

"하이후키(회취)법은 1533년 후쿠오카의 상인 가미야가 조선반도로부터 초청한 경수(慶壽)와 종단(宗丹)이란 기술자로부터 전수받았는데 이 제련법을 이와미 은 광산에 최초로 도입하여 질 좋은 은을 생산하였다."

이 기록을 볼 때 김감불, 김검동을 거쳐 유서종에게서 배운 자들이 경수와 종단이었을 것으로 추정된다.

1526년 채광을 시작한 이와미 광산이 번성한 것은 조선에서 전수해준 연은분리법으로 획기적으로 생산량이 늘어났고 고품질의 은을 제련한 덕분이었다. 이와미 은 광산은 1923년 폐광될 때까지 400여 년간 은을 캤는데 그 당시 전 세계 생산량의 3분지 1이나 되었다.

지금 이 이와미 은광은 '세계문화유산'으로 2007년에 등록되어 일본이 자랑하고 있는 곳 중의 하나가 되었다. 이와미 광산의 은 채광과 은

영원한 로망 보물

제련 그림이 지금 일본에 남아있는데 아주 사실적이어서 규모가 대단하였음을 알 수 있다.

도요토미 히데요시(풍신수길)는 일본통일 후 이와미 광산을 1584년 막부 직할로 두고, 연은법을 이용하여 막대한 양의 은 생산 실적을 올렸다. 도요토미 히데요시는 이 풍부한 은으로 네덜란드, 포르투갈 등의 최신 화포와 조총, 화약류를 대량 구입하였다. 또한, 총포기술도 전수받았다.

풍부한 은괴로 재정이 넉넉해지고 더불어 서양의 최신 총포와 화약을 확보한 도요토미 히데요시는 한껏 자만해졌다. 자만심으로 교만해진 도요토미 히데요시는 총포와 화약을 믿고 1592년 임진왜란을 일으키게 된다. 은이 없었다면 감히 저지를 수 없는 만행이었다.

조선사람 몇몇의 사리사욕으로 왜에게 전해준 은 제련법이 결국 임진왜란을 일으킨 실마리가 된 것이다. 더 나아가 수백 년 후에 이때의 은 자본이 근대 일본의 군국주의와 제국주의를 키우는 밑바탕이 되었다.

무슨 일이나 사건에는 아주 작은 것에서 시작하지만 그 결과는 엄청나다. 이것이 역사의 아이러니인데 지금도 마찬가지일 것이다. 아주 소소한 자기 이익을 탐하여 첨단 기술이나 국방 기밀을 해외에 유출하면 그 결과는 국가에 엄청난 해악으로 되돌아왔다.

이것이 우리에게 주는 역사의 교훈이고 뼈에 새길 가르침이다.

참으로 나쁜 나비효과이다.

은으로 망한 석유 재벌 헌트 형제

2014년 10월 21일 미국의 석유 재벌 2세이자 은 투기의 대명사이던 넬스 벙커 헌트가 사망했다는 기사가 신문에 실렸다. 파산한 미국의 재벌 사망이 세계적 뉴스가 된 것은 그의 무모한 은 투기가 그의 석유 재벌 가문을 몰락시켰기 때문이다.

은은 인류 문명사에서 금과 함께 인류와 밀접한 관계가 있었고 많은 영향을 끼쳤다. 헌트 형제 역시도 은으로 인류사에 빼놓을 수 없는 특이한 발자국을 남긴 인물들이다.

현대 산업사회에서 거의 모든 산업에 쓰이는 은은 세계 산업경제의 잣대라고 할 수가 있다. 투기 현상 없이 은값이 오른다면 은이 많이 쓰이고 있으니 그만큼 세계 경제가 활황이라는 의미가 된다.

2008년 1월 온스당 15달러 하던 은값이 2011년 2월에 느닷없이 온스당 49달러로 치솟으며 요동치기 시작하였다. 30년 만의 은값 대폭등이었다. 이때 은값 폭등은 중국으로부터 발발했다.

중국계 경제학자인 쏭홍빙이 중국 화폐를 은본위 화하여 인민폐인 위안화를 국제통화에서 기축통화로 만들라고 주장했다.

영원한 로망 보물

이때부터 묘하게 은값이 뛰기 시작했는데, 중국 정부가 기다렸다는 듯이 국제시장에서 금과 은을 사재기하여 위안화 가치를 의도적으로 끌어올리기 시작한 것이다.

국제 시세에 떠밀려 국내 은값도 그램당 2,000원(돈당 7,500원)을 넘어서기 시작하였다. 그러나 미국과 유럽이 중국의 인민폐를 기축통화로 만드는 데 찬성할 리가 없었다.

중국이 비록 미국 채권을 다량으로 보유하였다 해도 그것을 빌미로 세계 금융시장에서 강대국 노릇을 하려고 하니 미국과 EU는 묵과할 수 없었다. 얼마후 미국과 유럽이 시장에서 은을 대량 투매하자 곧바로 은값이 폭락하기 시작하였다.

엉뚱하게 모진 놈 옆에 있다가 벼락을 맞은 것은 한국의 종로에 있는 금은상들이었다. 은값 폭등 시 중국에서 은 수입을 하며 재고를 쌓아놓은 종로 쪽 상인들이 고스란히 재고를 떠안은 채 엄청난 손해를 보게 되었다. 현재 은 가격은 온스당 16달러에서 17달러(g당 570원) 정도를 맴돌고 있다. 한창 정점 때의 3분의 1 가격이다.

이 일은 1980년 3월에 일어난 석유 재벌 2세인 헌트 형제의 은 투기 실패와 아주 유사하였다.

텍사스의 전설적 석유 재벌 헤럴드슨 파파 라파예트 헌트는 점심을 싸서 다닐 정도로 지독하게 재산을 모았다. 라파예트 헌트는 그렇게 모은 수십억 달러와 최대 석유회사인 플래시드 오일을 아들 윌리엄과 넬슨 형제에게 물려주었다.

엄청난 재산을 물려받은 헌트 형제는 1970년대 초반부터 은을 사 모으기 시작하였다. 그 당시 미국은 1975년 1월까지 금과 은의 보유를 은행과 기업에만 허용하고 있었다. 이는 달러 가치를 안정시키기 위한 미국의 금융정책이었다. 이러한 정책의 허점을 노려 헌트 형제는 회사 자산의 인플레 헤지 수단을 핑계로 은 투기에 나서기 시작하였다.

1973년 은값은 온스당 1.95달러였고 민간인 보유를 허용한 1975년부터 1978년에 이르러서는 5달러에 육박하였다. 이때까지 헌트 형제의 은 투기는 적절했다.

1979년이 되자 금값이 온스당 850달러까지 오르고 헌트 형제의 무자비한 은 매집으로 은 가격 역시 폭등하기 시작하였다. 헌트 형제는 10년간 45억 달러어치의 은을 매집했는데 자그마치 5,600여 톤에 달했다. 이 양은 전 세계 한해 은 공급량의 절반에 해당하는 분량이었다.

은 가격 상승으로 신이 난 헌트 형제는 아랍의 몇몇 자본가와 손을 잡고 온스당 100달러를 목표로 은 매집에 더욱 열을 올렸다.

매집 자본이 달리자 이들은 사놓은 은을 담보로 달러를 대출받아 끝없는 매집을 하였다. 은값이 오를수록 은행과 증권사에서 돈을 빌리기가 쉬웠다. 드디어 그들이 바라던 은값이 50달러를 돌파했고 1980년 1월 온스당 52달러까지 폭등하였다. 그리고 곧바로 54달러에 이르렀다.

그러자 미국의 교회와 천주교 등 종교시설에서 기증받은 각종 은기와 기념물들이 쏟아져 나왔고, 가정에서도 은쟁반과 은잔, 포크와 수저 화병 등이 쏟아지기 시작하였다.

영원한 로망 보물

또한, 이러한 투기 현상을 그냥 두고 볼 미국 금융당국이 아니었다.

드디어 뉴욕상품거래소(NYMEX)가 헌트 형제의 시세 조종혐의를 잡고 헌트 형제의 은 담보 비율을 크게 낮춰 버리게 된다. 헌트 형제의 자금 동원 능력을 원천 봉쇄해 버린 것이다.

이때부터 곤두박질치기 시작한 은값은 결국 1980년 3월 27일 10.8달러까지 폭락하였다. 이날이 바로 '실버 목요일'이라 불리는 은의 사형선고일이다. 이때 은값 곤두박질로 헌트 형제는 10억 달러 이상을 잃었다.

헌트 형제는 또 시세 조종 혐의로 1억 달러가 넘는 벌금과 세금을 추징당했다. 헌트 형제가 보유 은을 모두 처분하는데 거의 7년이 걸렸다고 한다. 앞서 말한 대로 헌트 형제가 은을 판다고 하기만 하면 은값이 폭락하니까 쉽게 처분도 못 하고 막대한 대출원금과 이자 때문에 파산할 수밖에 없었던 것이다.

알거지가 된 윌리엄 헌트는 "은이라는 악마의 쇠붙이(Devil's Metal)에 눈이 멀어 욕심을 떨치지 못했다"라고 후회하며 비참한 노년을 보냈다.

이것이 은 투기가 주는 경고 메시지이지만 모든 투기는 이러한 악마의 속성을 지니고 있다.

금 사기는 계속된다

우리나라 최초의 보이스피싱(전화 금융사기) 피해자는 금은방이었다. 1928년 종로에 있던 삼광상회 금은방이 그 당사자다.

1910년 조선을 강제 병탄한 일제는 대한제국의 순종황제를 이 씨 왕이라는 의미의 이왕(李王)으로 삼았다. 그 후 조선 황실을 일본 궁내성의 일개 하부 조직으로 격하시켜 조선황실을 감시, 관리할 조직인 이왕직(李王職)이란 부서를 신설하였다.

이러한 시절에 삼광상회 금은방에 이왕직 담당자라며 "대비마마가 쓰실 금비녀, 노리개, 향집, 금반지 등 170원어치를 가져오라"라는 전화 주문이 걸려왔다.

당시 전화는 아무 데나 있는 게 아니어서 철석같이 이왕직에서 온 전화로 믿은 삼광상회에서는 주문한 물건을 들고 대궐 앞으로 갔다. 가보니 말쑥하게 양복을 차려입은 청년이 대뜸 "왜 이리 늦었느냐?"고 호통을 치더니 "대비께 일단 보여 드려야 한다"며 가져온 귀금속을 들고 금호문 대궐 안으로 사라졌다. 범인은 끝내 나타나지 않았는데 이것이 최초의 전화사기 사건이었다. 당시 사기당한 액수는 지금의 수천만 원에

영원한 로망 보물

해당한다.

　최근에도 "신분을 밝힐 수 없으나 금괴 200kg을 국제 시세보다 20% 싸게 줄 테니 우선 은행 통장 사본이나 자기앞 수표 사본을 보여 달라"는 황당한 조건을 제시하는 사기 수법이 10여 년째 계속되고 있다.

　개중에는 1kg 금괴 하나를 증거품으로 보여주기도 한다.

　이런 경우 수표 사본의 번호를 변조하여 이 변조 수표로 은행 인출을 시도하려는 것이고, 은행 통장 사본은 그 통장 번호를 이용하여 해킹하는 전형적 범죄 수법이다.

　벌써 이런 수법으로 현금을 준비했다가 수억 원을 사기당한 경우가 있고, 심지어는 금괴 살 돈을 가지고 이들을 만나러 갔다가 돈을 빼앗기고 사람까지 상해를 당하는 일도 있었다. 이들은 우연히 만난 사람들

❙금괴

에게 접근하여 금은방 업자를 소개해 달라고 부탁하여 소개받고는, 소개한 지인을 믿고 나온 이들을 상대로 범죄를 저지르기도 한다.

잘못하면 돈이 문제가 아니고 사람이 죽고 다치는 일이므로 무조건 금값을 싸게 해준다고 하면 아예 경찰관서에 신고하는 것이 상책이다.

2003년도에도 세상을 떠들썩하게 하였던 사건이 있었다.

호○지마트란 회사명으로 몽골 정부로부터 금광개발 허가를 받았는데 개발 자금이 필요하다며 사람들을 현혹하였다. 4천만 원을 투자하면 월 90만 원의 이익금을 준다며 대대적으로 신문광고를 하고 설명회를 열어 투자자를 모집하여 수십억 원을 챙긴 사건이다.

또, 몇 년 전 인천공항 세관에 콩고 원산지 1kg 골드바 30개(12억 원 상당)를 수입 신고한 사람이 있었는데 감정 결과 구리 합금에 도금한 것이었다. 이 가짜 금괴는 'LM' 로고와 'SWITZERLAND', 99.9% 마크 등 외형은 완벽한 금괴였다. 그러나 1kg 골드바의 무게가 360g이었다고 하니 저울에 달아만 보았어도 쉽게 알 수 있는 상황이었다. 대금을 이미 지급한 수입업자는 국제 시세보다 20% 싸게 사는 줄 알았다고 한다.

최근 아프리카에서 사금을 수입하겠다는 문의가 많은데 거의 열에 아홉은 사기라고 보면 된다. 아프리카가 개발이 덜 되어 순진하고, 어리석고, 국제 시세를 모른다고 생각하면 말 그대로 큰코다친다.

가나, 콩고, 나이지리아, 탄자니아, 잠비아 등 모든 아프리카 정부에서는 광산물에 대한 통제권을 아주 강력하게 행사하고 있다. 실제로 그 나라 정부에서 유일하게 통치자금을 만들 수 있는 것이 금, 다이아몬드, 코발트, 구리, 철광, 석유 같은 것들이기 때문에 강력한 통제 속에 채광, 제련, 수집, 수출을 정부에서 직접 관리한다.

남아연방 이외의 아프리카에서는 금 채취 작업을 전근대적 수법으로 한다. 1kg의 금을 생산하려면 최소 몇백 명을 동원해야 하고 생산된 금은 그 나라 정부 기관이나 조직적 수집상이 매집한다. 어쩌다 사람들 몇이 팬(접시)으로 작업하는 경우가 없는 것은 아니지만 이들에게 접근하는 수집상(컬렉터)들은 선금을 주기도 하고, 가격 역시 그날그날의 국제 시세에 따라 정해지므로 만리타국 한국까지 와서 국제 시세보다 싸게 팔 이유가 없는 것이다. 그러니 20%, 15% 싸게 준다는 것 자체가 사기이다.

심지어 어느 나이지리아인은 한국 업자에게 접근하여 국제 시세보다 20% 싼 가격으로 사금을 몇 10킬로 가지고 갈 테니 초청장을 보내 달라고 해서 비행기 표와 초청장을 보내서 입국시켰더니 그날로 잠적한 일도 있었다.

금은 현금과 같으므로 거래 시에는 다음을 명심해야 한다.

❶ 국제 시세보다 10%~20% 싸다는 것은 무조건 사기로 보면 된다. 그런 조건이라면 관세가 없는 홍콩으로 가야지, 왜 한국으로 오겠는가?

❷ 180kg~200kg의 금괴를 2~30% 싸게 줄 테니 우선 통장 사본, 수표 사본을 보여 달라는 것은 강도질하겠다는 선언이나 다름없다.

❸ 아프리카가 아무리 낙후하고 부패하였더라도 금에 관한 한 개인적인 수출은 철저히 통제하고 있다. 또 어느 나라이든 국제 시세에 따라 금값이 형성되고 있다. 모든 아프리카는 한국보다 더 먼저 서양 문물을 맛본 나라들이다.

❹ 필리핀에서 야마시다 골드를 들먹이며 접근하면 절대로 믿지 말아야 한다. 마르코스가 이 자금으로 권좌에 오른 것은 사실이지만 한국인에게까지 차례가 온다는 것은 있을 수 없다.

❺ 세금계산서 없는 무자료 금을 거래하거나 손을 대선 절대로 안 된다. 더구나 정치인 비자금 운운하면 가장 유치하면서도 위험한 수작이라는 것을 명심해야 한다.

❻ 몽골을 비롯한 캄보디아, 라오스, 미얀마, 인도네시아, 필리핀 등 동남아시아 같은 경우도 마찬가지이다. 우리나라 광업진흥공사, 지질연구원, 가스공사, 석유공사, 영풍광업, 동원광업, 종합상사들이 다 이 나라들 광산에 투자했다가 실패하였다. 개인이 수억 원 투자한다고 성공할 리가 없는 것이다. 돈 되는 곳은 그 옛날 벌써 일본인들과 중국 화교, 호주의 쟁쟁한 회사들에게 넘어갔다. 어느 나라든지 개인이 소자본으로 금광에 투자할 곳은 없다.

영원한 로망 보물

금괴 발견,
횡재(橫財)인가, 횡재(橫災)인가?

숨겼던 금괴 130개가 발견되어 세간의 관심을 끈 적이 있다.

2014년 12월 9일 보도에 의하면 8월에 불이 난 서울 서초구 잠원동의 피부미용실에서 그곳을 수리하던 인테리어 인부들이 숨겨진 금괴 130개를 발견하면서 급기야 특수절도사건으로 비화하는 일이 벌어졌다.

작업 책임자 조 씨는 다른 인부 2명과 함께 인테리어 작업 중 불에 타버린 붙박이장을 뜯어내다 라면상자 크기의 나무 궤짝을 발견했다고 한다. 그 안에는 1980년대 신문지로 하나하나 포장된 1kg 금괴 130개가 있었다. 그들 세 명은 금괴 1개씩을 나눠 갖고 나머지는 도로 그 자리에 두기로 한다. 그러나 조 씨는 며칠 후 동거녀를 데리고 와서 나머지 금괴를 훔쳐가 버린다.

이때까지는 이 금괴에 대하여 아무런 말썽이 없었다.

본래 이 금괴의 주인은 8년 가까이 알츠하이머 치매를 앓다 2003년 숨진 강남의 재력가 박 모(당시 80세) 씨였다.

금괴 주인 박 씨는 사립학교를 운영하였고, 한남대교가 건설되기 전인 1960년대부터 잠실 일대 참외밭과 채소밭을 사들여서 엄청난 부를 축적하였다. 박 씨는 숨을 거두기 3년 전에도 부인 김 모 씨와 8남매에 금괴를 10여 개씩 나눠 주었다.

그러나 치매가 심해지면서 거동이 불편해지고 기억력이 떨어져 부인이나 가족 아무에게도 이 금괴의 존재나 소재를 알리지 못하고 세상을 떴다. 그래서 가족 누구도 이 금괴의 존재를 몰랐다고 한다.

인테리어 인부 조 씨와 동거녀는 훔친 금괴 일부를 처분하여 벤츠를 사들이고 흥청거리며 유흥에 빠지기 시작하였다. 그런데 유흥에 빠진 조 씨가 새 애인을 사귀면서 엉뚱한 사달이 난다. 금괴의 출처를 망각한 조 씨는 팔다 남은 금괴를 몽땅 싸 들고 새 애인과 도망쳐 버린다.

이에 화가 난 전 동거녀는 심부름센터에 조 씨 행방을 찾아봐 달라고 의뢰한다. 조 씨의 행방은 물론 금괴 행방까지 알아봐 달라는 그 동거녀의 수상한 낌새에 심부름센터는 경찰에 신고하게 된다.

결국, 경찰의 수사로 조 씨와 새 애인을 검거하고 남은 금괴 40개와 2억여 원을 회수했다.

잠원동 금괴 사건은 근본적으로 잘못될 수밖에 없었던 사건이다.

인테리어 인부 조 씨 등은 잃어버린 물건을 찾아주면 유실물법에 따라 물건값의 5~20%를 받을 수 있었다. 그러나 조 씨 등은 이 금괴가 유실물이 아니므로 주운 물건을 착복할 때 적용되는 죄명인 '점유이탈물 횡령'이 아닌 '특수절도'로 구속되었다.

만일 죽은 박 씨의 집이 아니고 아무도 모르던 야산 같은 곳에 묻어 놓은 걸 발견했다면 이때는 유실물법에 따라 보상을 넉넉히 받을 수 있었을

영원한 로망 보물

것이다. 발견된 금괴의 금액을 65억으로 친다면 계산상 13억 원을 받을 수 있었을 것이고, 3명이니까 1인당 4억3천3백만 원씩 나눌 수 있었다.

이 사건에서 이런 정황을 신고한 심부름센터는 아무런 보상도 받지 못했다고 한다. 이 금괴가 유실물도 아니고 심부름센터가 직접 발견한 것도 아니어서 유실물법에 따른 보상은 불가능하다는 것이다.

다만 경찰청 훈령인 '범죄신고자 등 보호 및 보상에 관한 규칙'에 따라 범인 검거 공로자이기 때문에 소정의 보상과 표창을 기대할 수 있을 뿐이다.

모든 일에는 사필귀정이란 원칙이 따른다. 조 씨가 처음부터 정직하게 금괴 발견을 알렸다면 박씨 집안에서 어떤 사례를 했었을 텐데, 당장 눈앞의 돈에 눈이 멀다 보니 돌이킬 수 없는 죄를 진 것이다.

이 사건 역시도 돈이 요물이고 화(禍)의 근원이 된다는 교훈을 주고 있다. 재(財)는 곧 재(災)인 것이다.

살인을 부른
여수 밀수사건과 금값 파동

　1975년 8월 5일 오후 5시경 여수 세관 감시과 조사실에서는 25살의 앳된 청년 강○○ 군이 흥분하여 세관원에게 무언가 따지고 있었다. 이틀 전 연행된 강 청년의 아버지 강 아무개(당시 54세) 씨의 밀수 혐의가 악의적 밀고에 의한 것이고, 자백을 받기 위해 고문 수사를 했다는 항의였다.

　이틀 전 여수세관에 들어온 밀수신고 제보 전화에 의하면 강 아무개의 제7 삼향호가 굴 껍데기와 쥐치를 일본에 운송하고 4일 후 귀항하면서 카세트 라디오 300개, 녹용 500만 원어치를 밀수입한다는 것이었다. 여수세관은 선주 강 아무개와 선원 8명을 연행하고 선체를 수색했지만, 밀수품은 찾지 못하였는데, 이 과정에서 고문이 있었다는 게 그 청년의 주장이었다.

　강 아무개의 아들과 세관 직원 사이에 고성과 실랑이가 있었고 강 청년이 칼을 뽑아 들자 세관원 서모 씨(당시 34세)는 권총을 빼 들어 공포를 발사하였다. 이러한 실랑이 끝에 세관 직원 서모 씨가 숨지고 세관 직원 3명이 칼에 찔리는 불상사를 당했다.

영원한 로망 보물

이때의 사회 분위기는 유신체제 아래에서 살벌한 분위기였다.

여수뿐만이 아니라 해외와 연결되는 항만 도시인 부산, 마산을 비롯한 모든 항구에는 외국 물품이 들어올 개연성이 높았다.

외국을 왕래하는 선박 편에 외국산 물품을 숨겨올 여지가 많았고 외국상품을 들여오면 무엇이든지 이문을 많이 남길 수 있었기 때문에 밀수의 유혹은 항상 따라다녔다. 공항을 드나들거나 외항선을 타는 사람들에게는 외국 다녀오는 길에 외국 물품을 한두 점 들여올 수 있는 유혹이 있었다고 보아야 한다.

특히 여수 같은 경우는 일본에 활어나 수산물을 운송하는 화물선이 많았는데 실업자가 만연하던 때였으므로 선원들의 월급이 아주 박봉이라도 자리가 없을 지경이었다. 박봉의 어려움은 화물선 선원들을 쉽게 돈벌이가 되는 밀수의 유혹을 받기 마련이었다.

여수를 통해 들어오는 일본제 전자제품, 의류, 화장품 같은 품목은 물건이 없어서 못 팔 지경이었다. 심지어 일본산 와사비와 아이들 학용품까지도 밀수 대상이었다. 그래서 여수에서는 개도 일만 원 지폐를 물고 다닌다는 우스갯소리까지 있었다. 사실 금괴 같은 경우는 부피가 작고 환금성이 빠르다는 장점 이외에는 밀수자금이 너무 많이 들어서 밀수꾼들이 그렇게 선호하던 품목은 아니었다. 전자제품이나 화장품, 시계 같은 돈 되는 상품이 여의치 않을 때나 부득이 금괴를 다뤘고, 오히려 용금호(김대중 전 대통령 납치에 사용된 배) 같은 정보기관의 비호를 받던 선박들이 금괴를 많이 취급하던 때였다.

당시 여수에는 조직적 전문밀수파가 5~6개에 달하는 것으로 알려져 있었고, 자연히 그들 간에 알력이 심했다고 한다. 이 와중에 밀고를 당한 것이 강 아무개의 배였고 실제로 밀수품이 적발되지 않았음에도 강압적인 심문을 당하여 그 아들이 순간적인 격분에 살인까지 이르게 되었다.

이 사건으로 여수의 항만 관계자나 경찰과 세관, 지방유지 등에 날벼락이 떨어졌다. 특히 박 대통령의 유신체제를 욕보이는 것으로 해석한 사정 당국의 철퇴는 직격탄이 되어 여수를 치게 되었다.

사실, 여수에서의 금 밀수가 얼마나 이루어졌는지는 정확한 통계도 없고 확인할 방법이 없지만 어쨌든 귀금속은 국내 생산이 거의 없었기 때문에 어디에서 들여오든 상관없이 밀수 금이 국내 시장을 장악할 수밖에 없는 상황이었다.

금의 수요는 일정하고 세금은 과중해서 밀수 금에 의존할 수밖에 없는 유통 구조였다. 정식으로 금을 수입하고자 해도 아예 허가를 받지도 못하거니와 금에 관한 세율은 최고 200%였으니 금 수입은 꿈도 못 꾸던 시절이었다. 부국강병이 국가 정책의 최우선 과제였고, 수출산업에 매진하던 사회 분위기에서 밀수 금괴에 아까운 달러를 소비하는 것은 반국가적 행위였다.

일례로 그 당시 사회지도층이나 국회의원 같은 정치인들은 물론이고 일반 서민들조차도 미군 부대의 양담배를 피우다 적발되면 사회적 지탄의 대상이 되었다. 또한 정치적인 매장을 당하고 처벌 또한 엄중하던 때가 유신시대였다.

일본은 1964년 도쿄 올림픽을 치른 후 금 수입 자율화 정책을 시행하였다. 그래서 일본을 왕래하는 선박을 통해 금을 밀수입하는 것이 운송비용이나 경제성에서 홍콩보다는 월등하였다.

1970~1980년대 재미있는 현상은 국내 금값이 강풍이나 태풍에도 좌우되었다는 점이다. 또한, 외국 귀빈이 오면 공항과 항만의 검색이 강화되어 금값이 폭등하기도 하였다. 이런 와중에 발생한 여수세관원 살해사건은 엄청난 파장을 불러 일으켰다.

이때 검거된 밀수 총책인 허모 씨(당시 46세)는 사형을 구형받았고, 전직 형사 이 모 씨를 비롯하여 10여 명의 두목급과 운반 담당 18명, 브로커 12명, 속칭 갈매기파 두목 박 모, 흑해공사 대표 오 모, 거창호 선주 강 모, 우 모 씨 등이 구속되기에 이르렀다.

이것이 1970년대 귀금속업계의 풍속도였다.

금괴 밀수사건은 못난 자식이 효자 된다는 속담과 딱 맞는 사례이다. 1997년 외환위기(IMF) 시 금을 222t이나 장롱 속에서 끄집어낸 것은 그동안의 금 밀수가 있었기 때문이었다. 금괴 밀수가 없었다면 그 많은 금이 어디에서 나왔겠는가?

이로 보면 금괴 밀수업자가 비록 세금을 탈루한 범법자였지만 결과적으로는 애국하였다는 아이러니가 성립된다.

그런 면에서 하루빨리 금에 관한 제 세금을 광산물이나 화폐로 인정하여 영세율을 적용하고 이득분에 대해서만 소득세를 부과해야 한다.

5·18과 금송아지가 일으킨
귀금속업계 탄압

1979년 10월 26일 김재규의 박정희 대통령 시해 사건으로 국정의 공백기를 틈타 전두환의 신군부는 그해 12월 12일 정승화 계엄사령관을 전격 체포하며 정권을 장악하였다.

그들은 허수아비 권력이었던 최규하 대통령을 80년 5월 11일 사우디아라비아로 외유를 내보냈다. 외교관 출신이니 중동 원유 확보 협상과 사우디 건설현장에서 현대 근로자들이 파업을 일으켜 외교 문제로 비화된 사건을 무마해야 한다는 구실이었다.

신군부는 최 대통령의 부재를 틈타 학생 데모를 빌미로 계엄을 확대하여 군사정권을 세우려는 야심을 품고 있었다. 이를 눈치챈 야당과 학생들이 거리 데모를 자숙하여 시국이 잠잠해지기 시작하였다.

계획이 어그러진 전두환 군부는 광주로 눈을 돌려 공수부대를 투입하여 광주 시민을 무자비하게 짓밟아 5월 18일 민주화 항쟁이 일어나게 했다. 광주 시민의 희생 위에 전두환은 결국 군부 독재정권을 세우게 된다. 신군부 일당의 야심으로 제물이 된 광주는 그야말로 아비규환 살육의 전쟁터가 되어 버렸다.

영원한 로망 보물

1980년 초여름 우리나라에서 벌어진 참극이었다.

전두환 군부정권은 국가보위비상대책위원회(국보위)를 설치하고 조직 폭력배, 동네 주폭, 탈영병, 사소한 경범죄를 저지르거나 심지어 야간 통행금지 위반자들을 영장 없이 검거하여 이 중 4만여 명을 삼청교육대로 보내기 시작하였다. 군부정권은 이런 무자비한 인권탄압을 소위 사회정화운동이라는 궤변으로 정당화하려 했다.

정치인도 예외 없이 가두고 고문하였는데 특히 야당 의원이 탄압을 가장 심하게 받았다. 김대중 전 대통령을 비롯한 야당 정치인들을 구속하고 김영삼 전 대통령, 김종필 씨 등도 예외 없이 보안사의 엄한 조사를 받고 자택에 연금시켰다.

또한, 당시 신군부에 협력하는 몇몇 변절자만 제외하고 구 공화당 고위 당직자 및 전직 고관들을 조사하여 공직 숙정 대상자와 부정부패자 명단을 발표하였다. 국보위에서는 부정축재자의 재산에 대한 환수 작업도 동시에 진행하였다. 정권 찬탈의 명분을 위한 만행이었다.

이 과정에서 부정부패의 대표적 사례와 호화 사치 생활의 증거물로 세간의 이목을 집중시킨 것이 바로 김종필 씨가 소장한 금송아지와 대원군의 난초 병풍이었다.

우리나라 속담에 "집에 금송아지가 있다"라고 하면 부의 상징이었기에 이 금송아지는 국민의 이목을 집중하게 하는 뉴스감이었다.

후일 김종필 씨는 그 금송아지는 손가락 크기였는데 그것이 무슨 부정축재라며 가당찮은 이야기라고 술회하였다.

사실, 이 금송아지 뉴스를 들은 귀금속상들은 그런 금송아지는 한

냥짜리 크기로 시가는 3~40만 원이어서 뇌물 축에도 끼지 못함을 잘 알고 있었지만 입을 닫고 있을 수밖에 없는 시국이었다.

이 금송아지 뉴스와 더불어 김종필 씨가 일군 제주 감귤밭과 서산목장을 국가에 자진 헌납했다는 뉴스도 빼놓지 않았다. 자진 헌납이 아니라 강탈이었음을 모르는 국민은 없었다.

신군부는 중앙의 유력 신문사에 검열관을 상주시켜서 기사 내용을 검열하고 통제하였으며 지방의 군소 언론사는 아예 통폐합시켜 버렸다. 국내 사정은 오히려 외신 기사를 참고해야 하는 세상이 된 것이다.

이렇게 김종필 씨의 금송아지가 파렴치한 부정부패의 상징이 되니 이것을 취급하는 금은상 역시 부정 물품, 사치품을 취급하는 부정한 업종으로 낙인 찍혀야 했다.

무릇, 국가적 혼란기에는 의인, 지사도 탄생하지만, 그에 못지않게 간악한 기회주의자가 더 많이 발호하고 득세하는 법이다.

이 금송아지 건을 출세에 이용하고자 계엄하의 무소불위 권력을 악용한 자가 있었다. 당시 서울 세관의 모 고위 인사가 귀금속 판매상에 대한 수사를 시작했다. 금송아지가 빌미가 된 것이다.

1980년 7월 2일부터 서울 시내 중심가의 남대문, 명동, 종로 일대의 크다 하는 금은방 주인들은 거의 모두 연행당하고 3백여 점포가 수색을 당하였다. 아침 일찍 버스를 동원하여 점포에 진열된 상품을 쓸어 담고 업주들을 강제 연행하기 시작하였다.

영원한 로망 보물

연행된 금은상 주인들은 신축 중이던 강남 영동 관세청 건물의 미완공 지하실로 끌려가 합판으로 급조된 간이 취조실에서 조사를 받기 시작하였다. 세관 조사관들은 진열된 보석의 출처를 대라고 닦달하였다. 국내에서 생산되지 않은 보석이고 유신 정권하에서는 한 번도 수입을 허가받지 않은 상품이니 관세법 위반이라는 명목이었다.

세관 당국에서는 이렇게 출처를 파고들면 공급자가 나올 것이고 또 그 윗선을 수사하면 밀수 총책이 나올 것이라는 논리였다.

이렇게 국내에 보석을 공급하는 자를 찾아내면 그 고위 인사는 신군부에서 출세가 보장될 것으로 알았던 모양이다. 참으로 유치한 발상에서 시작한 사건이었지만 어처구니없는 일이었다.

일주일간 지속된 수사에서 각목 구타는 기본이고, 손가락 사이에 연필 끼워서 비틀기, 양손을 뒤로 수갑 채워 막대기 봉에 끼워 통닭 구이하기, 심지어 수건 씌운 얼굴에 물고문 등을 동원하였다고 한다.

이처럼 조사관들은 보석 진열품의 출처를 대라며 온갖 방법을 동원하였다. 심지어 지방 세관의 전문 수사관까지 서울로 동원하여 수단 방법을 안 가리고 물건의 출처를 캐물었다. 금은상 주인들은 자백할 것이 없었으므로 갖은 고초를 몸으로 마음으로 견딜 수밖에 없었다.

결국, 특별한 탈세나 직접적 밀수 혐의를 찾아내지 못한 세관 당국은 밀수 두목은 찾지 못하고 흐지부지 수사를 끝내게 되었다. 한두 점 외제 보석이 진열되어 있었다 하더라도 관세 시효가 지난 것이기에 혐의점을 찾지 못하였다.

마지못한 세관 당국은 진열품을 압수하고 통고처분 형식으로 수백만 원에서 수천만 원씩 범칙금을 내는 선에서 마무리하였다. 당시 신문에 명동 일대의 금은방들이 철시한 사진이 사회면에 크게 나기도 하였다.

그렇게 억울하게 당한 금은상 주인들은 정식재판 청구 등 어떤 자구책을 마련하지 못하고 모두 포기하고 말았다. 이는 당시 시대적 상황이 그럴 수밖에 없었고 삼청교육대로 보내겠다는 위협에 굴복할 수밖에 없었기 때문이다. 광주 시민들이 당한 억울함과 치욕에 비하면 이 정도는 일도 아니었지만 이 또한 신군부의 폭압이 저지른 만행이었다.

이외에도 엉뚱하게 곤욕을 치른 금은 상인들이 있었다.

5·18 민주화운동 당시 서울에서 내려간 어떤 중상인은 계엄군에 의해 광주를 벗어나지 못하고 여관에 발이 묶여 있다가 불심검문에 걸렸다고 한다. 그는 광주 현지인도 아니고 소지품에 현금과 합성 루비가 발견되어 엄청난 고초를 겪게 되었다. 모진 고문에 서울 거래처를 실토할 수밖에 없었고 종로의 몇몇 중도매인들도 광주로 불려가 같은 고초를 겪기도 하였다.

이런 사건으로 해서 우리 귀금속업계는 발전이 아니라 퇴보를 거듭하게 되었는데 불교계 탄압인 법난(法難)사건과 함께 돌이켜 보기도 싫은 암울한 사건이었다.

5월을 보내며 금송아지로 인한 안타까운 사연을 적어보지만 이러한 시절이 다시는 오지 않기를 비는 마음이 간절하다.

이제는 지난날의 갖가지 의혹사건들, 이를테면 광주 민주화운동의 진상과 김대중 전 대통령 내란 음모 사건, 국제그룹 해체 사건, 금강산 댐 사건 등등 항간의 의혹들이 속속 재론되고 있는 현시점에서 우리 귀금속업계가 신군부에 당해야 했던 사정도 이제는 털어놓고 이야기할 때가 아닌가 생각된다.

금값 메커니즘(Mechanism)

2015년 미국에서 국고가 바닥나 공무원 봉급을 주지 못하는 사태에 직면한 적이 있다. 결국, 오바마 대통령이 의회에 사정사정하여 달러를 찍어내 미국 정부의 부도(Shut Down)를 간신히 막아내었다.

미국이 달러를 너무 많이 찍어내면 여러 문제가 발생한다.

미국에서는 통화 팽창으로 인해 인플레가 만연할 것이고 국제적으로는 달러 가치가 하락하여 여러 부작용이 생기는데 이때 금값도 덩달아 상승하게 된다. 달러의 남발은 미국만의 재앙이 아니고, 세계 각국의 경제가 춤을 추게 되는 문제가 생긴다.

미국의 정계와 경제계를 주무르는 유대인들은 자기들 이익을 챙기는데 혈안이 되어있고 딴 나라 사정은 오불관언, 군소국가의 명운에는 관심을 두지 않는다.

미 행정부는 국가 부도라는 급한 불을 끈 다음, 미연방준비이사회(Federal Reserve Board)를 통하여 너무 많이 풀린 달러를 환수하는 발행통화 환수조치(테이퍼링)를 들고나오고 있다.

금값만 해도 그렇다. 2001년 9·11테러와 글로벌 경제위기를 시작으로 2013년까지 금값은 천정부지로 뛰어올라 1,800불을 바라보더니 1,220불까지 급전직하로 추락하는 롤러코스터를 탔다.

근래 1,330불대를 유지하고 있는데 누군가 "세상이 지옥으로 행진할 때 가장 잘 오르는 자산이 금이다"라고 평한 바 있다. 어쩌면 이것은 경제 논리의 진실이다. 이 이야기를 반대로 해석하면 "금값 하락은 세계 경제 위기 극복의 신호다"라는 의미일 수도 있다.

2013년 12월 19일 재닛 옐런(Janet Louise Yellen) 미 연준 의장이 미국의 달러를 테이퍼링 정책으로 전환한다고 발표하자 금값은 1,195달러를 찍고 1,300불을 넘기며 상승하였다.

달러를 거두어들이면 달러 가치가 강화되면서 반대로 금값은 떨어지는 게 정상이다. 그러나 일반 통념과 반대로 이 정책은 금값 상승으로 나타났다.

이런 현상은 미국의 경제 상황이 아직은 불안하다고 보는 인식이 강하다는 것을 의미한다. 여기에 불을 지른 것은 금값의 급격한 하락을 금 매입의 호기로 보는 중국이나 인도 소비자들의 금 사재기 경향 때문이기도 하였다.

도대체 달러를 위시한 지폐란 무엇인가?

본래 지폐를 일컫는 은행권(Bank note)이란 인쇄한 종잇조각에 불과하다. 돈이란 실질적 화폐가치를 지니는 물건을 은행에 맡겨 두고 받은 보관증이어야 하는 것이다.

그러면 진짜 돈은 무얼 말하는가?

바로 금, 곧 Gold이다. Gold가 화폐로 통용된 것은 동서양을 막론하고 고대로부터 사람들의 묵계가 있었기 때문이다.

금은 희소성, 가치성, 영원 불변성 등으로 물가의 척도가 되었고, 인류의 로망이 되었다. 반면에 금이란 취급이 번거롭고, 무거울 뿐만 아니라 쉽게 나누기도 어렵고 사람 손에 옮겨 가면서 마모까지 되는 아주 불편한 물건이다.

그래서 사람들이 전당포 같은 신용 있는 기관에 금을 맡겨 두고, 보관증을 받아 두었다가 필요한 경우에 이 증표를 주어서 직접 전당포에 보관증을 제시하고 금을 찾아다 쓰면 되는 것이었다.

금을 보관해주는 전당포(Gold Smith Bank)는 사람들이 보관증을 그냥 유통하기만 하지 실제로 금을 매번 찾아가지 않는다는 것을 알아채게 된다. 그러자 전당포는 몰래 금 보관증을 남발하여 돈놀이를 하여 막대한 부를 쌓을 수가 있었다. 실물 없는 보관증을 유통한 것이다.

전당포는 이자와 원금이 들어오면 금을 내어주고 이 보관증을 소각하면 그만이었다. 이것이 바로 화폐의 효시이다. 이러한 상관습은 18세기의 영국, 프랑스 등 유럽에서 가장 활발하게 활용되었고, 여러 가지의 금전당권이 유통되었다.

너무 많은 전당권이 범람하고 유사 전당권까지 횡행하자 1803년 나폴레옹이 파리중앙은행(Bank de France)에서만 은행권을 발행하도록 선포한다. 영국에서도 당시 영국 왕실에 가장 많은 돈을 꾸어준 로스차일드 가문이 영국 왕실의 채권을 자본으로 영란은행을 설립하고 은행

영원한 로망 보물

권 발행허가까지 받아 영국의 경제권을 좌지우지하게 된다.

이때는 지폐 발행 조건을 금 보유량에 맞추도록 했기 때문에 화폐가치가 있었다. 즉 금본위제도가 착실하게 지켜졌다.

이런 관행은 19세기 초부터 제1차 세계대전까지 잘 지켜졌다. 잘 지켜진 배경은 유럽 각국이 군사력을 앞세워 아시아를 비롯한 남미, 아프리카의 자원을 수탈하고 노동력을 착취하여 금, 은, 광물, 곡물 등을 유럽으로 집중시켰기에 국고와 경제 상황이 튼튼해서 각국의 화폐가치가 그런대로 유지되었기 때문이다.

그러던 것이 1, 2차 세계대전을 치르면서 막대한 전비를 위해 화폐를 마구 찍어내면서 재앙이 시작된다.

미국의 진가가 나타나기 시작한 것은 이때부터였다. 전쟁에 휘말리지도 않았지만, 이들 국가에 전쟁물자를 팔아 막대한 부를 축적하고, 유럽 경제 재건의 든든한 돈줄이 된 것이다.

미국은 유럽 경제의 위기를 틈타 유럽 각국의 재무장관들을 뉴햄프셔 주의 브레턴우즈에 모아 놓고 세계 경제 질서를 확립한다는 핑계로 금 1온스에 35달러로 달러 가치를 고정하고 영국의 파운드나 프랑스의 프랑화를 다시 그 달러에 고정 환율로 묶어서 제2의 금본위제도를 만들어 버렸다.

이로써 달러가 확고하게 세계의 기축통화가 된다. 그러면서 유럽의 각국 중앙은행에 보관된 금을 미국이 보관하면서 세계의 경제와 금덩어리가 미국으로 집중되었다. 이것이 금의 메커니즘이다.

대한민국 금 시장

외국과 비교하면 우리나라의 금 투자 역량이나 금 보유량은 초라하기 짝이 없다. 우리나라의 연간 금 수요량은 정확히 파악할 수 없으나 세계금협회(WGC)의 자료에 따르면 2002년 공식 통계상 연간 수요량은 94.79t으로 세계 수요량의 2.77%를 차지한다. 물론 여기에는 고금과 가정의 퇴장 금이 시장에 나오는 경우나 산업 폐기물에서 추출되는 분석 금 등은 포함되지 않았다.

통계에 잡힌 이 수요량 중 64%는 장신구용으로, 28%는 산업용, 8% 정도가 투자 및 치과용으로 사용되는 것으로 추정하고 있다. 특이 사항은 한국은 반도체 및 전자제품 생산량 증가와 더불어 산업용 금 수요에서는 9.6%로 일본 미국에 이어 3위를 차지한다는 점이다. 한국이 실질적 금 수요에서 적지 않은 영향력을 가진 국가인 셈이다. 그러나 현재 상황은 중국의 산업용 금 소비가 급증하면서 한국을 월등히 앞지르고 있다.

금은 국가 재산의 한 요소로서도 중요한 비중을 차지한다. 금이 국제적 통화로서 완전한 가치를 지닌 화폐 자산은 아니지만 중요한 예비적 자산으로서 가치가 인정되기 때문이다.

우리나라의 경우 2004년 10월 외환보유고에서 차지하고 있는 공식 금 보유량은 외화 보유고의 0.1%인 14.1t에 불과하여 당시 세계 56위이었다. 이는 미국의 8135.5t(59.8%), 독일 3433.3t(48.1%), 프랑스 3024t(55.2%) 등과 비교할 때 너무나 초라한 수준이었다.

또 아시아권의 일본 765.2t(1.2%), 중국 600t(1.6%), 대만 421.8t(2.3%), 인도 357.7t(3.9%), 싱가포르 127.4t(1.6%), 태국 83.6t(2.5%) 등에 비해서도 너무나 형편없는 보유량이다.

IMF 사태 이후 금의 중요성을 깨달은 우리나라 정부는 달러 자산의 위험 분산용으로 금 확보에 나섰고 이후 금 보유량이 대폭 늘어났다. 우리나라는 2011년 7월경 13년 만에 처음으로 25t 매입을 시작으로 2013년까지 금을 집중적으로 매입하였다.

세계금위원회(World Gold Council)는 2016년 한국의 금 보유량은 104.4t으로 조사 대상국 100개국 가운데 34위라고 발표하였다.

금 보유량은 늘렸으나 금값이 가장 비쌀 때 구매해서 현재 금값 하락과 달러 환율 변동으로 평가 손익이 약 -40%에 달해 1조 원 이상의 손실을 보고 있다.

이 결과는 우리나라 외환 관리 당국의 미숙과 금의 생리를 모르는 담당자들의 실수일 수도 있겠지만 당시 금을 매입해야 할 어떤 사정도 있었던 듯싶다.

참으로 뼈아픈 경험을 얻었으나 지금도 정책 당국에서는 금이 국가 경제를 좀먹는 사치품으로 보는 무지에서 벗어나지 못하고 있는 것 같다.

금 보유량이 늘었다지만 우리나라 외환보유액(3,948억 달러)의 1.3% 수준으로 한참 미흡하다. 최근 중국, 러시아, 터키, 멕시코 등 세계 각국은 외환보유액 다변화를 위해 금 매입에 적극적으로 나서고 있고, 특히 중국은 위안화의 국제통화 화를 위해 금 매입에 아주 적극성을 띠고 있다.

전 세계에서 금 보유량이 가장 많은 곳은 미국으로 8133.5t에 달한다. 이어 독일 3395.5t, 국제통화기금(IMF) 2814t, 이탈리아 2451.8t, 중국은 1943t으로 매년 보유량을 늘리고 있고 일본은 765.2t을 유지하고 있다.

만일 우리나라에 금 보유량만 많았다면 국가부도위기(IMF) 당시 자산 가치를 충분히 지켜낼 수 있었을 것이다. 또한, 국가는 재정정책의 하나로 금을 매입하거나 매도함으로써 화폐의 공급물량을 조절하는 기능을 수행할 수도 있다. 강대국의 달러 결제 거부 및 자산 동결 등의 조치에 대해서도 국가 정책의 자율성을 가질 수 있다.

금이 최종적인 결제 수단 및 대외 준비 자산으로서 가치를 가지고 있으므로 화폐성 준비 자산으로서 금은 더욱 중요해진 것이다.

이 밖에 국가가 보유한 금을 골드 론(Gold Loan)으로 활용하여 관련 업자에게 저리로 융자해 주면 귀금속 산업발전을 촉진할 수도 있다.

앞서 언급한 세계적인 반도체 강국이 되기 위해서도 이러한 지원책이 하나의 방법이 될 수 있을 것이다.

우리나라의 금세공 기술은 가히 세계적 수준이다. 세계 기능경기에서의 실적이 이를 증명하고 있다. 기술적 하드웨어는 갖추고 있지만, 세계 시장을 겨냥한 판로 확보 등 유통의 소프트웨어는 아직 미비하기 짝이 없다. 내수 시장에서도 우리가 이탈리아보다 귀금속 장신구 시장이 발달하지 못한 이유는 후진적인 유통 구조가 한몫을 하고 있다.

정부 당국에서는 귀금속을 사치품으로 보지 말고 산업적, 화폐적 측면으로 다루어야 할 것이다. 귀금속은 도시 적합 산업이고 노동 집약 산업이며 세계인 모두가 선호하는 예술 장신구인 점을 깨달아야 한다.

당국에서는 세계 각국의 귀금속 관련 법령과 관세정책, 유통 구조, 귀금속 산업 육성책 등을 수집하여 민관 합동으로 세계시장을 심층적으로 연구, 분석하여 우리 산업에 접목해야 할 것이다. 이런 일은 개인이나 소규모 회사에서 추진하기가 불가능하기 때문이다.

또 금 거래의 양성화를 지향하는 방향으로 관련 세율을 정비하고 전문 금 거래소 같은 것을 육성하여 재산 상품으로서 가치를 제고시키고 민간인의 금 보유량 확대를 권장해야 한다.

시중의 유동 자금을 금 유통시장에 유입될 수 있도록 물꼬를 터준다면 주택가격이 천정부지로 솟는 부작용을 진정시킬 수 있는 한 방편도 될 수 있을 것이다.

금 시장을 자유화한다면 정부가 개입하지 않더라도 국가 보유 자산이 늘어나게 된다. 금괴를 팔 때 부가세를 징수하더라도 다시 되팔러 왔을 때 부가세를 환급해 준다면 당장 금 시장이 활성화될 것이다.

프랑스의 드골 대통령도 생전에 국민을 향하여 금을 보유하도록 권장하기도 하였다. 금 시장 참여자인 금 수입업자, 가공업자, 여기에 관련된 유통업을 진흥하면 금이 제대로 된 재테크 수단이 될 수 있고 아울러 금 관련 산업도 본격적인 발전 궤도에 오를 것이다.

참고로 현재 런던 금시장에 등록된 멤버십 나라는 Australia, Belgium, Canada, China, Germany, Hong Kong, India, Italy, Japan, Kazakhstan, Luxembourg, Mexico, Netherlands, Poland, Russian Federation, South Africa, Switzerland, Taiwan, Turkey, United Arab Emirates, United Kingdom, United States, Uzbekistan 등이다. 불행히도 우리나라는 여기에 끼지 못하고 있다. 온갖 규제로 금 산업을 규제하고 있기 때문이다.

그간의 금값 추이(평균)를 보면 다음과 같다.

Year	1온스당 달러
1970	37
1975	140
1980	590
1985	327
1990	391
1995	387
2000	273
2005	513
2010	1,410

1970년부터 2010년까지 금값 평균 상승률 3,792%
1975년부터 2010년까지 금값 평균 상승률 929%

영원한 로망 보물

국제 금 시장과 금의 가치

세계 금 시장은 거래 유형별로는 현물시장과 파생시장(선물시장)으로 나눌 수 있다. 지역별로는 유럽, 북미 시장, 아시아 시장으로 구분할 수 있는데 이것은 시간적으로도 24시간 전 세계가 연동되어 돌아가고 있는 금융시장이다.

현물시장은 런던, 뉴욕, 스위스, 홍콩, 호주가 주도하고 있다.

최근 금 시장에서는 인도와 더불어 전 세계 금 소비의 절반을 차지하는 중국의 중요성과 영향력이 부쩍 커진 상황이다.

2002년 10월 개장한 중국의 상하이 금 거래소(Shanghai Gold Exchange)의 거래량이 큰 폭으로 증가하여 세계 금 시장의 주목을 받고 있다.

세계적으로 금을 생산 공급하는 주요 국가로는 남아프리카공화국, 미국, 호주, 러시아 4개국이며 전체 물량의 약 40%를 차지한다. 그다음으로 중국, 페루, 캐나다, 남미 등에서 금이 생산된다.

최근에는 몽골에서 금이 많이 생산되고 있어서 러시아, 중국, 일본을 비롯한 외국의 광업 회사들이 빠르게 진출하고 있다.

현재 세계 금 가격을 주도하고 있는 곳은 런던 금시장 연합회(The London Bullion Market Association. LBMA)의 시장 조정자(Market-Making Members)들이다.

런던은 1897년에 처음으로 은 시장을 개장하였다. 당시는 은이 주요 국제 거래 결제 수단이었기 때문이다. 그 후 1919년 9월 12일에 금 시장도 개장하였다.

그때부터 모카터(Mocatta) 골드스미스, 존슨 매티(Johnson Matthey), 샤프스 픽슬리(Sharps Pixley), 로스차일드(Rothchild), 사무엘 몬태규 등 5개 회사가 Fixing Room에서 금 가격을 결정하였다. 이를 골드 픽싱(Gold Fixing)이라고 하는데 현재는 시장 조정자의 구성원이 많이 바뀌었다.

세계의 경제가 24시간 동안 전산망을 통해 수백, 수천억 달러가 빛의 속도로 움직이는 것에 비하면 국제 금 시장의 가격 결정은 다소 원시적이랄 수 있다. 세계적으로 고시되는 국제 금 가격은 영국 현지시각 오전 10시 30분, 오후 3시에 열리는 '금 가격 책정 조정자 회의'(The London Gold Fixing)에서 결정된다.

이 회의에 참석하는 금융기관으로는 2006년까지는 로스차일드(Rothchild) 은행, 홍콩 상하이은행(HSBC), 스코셔 모카타 은행(The Bank of Nova Scotia Mocatta), 도이치뱅크(Deutsche Bank), 소시에테 제네랄(Societe Generale) 등이었다. 그러나 로스차일드 은행이 금에서 발생하는 영업이익이 적다는 이유로 85년간 참여해 왔던 5인 회의에서 탈퇴를 하였다. 대신 2007년부터는 영국 바클레이즈 은행이 참여하고 있다.

로스차일드 은행은 탈퇴 선언 전까지 금 시장에서 막강한 영향력을 행사하였다. 로스차일드 은행은 영국이 식민지를 확장해 전 세계의 금을 런던으로 끌어모으던 시절, 영국 정부로부터 금을 인도받아 전 세계 은행에 분배하는 역할을 했던 곳이다. 이 은행은 직접 금 밀수를 하기도 했고 금 가격 조작을 일삼아서 도덕적으로 비난을 받기도 하였지만, 지금은 그 부가 얼마가 되는지 아무도 모르는 세계 최고의 갑부인 유대계 가족 재벌이다.

2015년 중국은행(BOC)의 참여로 런던 금시장의 기준가 산정 경매 기관은 총 8곳으로 늘어났다. 기존 입찰 기관은 UBS(Toronto-Dominion Bank, and UBS), 골드만 삭스(Goldman Sachs), 노바 스코샤은행(Scotiabank), 바클레이스(Barclays), HSBC 홀딩스(HSBC Bank USA), 소시에테 제네랄(Société Générale), JP모건 체이스(JP Morgan Chase) 등 7곳이었다.

8인 회의에서 가격 결정이 됐다고 해서 이 가격으로 금이 유통되는 것은 아니다. 하루 거래량 5~60t의 물량을 현물로 거래하는 것은 불가능하므로 모든 것이 문서에 의한 종이와 전자거래이다.

현재 실질적인 금 가격은 주식시장과 마찬가지로 구매자와 판매자가 판단하는 시장 상황과 수급 현황에 따라 결정된다. 즉, 고시가격은 참고용이고 실제 거래가격은 당사자끼리 결정하는 것이다. 그래도 런던 금 가격은 가격 결정의 중요 판단 기준이다.

지금도 각국의 금융기관에서는 런던 금 가격을 고시하고 있다.

세계의 주요 금 시장은 영국 런던(LBMA), 홍콩, 뉴욕(NYMEX), 시카고(COMEX), 스위스 취리히, 동경(TOCOM), 호주(시드니), 그 외에 프랑스 파리, 중동의 베이루트와 최근 주목받고 있는 상하이 등이 있다.

다음으로 실제 거래가격을 결정하는 데는 국가별로 보유하고 있는 금의 양이 영향을 미칠 수 있다. 그러나 각 국가는 금을 외환보유고와 같은 의미에서 보유하고 있으므로 시세 차익 실현을 위해 단기적으로 사고팔지는 않는다.

금 시세는 그때그때 금의 생산량과 세계 정치, 경제 상황, 오일 가격, 곡물 및 광물 가격 등이 금 가격에 크게 영향을 미친다.

최근에는 골드만 삭스, 메릴린치 등 대형 금융기관이 운영하는 금 관련 금융상품 펀드가 가격 결정에 많은 영향을 미친다.

세계적으로 320여 개에 달하는 금 펀드의 거래 규모는 약 2,700억 달러(약 300조 원)에 이른다. 이 펀드의 포트폴리오는 금 자체에 대한 투자, 금을 가공하는 회사에 대한 투자, 금광에 대한 투자까지 다양하다.

영원한 로망 보물

금본위제 폐지와 금의 패러독스

"화폐는 금이나 은이 아니다. 그러나 금과 은은 천연 화폐다"라고 설파한 사회주의 철학자 마르크스의 언급은 금의 정곡을 찌른 말이다. 인류는 기원전 5천 년부터 황금을 모든 가치의 척도로 삼았다.

B.C 700년경에 소아시아의 리디아 왕국에서 세계 최초로 금화를 사용하였다. 리디아인들은 황금과 은의 비율이 3 대 1인 18K 합금을 사용했는데 나중에는 24k 황금 주화를 유통했다. 더 놀라운 것은 이들이 시금석(試金石)을 이용하여 금을 감별하였다는 사실이다.

이들은 금과 은을 합금하여 함량별로 24개의 시금봉(試金棒)을 만들어 금의 함량을 비교 감별하는 방법을 개발하였다.

성경에 언급된 금광은 지금도 이집트를 비롯한 시나이반도에 솔로몬과 시바 여왕 클레오파트라가 채굴한 금광 유적이 남아있다.

금은 최초이면서 영원불변한 인류의 화폐인 것이다.

미국 지질연구소의 발표는 인간이 채굴한 금이 현재까지 15만 톤이라고 추정하고 있다. 이 중 2만2천 톤 정도가 소모 또는 소멸했고 나머지 12만8천 톤이 남아있다고 하였다.

이 중 3만2천 톤은 회사나 공장, 금화, 장신구 의료용구 등으로 쓰였고 남아있는 것이 9만6천 톤이다. 또 이 중에 1만 톤이 미국의 군사기지 포트 녹스(Fort Knox)에 보관되어 있고 5,000t은 뉴욕 미 연준 지하 금고에 보관되어 있다.

세계 각국의 중앙은행 보유금은 대부분을 자국 은행보다는 미국, 영국에 맡겨 둠으로써 안전하게 보관할 수가 있고 이를 담보로 달러를 빌릴 수단도 된다는 것이다.

1, 2차 세계대전을 승리로 이끈 미국은 세계 각국 정부가 보유한 황금 총량의 75%를 확보한다. 미국은 유럽 국가들의 경제 사정과 치안 불안, 전후 부흥자금 공여 등의 명목으로 각국 중앙은행의 금을 미국에 보관하는 조처를 하면서 사실상 세계 각국의 황금을 끌어모은 것이다. 1934년부터 39년까지만 해도 미국으로 유입된 황금의 총량은 96억 달러어치에 달했다.

2차 대전 후 독일의 금괴도 미국의 요청으로 몽땅 미국에 실어 보냈다. 그 후 독일의 국력이 커지면서 독일은 미국에 금괴 반환을 요청하였다. 독일 여론은 미국의 포트 녹스를 비롯한 뉴욕 연방은행의 금괴 보관소에는 금이 없는 것 아닌가 하는 의구심이 강하게 들었다고 한다.

지금까지 미국은 딱 한 번만 포트 녹스를 몇몇 미 상원의원과 소수의 기자에게만 공개하였다. 그것도 수십 개가 넘는 금괴 저장소 중에서 딱 하나만 언론에 공개했기 때문에 독일 여론은 물론 전 세계의 의구심을 증폭시켰다.

악화되는 여론에도 미국은 독일의 금괴 반환 요구에 응하지 않고 있다가 마지못해 2017년 1월, 맡긴 것의 3분지 1도 안 되는 300t(약 15조 원어치)만 반환하였다. 프랑스를 비롯한 유럽 각국에서도 금괴 반환을 요구하고 있지만, 미국은 여전히 묵묵부답이라고 한다.

미국은 유럽 각국의 금괴뿐만 아니라 일본 군부가 아시아 각국에서 강탈한 야마시다 골드까지 깡그리 차지하였다. 그래서인지 미국은 일본에 단 한 푼의 전쟁 배상금도 청구하지 않았다.

오히려 일본의 경제 발전을 적극적으로 도와주고 있다.

만일 야마시다 골드를 미국이 차지했다면 야마시다 골드는 일본 것이 아니라 아시아 각국에서 약탈한 것이기에 아시아에 돌려주어야 마땅하다. 다시 말해 야마시다 골드의 실체를 밝혀내 그 원소유자에게 반환해야 한다. 그러나 야마시다 골드의 행방은 아직도 미스터리로 남아있다.

이렇게 엄청난 황금 재고를 앞세운 미국은 1944년 5월 브레턴우즈에 44개 UN 회원국을 소집하여 금 1 트로이 온스당 35달러라는 금본위제를 채택하여 달러가 세계를 지배하는 시스템을 만들어 버렸다.

이것은 미국이 확보한 금의 위력이다.

미국이 전 세계의 황금을 모은 것을 기화로 달러를 발행하고, 이를 바탕으로 세계 경제를 주무르면서 미국은 점점 콧대가 높아져 간다.

여기에 흐루시쵸프와 한판 붙은 쿠바 미사일 대결마저 승리로 이끌면서 미국의 자만심은 하늘 높은 줄 모르게 치솟는다. 결과적으로 자칭, 타칭 세계의 경찰 노릇까지 하게 되었다.

쿠바 사태를 해결한 케네디의 인기는 거의 폭발적이었는데 케네디의 암살사건은 또 다른 금융 의혹을 낳게 된다. 사실이 아니겠지만 일설에는 독과점 주주로 되어있는 미연방준비은행의 유대계 은행재벌들이 국유화를 시도하는 케네디를 암살한 것이라는 의혹 제기이다.

미연방준비은행은 유대계 재벌들이 90% 이상의 지분을 갖고 있어서 미국 정부에서 달러 대출을 요구하면 미 정부의 조세를 담보로 즉시 인쇄기를 돌려 달러를 대출해 주고 또박또박 이자를 받는다. 미 정부에서 지급하는 이자는 연 5천억 달러가 넘는다고 한다.

이렇게 쉬운 장사가 세상에 또 있을까?

케네디 사후 대통령직을 승계한 존슨 대통령의 오만과 편견은 커다란 실책을 저지른다. 후진국 베트콩 정권을 우습게 본 미국이 통킹만 폭격이라는 패착을 두게 되는 것이다.

베트남 확전으로 전쟁물자 조달을 위해 미국은 달러를 남발하였고, 이것이 천문학적인 재정 적자로 이어져 미국을 아주 곤혹스럽게 만든다. 더구나 이때쯤, 경제 상황이 호전되어 늘어나는 달러를 주체하기 어렵게 된 유럽 각국은 미국에 달러 대신 황금을 요구하기 시작하였다. 제일 앞장선 것이 프랑스이다.

2차 대전 때 비록 도움을 받긴 했으나 미국으로부터 엄청난 수모를 당했던 드골은 모든 무역 대금을 달러 대신 황금으로 결제해 줄 것을 공식으로 요청하기 시작하였다.

드골은 라디오와 텔레비전 연설을 통하여 "프랑스 국민이라면 모름지

　　　　　　　　　　　　　영원한 로망 보물

기 국외 여행 시 모피와 향수 대신 금붙이를 사와야 한다. 이것이 애국이다"라고 강조하기도 하였다. 프랑스뿐만이 아니었다.

유럽 각국도 미국에 달러 대신 금으로 상환해 달라고 요구하기 시작하였다. 1968년 3월 보름 동안 미국은 14억 달러어치의 금 유출을 기록했고, 3월 14일 런던 금시장의 하루 금 거래량이 400t에 이르게 되었다. 이 금들은 모두 미국에서 조달된 것이었다.

1971년도에 와서는 미국의 황금 보유액이 60%나 감소한다.

존슨 다음의 대통령 닉슨은 결국 두 손을 들 수밖에 없게 되는데 이 것이 이른바 '닉슨 쇼크'이다.

1971년 8월 8일 로이터 통신에 프랑스가 1억9100만 달러를 금괴로 바꿔 달라고 했고, 영국 중앙은행 역시 8월 31일에는 30억 달러를 금괴로 태환(兌換)해 주기를 요청할 것이란 보도가 나왔다.

이 뉴스에 놀란 닉슨 대통령은 부랴부랴 1971년 8월 15일 달러에 대한 금 태환을 중지한다는 폭탄선언을 하였다. 이것이 미국이 금 태환을 중지하고 세계 기축통화로서 달러를 포기한다는 '닉슨 쇼크'이다.

이로써 금본위제가 완전히 폐기되었다. 드디어 금값은 자유의 날개를 달게 된다.

이때부터 출렁이던 금값은 1976년 8월에 온스당 100달러 선이던 것이 1980년 1월 850달러까지 폭등하는 이변을 연출한다. 이것이 금의 딜레마이고 패러독스이다.

귀금속 감정은 어떻게 이뤄지나

: 비파괴 분석법 중심으로

　일반 소비자가 점포에 가서 물건을 되팔고자 할 때는 당연히 물건의 감정을 받기 마련이다. 토지나 건물, 자동차, 골동품 등도 감정을 받기 마련이고 미술품, 도자기 기타 어떤 것도 감정을 거치지 않으면 매매가 안 된다. 특히 금이나 백금 등 귀금속의 경우처럼 고가품을 판매하거나 손님으로부터 사들일 때는 반드시 감정이란 과정을 거치는 것은 당연한 절차이다.

　더욱이 홀마크(Hall Mark)나 믿을만한 제조업자, 판매상의 각인과 보증서 등이 없는 경우에는 두말할 필요도 없다. 품위 증명은 금의 올바른 유통질서를 지키기 위한 기본원칙이기도 하다. 아울러 금의 감정이란 사들이는 경우에만 한하지 않고, 손님으로부터 가치 평가를 위해 감정을 의뢰받는 경우에도 숙지해야 한다.

　그러면 금의 감정은 실제로 어떻게 행하여야 하는가?

　우선 육안(肉眼)에 의한 외관(형상, 표면상태 등)을 관찰하고, 비중(比重)을 측정하고, 시금석(試金石)이라는 칭석(稱石)과 시금봉(試金棒)에 의한 비교검사를 하며 최신 과학기재인 X-Ray 형광분석기로 정성, 정량분석을 하는 비파괴 감정을 해야 한다.

이외에 큐펠레이션(Cupellation)이라는 국제적으로 공인된 '파괴 분석 법'이 있다. 채취한 시료를 용융시켜 화학 시료 분석을 하는 방법이다. 다만, 이 파괴 분석법은 정확도가 높지만, 장신구를 파괴하여 용융시킨 다는 결정적 약점 때문에 완제품에는 적용이 불가하다.

그래서 여기에서는 비파괴 분석법만 약술하기로 하고, 파괴 분석법인 화학 분석법은 별도로 논하기로 한다.

◦ 외관(外觀)의 관찰(觀察)

금의 가치 중에서 영구불변인 특유의 황금 색조야말로 금 최대의 매력이라고 할 수가 있다. 순금은 아주 연하여 취급 시에 상처가 나기 쉽고, 그리하여 표면이 거칠어지면 광택이 죽으면서 빛의 산란 때문에 희게 보일 수 있다. 또한, 표면에 묻은 기름이나 금속 물질의 산화에 의해 때로 변색된 것처럼 보일 수가 있다.

이때는 벤젠 같은 유기용제로 닦아내거나 묽은 황산 등으로 씻어낸다. 단, 이들 화공 약품은 맹독성을 지녀 세심한 주의가 필요하고, 반드시 환기가 잘 되는 곳에서 시행해야 한다. 금과 친화성이 강한 수은이 묻으면 백색으로 변색하는데, 이때는 약한 불로 가열하면 깨끗해진다.

금은 화학적으로 극히 안정되어있고, 다만 왕수와 시안화액 이외에는 산에도 강하며 대기 중에서나 물속에서도 화학적으로 변색하는 일이 없다.

금이 가진 황금색 색조는 같은 순도라도 제련(제조)업자나 용해 당시의 환경조건에 따라 미묘하게 차이가 난다. 거푸집(주형틀)에 부을 당시에 산소의 작용으로 표면상태가 좌우되고 문양의 결과가 각각 다르므로 이러한 특징들을 잘 관찰하여야 한다.

지금(地金)으로 만들어진 형태도 제련 또는 제조회사의 특징을 나타내는 규격이나 형틀의 특징이 다르므로 잘 참조, 관찰하여야 한다.

특히 위조 표식이 많으므로 이를 잘 숙지하고 있어야 한다.

◦ 홀 마크(Hall Mark) - 검정 마크 확인

귀금속에 대한 신뢰의 근거는 무엇보다 찍혀진 각인이 좌우한다.

제조자의 마크나 순도 표시 마크를 조사하는 것은 감정상 빠트릴 수 없는 체크 포인트다.

지금(地金)의 경우에는 제조자, 즉 용해 분석업자(Melter)와 판매업자의 마크가 찍혀 있으며, 중량, 순도, 금괴 번호 등이 차례로 찍혀 있다.

홀 마크라고 통칭하는 귀금속의 각인은 700여 년 전 영국의 금장조합(金匠組合)에 뿌리를 두고 있으므로 상당한 역사와 전통이 있다.

이 금장조합의 사무실(Goldsmith Hall)에서 검인 마크를 찍는 것으로부터 홀 마크라는 어원이 생겨났다. 영국 홀 마크의 기본이 되는 표범 머리 마크(Leopard's Head Mark)는 1300년 에드워드 1세의 명령으로 법

제화되었고, 제조자 각인은 1363년 에드워드 3세에 의해 시작되었다.

유럽에서는 상호 보증을 통해 수출입 시 품질확인 시험을 생략함으로써 귀금속의 국제 거래를 촉진 시키고자 만든 국제 협약이 있다.

1972년 11월 5일에 빈(Vienna)에서 체결한 International Convention on Hallmarks로 오스트리아, 핀란드, 노르웨이, 포르투갈, 스웨덴, 스위스, 영국 등 7개국이며, 유엔 회원인 협약의 당사국은 본 협약 규정에 따라 귀금속 제품의 품질을 검사하고 품위, 제조자 등을 표시하는 법정기관을 세워야 하는데, 세부사항은 무척 까다로우며 귀금속 제품에 대한 마이너스 품위 오차는 인정치 않고 있다.

품질 기준은 금이 750, 585, 375이고, 은이 925, 830, 800이며 백금은 950이다. 금괴는 999.9, 백금괴는 1000, 은괴는 999.9로 표기한다. 금괴는 999.9, 백금괴는 1000, 은괴는 999.9로 표기한다.

이 협회의 마크는 제조자 마크, 평 저울 그림에 천분율 로고 마크, 순도 표기 마크, 분석 감정소 마크를 각인하고 있다.

일본의 감정 검인제도는 1927년부터 시작되었다.

처음에는 '동경공업기술센터'의 감독 지도로 동경 귀금속 검정소에 의해 검정이 시작되었지만, 그 후 국가 검정의 필요성이 높아져 1929년 6월 29일 대장성령 제12호로 '귀금속 제품 품위 증명규칙'이 제정되었고, 같은 해 7월 동경 귀금속 검정소의 업무는 조폐국에 인계되어 국가 검정을 하고 있다. 일본은 강제 제도가 아니고 임의 감정으로 원하는 업자의 것만 감정 검인하고 있다.

우리나라 귀금속 품질표시 약사를 열거하면 다음과 같다.

1974. 2. 18.	귀금속가공상품품질표시에 관한 규정 고시 상공부 고시(상공부령 422호) * 허용오차 0.5% * 합금 시 은과 동의 비율까지 고시
1982. 6. 30.	귀금속가공상품품질표시기준 고시 * 공업진흥청 82-15호 * 위반 시 벌금 200만 원 이하 * 허용오차 0.5%
1987. 12. 30.	공업진흥청 동법 개정 고시 * 허용오차 0.4% * 위반 시 벌금 500만 원으로 강화
2001. 7. 10.	동법령을 공진청이 폐지되고 중소기업청을 신설하면서 산하 기관인 국립기술표준원 고시로 변경
2002. 3. 2.	동법을 규제사항 철폐 차원에서 권장사항으로 변경 고시 * 기술표준원
2007. 12. 30.	동법을 인체에 위험성(위해성)이 없는 상품이라고 폐지
2011. 7. 7.	한국산업표준 (KS) D 9357:2011으로 귀금속 및 그 가 공제품 고시(발표 2012. 1. 7.) * 귀금속의 품질 표시기준을 정한 것임.

영원한 로망 보물

∘ 기기(機器) 비파괴 분석

X-선 형광 분석법은 비파괴 분석에 유일한 수단으로 자리매김하고 있다.

정성(定性)과 정량(定量)을 동시에 검사하는 형광 X-선 분석은 조사(照査)된 X-선에 의해 반사된 원자가 원자 고유의 특성인 형광 X-선을 방사(放射)한다고 하는 현상을 응용한 것으로, 이 특성인 X-선을 검출해서 시료에 어떤 원자가 어느 정도 있는지를 알 수 있도록 컴퓨터로 측정하는 분석법이다.

이것의 장점은 두말할 것 없이 비파괴 검사법이라는 것이고, 무슨 원소가 얼마만큼 함유되어 있는가를 검사하는, 현재로서는 가장 합리적인 감정 분석법이다.

예전에는 이 X-선 분석 장비가 대형이고 아주 고가였지만, 1979년경

부터 X-선의 빔(Beam)을 0.3mm까지 좁힐 수 있게 되었다. 반지 같은 작은 시료도 얼마든지 감정 분석할 수 있게 되었을 뿐만 아니라 최근에는 보석 감정에도 응용의 폭이 넓어져 있다.

비파괴 귀금속 감정에서는 X-Ray 형광 분석과 함께 원자흡광분석(플라스마), 열전도 측정, 음파(음속)측정, 비중측정, 경도측정, 전기저항 측정 등을 병행한다면 더 바랄 나위가 없다.

한국표준협회의 금, 은 파괴 분석법

규격번호	규격명
KSD0404	보석용 금합금 중의 금 분석 방법 Method for determination of gold in gold jewellery alloys
KSD0405	보석용 은합금 중의 은 분석방법 Method for determination of silver in silver jewellery alloys
KSDISO11426	보석용 금 합금중의 금 정량 방법-회취법(시금법) Determination of gold in gold jewellery alloys -- Cupellation method (fire assay)
KSDISO11427	보석용 은 합금의 은 정량 방법-브로민화 칼륨을 이용한 부피(전위차 적정)분석법 Determination of silver in silver jewellery alloys -- Volumetric (potentiometric) method using potassium bromide

도시 광산업이 뜬다

우리가 일상적으로 쓰는 말 중에서 쓰레기란 단어의 정확한 어원과 말뜻은 아래 답글 중에서 어느 것일까?

> 1) 시래기(무청 말린 것)처럼 하찮다는 뜻의 순우리말.
>
> 2) 슬래기(Slaggy)란 영어에서 나온 말.

정답은 2번이다.

쓰레기는 순수 우리말이 아니고 영어 Slaggy에서 나온 말이다. 슬래그(Slag) 또는 슬러지는 철광석을 용해 제련할 때 배출되는 못 쓰는 쇠찌꺼기를 말한다. 이 슬래그의 파생어 슬래기가 다시 우리나라에서 쓰레기로 변한 말이다. 옛날 우리나라에는 쓰레기란 개념이 없었다.

옛날 사람들은 무엇 하나 버리지 않고 살았다. 농사를 짓건 나무를 해서 불을 때건, 짐승을 잡아 고기를 먹건, 바닷가에서 생선을 잡아 생활하건 이 모든 것이 자연과 더불어 사는 삶이었다. 모든 생활이 자연으로 되돌리거나 죽어서도 자연으로 돌아가는 인생이었다.

살던 집이 장마에 무너져도 자연으로 돌아갔고 설사 불타고 남은 것이 재뿐이라도 그 재를 논밭에 뿌려서 거름이 되게 하였다. 생활 용구나 의복, 심지어 짚신까지도 땔감이나 두엄이 되어 자연으로 돌아가도록 우리 선조들은 지극히 순리적이고 자연적인 삶을 살았다.

먹고 남긴 음식은 가축의 먹이가 되거나 거름으로 바뀌었고 심지어 사람들의 소, 대변이나 기르는 짐승의 오물까지도 퇴비가 되어 자연의 일부가 되었다. 우물물로 세수하고 등목을 하고, 쌀을 씻어도 그 버린 물을 가두어 미나리를 키웠고, 미꾸라지가 살게 하였다.

다시 말해 근대화 이전에는 쓰레기란 낱말이나 개념조차 없었다.

근대에 들어와 서양 문물이 들어오면서 화학제품이 일상화된 후 나일론, 플라스틱, 비닐, 콘크리트 같은 것들이 쌓여 슬러그가 되었는데 그 슬러그가 쓰레기란 말로 변하여 썩지 않는 폐기물이 넘쳐나기 시작했다. 광산에서 제련하고 남은 못 쓰는 쇠 찌꺼기를 일컫듯 세상에서 쓰지 못하고 버린 것을 쓰레기라고 하였다.

그런데 이 쓰레기가 새로운 자원으로 급부상하여 새로운 돈벌이 수단이 되고 있다. 이른바 도시 광산업이다.

도심에서 알짜배기 금과 은을 캐내는 산업을 도시 광산업(Urban Mining)이라고 부른다. 이 귀금속들은 광석에서 생산하는 것이 아니다. 도시의 창고나 야적장에 쓰레기로 처박혀있는 휴대전화, 컴퓨터, 텔레비전, 냉장고 같은 전자제품의 전기 접점에서 귀중한 금속을 찾아내는 것이다.

영원한 로망 보물

이 같은 현상은 우리나라뿐이 아니고 일본은 말할 것도 없고 미국 유럽 등지에서 최근 급격히 주목받으며 신종 노다지 산업으로 떠오르고 있다.

더욱 금, 은이나 백금 가격이 급등하면서 도시 광산업은 더욱 주목받고 있다. 금값이 온스당 1,300달러 전후를 호가하고 있고 최근에도 1,250달러 선을 맴돌고 있으니 폐가전제품에서 금과 은, 팔라듐 같은 귀금속을 추출한다면 이는 일거양득, 일석 3조의 엄청난 돈벌이 산업이다. 보통 일반 금 광산에서는 1t의 광석에서 5g 정도의 순금을 얻는 데 비하여 폐기된 휴대전화에서 얻는 금은 톤당 평균 30g을 얻을 수 있다고 하니 이런 노다지가 없는 것이다.

어디 이것뿐인가? 버려진 휴대전화 1t에서 은 2kg 구리 100kg, 기타 이리듐 같은 것도 부산물로 챙길 수 있다.

전자 대국이라 할 일본의 '일본 물질재료 연구소'가 일본 내에 존재하는 모든 가전제품에서 회수할 수 있는 금속을 추정한 수치는 어마어마하다. 이 연구소는 금이 약 680t, 은 6만 톤, 인듐(LCD 액정화면 제조용)이 1,700t 정도가 된다는 연구결과를 발표하였다.

일본 다음의 전자산업 시장을 가진 우리나라의 경우 일본만은 못하지만, '한국 지질자원 연구원'에서 추산한 폐가전제품의 회수 가능한 귀금속은 다음과 같다.

버려지는 휴대전화 한 대에 금 0.02g에서 0.14g, 니켈 0.27g 텅스텐 0.39g, 팔라듐 0.005g이다. 우리나라는 휴대전화를 포함 연간 약 860

만 대로 추산되는 폐전자제품이 나온다고 한다. 이것을 재활용하여 이 계산법으로 적용한다면 일 년에 금 3,754kg 팔라듐 1,572kg, 은 20t, 탄탈럼 400kg을 얻을 수 있다. 이 밖에 폐플라스틱과 비닐에서 160만 톤의 석유를 재생할 수 있다고 하는데 이를 달러로 환산하면 약 15억 불에 달한다고 한다.

이러한 수치는 말장난이 아니고 실제 현실에 부합하는 수치이므로 범국가적인 차원에서 우리나라도 시급히 도시 광산업을 지원하여 산업폐기물에서 귀중한 자원도 회수하고 천년이 지나도 썩지 않을 공해 물질을 처리하여 후손들에게 깨끗하고 아름다운 금수강산을 물려줄 도시 광산업을 활성화해야 한다.

도시 광산업(Urban Mining)

가전, 디지털기기, 자동차 등과 같은 제품에 사용되는 금속을 도시 광물로서 회수할 수 있다는 의미에서 붙여졌다. 수명이 다한 산업폐기물을 「수집―해체―선별―제련」 등의 공정을 거쳐 금속을 추출, 산업 원료로 재공급하는 산업을 말한다. 석유나 석탄과 같은 자원은 태워서 사용하면 다시 이용할 수 없지만 금속의 그 형질은 그대로 남아있으므로 이를 추출해서 활용할 수 있다면 큰 자원이 될 수 있다는 것이다. 이는 1980년대 일본 도호쿠 대학(東北大學) 선광제련연구소의 난조 미치오 교수가 처음 사용한 후 일반화되었다.

영원한 로망 보물

무극광산과 구봉광산

한때 우리나라(남한) 금 생산량의 거의 80%를 담당하던 대명광업주식회사의 충남 청양군 남양면 구봉(九峯, 九峰)광산과 충북 음성군 금왕읍 무극리의 무극(無極, 일명 무기광산)광산은 현재 폐광이 되었으나 일부 갱에서는 지금도 금 캐는 작업을 하고 있다.

폐광한 지 근 40년이 되어 갱도에 물이 차 있고 또 그 당시의 갱도 도면이 남아 있지 않아 예전의 영화(榮華)를 되찾기는 몹시 어려운 것으로 알려졌다. 개미굴처럼 뚫어놓은 갱도에 물이 차올라서 이를 퍼내는 데 몇 년씩 걸리고 또 오랫동안 물에 잠긴 갱은 쉽게 허물어져서 그 보강작업으로 엄청난 공사를 해야 하기 때문이다.

그러나 새로운 금맥을 찾는 탐사작업으로 경제성이 월등한 금맥이 발견되고 지금처럼 높은 금 가격대가 유지된다면 다시 광산 개발을 도모할 만하다는 것이 광산업계의 전망이다.

이 광산들은 우리나라 경제에 큰 몫을 차지했던 금광이었기에 되돌아보는 의미로 이들 금광에 대해 짚어보기로 한다.

일제 강점기에 일제가 가장 먼저 서두른 것은 금이나 철, 아연, 석탄 같은 광물 분포조사와 곡물 수탈을 위한 토지조사 사업이었다.

토지조사 사업을 마친 일제는 보를 쌓고 수리 시설을 한 다음 공출과 수세(물세)란 명목으로 빼앗다시피 한 쌀을 일본으로 실어갔다. 그런 다음 전국 방방곡곡에 대대적으로 광물 조사 사업을 벌여서 지하자원을 수탈하고, 금광개발을 장려하고 금 생산을 독려하였다. 일제 강점기에 35년간 금광풍(狂風)으로 온 나라가 휘둘린 것도 이 때문이었다. 일제가 아시아를 침탈하는 태평양 전쟁의 수행 자금으로 금이 가장 유용했기 때문이다.

무극금광은 1891년 중국인이 처음 사금을 발견하였다는데 도랑에서 바가지를 일어서 사금을 찾아내는 정도였다. 그 후 1913년 일본인이 광업권을 취득하였고, 1930년대에 본격적인 개발이 시작되었다. 1930년대에는 하루 최고 6kg을 생산할 정도로 호황을 이루었다.

이 덕분에 무극시장이 오일장으로는 전국적인 명성을 얻기도 하였고, 용계리라는 마을도 이때 이루어졌다.

이렇게 호황을 누리던 무극광산은 해방 이후 금맥이 줄어들면서 쇠퇴하기 시작하였다. 그러던 중 1952년 대명광업이 인수하고 개발 자금을 투입하여 1956년도에는 하루 2kg 정도를 생산하는 등 조금씩 활기를 띠기 시작하였다. 그 후 생산량이 점점 줄어들기 시작했는데 대명광업의 부도로 1972년 폐광을 하게 되었다.

지금은 무극의 다른 광구인 ㈜유일광업 등에서 소규모이지만 노다지의 꿈을 안고 작업을 계속하고 있다.

대명광업의 또 다른 금광인 충남 청양군 남양면 대봉리 구봉광산 역시 일제 치하인 1911년 김태규라는 사람이 광업권을 취득하였는데 그 후 1917년 일본인에게 넘겨져 한때 월 160kg까지 생산되어 남한의 금 생산량 중 60%를 차지하였다.

그때 종업원을 1,500명이나 거느려 이 지역 경제를 살렸고, 유동 인구 포함 2만5천 명이던 남양면은 남한의 면 소재지 중 가장 번성하던 곳이었다. 대명광업은 무극의 금광과 청양의 구봉금광을 소유한 회사로서 당시 정명선 회장은 국내 최고의 갑부였고 종업원 수에서도 한국 제일의 회사였다. 그러나 갱도가 깊어질수록 원시적 채광작업 때문에 생산단가가 오를 수밖에 없었다. 거기에 방만한 경영과 예기치 않은 갱도 붕괴 사고가 발생하고 가족 간의 경영권 분쟁이 회사를 휘청거리게 하였다.

가장 결정적인 사고는 1967년 8월 22일의 양창선(36세, 사고 당시 김창선이었으나 호적정정으로 본성을 찾음) 씨의 매몰 사건이었다. 그는 125m 지하에서 낙반 사고를 당했는데 러닝셔츠의 땀을 짜 먹으며 구출되기를 기다렸다. 그는 총 15일 8시간 35분(368시간 35분)을 갇혀서 세계 토픽 뉴스에 나오기도 하였다.

이 사건은 당시 미군의 헬기가 동원될 정도로 국민적 관심사였다.

양창선 씨의 매몰 기록은 1995년 삼풍백화점 붕괴 시 15일 17시간(377시간) 갇혀있던 박모 양(19세)의 기록과 함께 대단한 사건이었다.

양창선 사건으로 대명광업은 갱도 보수 등에 과도한 투자를 할 수밖에 없었고 이것이 재정 악화를 가져왔다. 당시 금값은 3.75g 한 돈에 3,200원으로 광부 8명의 일당이어서 사실 경영만 잘했으면 괜찮은 산업이었다. 대명광업은 결국 고금리 사채를 견디지 못하고 1972년 4월에 폐광하면서 본사까지 폐업하였다.

아이러니한 것은 정부에서는 그해 8월 3일 전격적인 사채 동결 긴급조치령을 내렸다는 것이다. 이른바 8.3 조치이다. 이는 모든 사채에 대해 이자를 3분의 1로 낮추고 3년 거치 5년 분할 상환하라는 파격적인 조치였다.

당시 고리채는 엄청 무서워서 연 100% 이자는 보통이고 거의 200%의 이자가 대부분이었다. 이 조치로 중소기업은 많은 혜택을 보았는데 이듬해 수출실적이 75.6%나 증가한 것이 그 증거이다.

대명광업이 4개월만 버티었으면 이 긴급조치로 기사회생할 수 있었지만, 운명은 어쩔 수 없었던 것 같다.

당시 광원으로 일한 적이 있는 사람들은 막장에 캐어 놓은 고품위 금광석을 지상으로 다 운반하지 못하고 그대로 두고 나온 것을 무척 후회하고 있다. 폐광조치가 잠시일 것으로 알았다는 것이다.

지금도 어떤 사람들은 버려진 버럭(폐석 더미)을 뒤지며 조금이라도 금이 있을 성싶으면 집으로 가져다가 절구질을 하고 있다고 한다.

잘 찾아보면 하루 일당벌이가 된다는 것이다.

영원한 로망 보물

99% 순도를 자랑하는
삼국시대 금 유물

　우리나라 고대 유적에서 출토된 그 많은 금제품 유물들의 금 순도는 얼마나 될까? 2006년 국립 공주박물관에서 무령왕릉에서 출토된 금제품의 순도를 측정한 결과 우리가 상상하던 사금(砂金)의 순도를 훨씬 뛰어넘어 현대에도 유통될 만한 순도였음이 확인되었다.

　무령왕릉의 주인공인 백제 무령왕(재위 462~523년)의 부장품이던 귀고리 등은 거의 99%에 달한다고 하였다. 국보 제514호 왕관 장식은 98~99%, 국보 155호 왕비의 관(冠) 장식도 99%, 국보 156호 금제 귀고리와 157호 왕비 귀고리는 모두 98~99%이며 대부분 99%대였다.

　그러나 전북 익산 왕궁면 왕궁리에서 출토된 금제품 중 사리 내합은 80~85%대, 그리고 삼성 이건희 회장의 부인 홍라희 씨가 운영하는 박물관 '리움'에서 보관하고 있는 서기 5~6세기 왕릉급 무덤에서 출토된 귀고리 제품 중 보물 557호 금귀고리는 95%이었다고 한다.

　또 경기도 남양주시 수종사 부도 안에서 나온 보물 259호 9층 소탑은 83%, 경주 감은사탑에서 출토된 사리병은 96~97%의 순도로 나왔다고 한다.

왕릉으로 추정되는 곳의 금제품은 99%에 가까웠고 그 외의 귀족급에선 8~90%대였는데 왕실이 고순도의 금을 썼음을 알 수 있다.

유물의 순도 감정 시 이 유물들은 파괴 분석인 큐펠레이션 분석을 할 수 없어 X-Ray 형광분석기로 하였다고 한다.

너무 소중한 보물들이라 유물 표면을 완벽하게 세척하지 못한 분석 오차를 고려하더라도 당시의 순도는 우리의 상상을 초월하는 수치이다.

우리나라에서 채금되는 사금이 평균 70~95% 정도이고 극상품이라도 95%인 점을 생각하면 왕실용 금제품이 98~99%라는 것은 인위적으로 순도를 높인 것으로 보인다.

그러면 그 옛날엔 화공 약품도 없이 어떻게 순도를 높였을까?

2016년 국립 중앙과학관이 고대 금도금 기술에 매실 산이 쓰였음을 확인했다고 발표하였다. 질산, 염산 같은 화공 약품이 없었던 고대에는 매실 원액 70%, 물 30%의 매실 산 용액으로 금도금할 금속의 표면을 세척하거나 부식시켰다는 것이다.

여기에서 유추해 보면 삼국시대에 사금의 순도를 높이기 위해서는 잘게 부순 사금을 고열에 달구어 매실 산 용액에 담금질을 반복하면 충분히 고순도의 금을 얻을 수 있었을 것이다.

또 하나 추측 가능한 것은 고열에서 장시간 사금을 용융시키면서 어떤 촉매제를 투입하여 기타 불순물을 기화시키는 방법을 응용하였을 것이라는 점이다.

영원한 로망 보물

| 금제관식 (국보 154호)

| 왕비의 금제관식 (국보 155호)

| 금제 귀걸이 (국보 156호)

은은 융점이 섭씨 960도이고 금은 1,063도인데 숯불로 그러한 온도를 올린다는 것조차도 쉬운 일은 아니었을 것이다. 그러나 숯불보다 온도를 높일 수 있는 다른 연료, 즉 석탄 중에서 순도가 높은 괴탄을 피워서 공기를 주입하면 충분히 고온을 얻을 수 있다.

또한, 금에 섞인 은을 기화시키기 위해서 순간적으로 고온을 낼 수 있는 어떤 물질을 첨가한 것으로 추측할 수 있다. 그중 가능한 것으로 현재에도 사용하고 있는 초석(硝石)을 사용했으리라고 본다.

초석은 화학명이 질산칼륨(KNO_3)으로 순수하지는 않지만 자연 상태에서는 석회암 동굴 바닥 같은 데서 채취할 수 있는 비료와 화약의 원료이다. 이 초석은 새 분변 같은 단백질과 요소 등이 분해된 질소 화합물에 나무가 탄 재의 주성분인 탄산칼륨이 복 분해되어서 생긴 반응물이다. 화약은 초석과 유황, 숯을 혼합하여 만드는데 초석이 빠지면 화약이 되지 않을 만큼 아주 중요한 요소이다.

이 질산칼륨은 고려 시대 최무선의 화약에도 쓰인 물질이다.

초석을 용융된 금은 도가니에 소량을 투입하면 질산칼륨이 순간적으로 발화하면서 고열이 생기고 이때 불순물과 은을 기화시킬 수 있었을 것이다. 이런 물질은 원시시대에 동굴에서 불을 피우며 저절로 익혔을 것으로 추정된다. 서기 5~6세기에 가야와 신라, 백제의 장인들이 이러한 기법으로 순도 99%의 제품을 생산했다는 것은 지금으로 말하면 최첨단 과학기술이랄 수가 있다.

여기에서 우리는 무엇을 느껴야 하는가?

이미 2000년 전 고대의 선조들은 오로지 망치 하나와 입으로 부는 불대로 99% 순도의 왕관이며 귀고리를 만들었는데 현재의 우리는 순도 99.99%의 지금(地金)으로 산소 불이며 최신 전동 롤러 등을 이용해서 겨우 99.5%의 제품을 만들고 있으니 이 어찌 부끄러운 일이 아니겠는가?

KS(한국공업표준) 규정상 허용오차라는 것은 같은 시료를 반으로 나누어서 두 차례 시험 분석하였을 때 이 두 시료 사이의 차이를 허용오차라 한다. 모르면 용감하다고 그 허용오차라는 것을 악용하지 말아야 할 것이다. 다시 한번 강조하지만, 순금 제품 작업 시 부득이한 경우 소량의 땜을 쓰더라도 땜을 최소한으로 줄여야 할 것이고 99.9%의 제품으로 소비자의 신뢰를 다시 회복해야 한다.

사족이지만, 이제 모든 귀금속상은 금제품에서 99.5니 99.9니 하는 논쟁에서 벗어나야 한다. 귀금속상 스스로가 제조업자(세공업주)에게 99.9의 제품을 요구하고 그것을 소비자에게 자신 있게 권하면 되는 것이다. 이제는 소비자의 수준이 99.5와 99.9를 구분 못 하는 시대가 아니므로 귀금속상 스스로가 공임 몇 푼 아끼려다 고객에게 외면받을 바보짓은 안 하리라 본다.

나는 귀금속상의 인격과 품성과 자질을 믿는다.

에밀레종의 신비

　현재 국립 경주박물관에 있는 에밀레종은 그 웅장한 크기와 섬세하고 유려한 문양 그리고 지금은 들을 수 없지만, 장중하고 웅혼하며, 끝이 없는 여운의 종소리는 듣는 이로 하여금 마음을 한없이 맑고 또 맑게 해서 마치 천상의 소리로 들리게 한다는, 이 세상 오직 하나뿐인 우리의 보물이다.

　이 에밀레종에 얽힌 신비한 이야기와 지금의 현대 과학으로도 풀지 못하는 신묘한 이야기를 여러 문헌을 참고하여 적어본다.

　이 에밀레종에는 우리가 잘 아는 전설 하나가 있다.

　농담 삼아 아기를 시주하겠다는 아낙네의 아이를 종을 주조할 때에 끓는 용광로에 넣어서 완성했다는 전설이다. 이 애달픈 전설의 진위야 어찌 됐든, 이 종소리가 듣는 이에게 "에밀레라"하고 들려서 감성을 자극하고 무언가 모르게 심금을 울린다는 것은 맞는 말이다.

　여기에는 온 나라 백성들의 불심을 향한 염원과 국가적 역량을 기울인 엄청난 대사여서 이 종을 만들기 위한 성금을 강제 헌납하게 된 백성들의 설움이 복합적으로 작용하여 만들어진 전설이 아닐까 싶다.

　얼마 전 이 종의 성분을 첨단 장비로 검사하였는데 인(燐) 성분이 없다고 했는데 이로 보아 아기의 전설은 허구일 것이다.

국보 제29호인 에밀레종은 원래 성덕대왕신종이 본명이다.

이 종은 신라 경덕왕(서기 742~764)이 아버지 성덕대왕에 대한 추모의 정으로 큰 종을 만들기 시작하여 계속 실패하다가 34년 만에 손자인 혜공왕(재위 765~765) 6년(771)에 완성하였다. 적어도 30년 이상이 걸린 셈이다. 이 대종을 성덕대왕의 원찰로 세워진 봉덕사(위치 불명)에 설치된 연유로 봉덕사종으로도 불린다.

이 종이 어느 때인지 경주 하동군 북천의 대홍수로 봉덕사는 매몰되고 이 에밀레종만 뒹굴어 다니는 것을 1460년(세조 6년) 경주 부윤 김담이란 사람이 영묘사로 옮겼고, 중종 원년(1560년)에 당시 부윤 예춘년이란 사람이 경주 남문 밖에 종각을 짓고 성문을 여닫을 때 이 종을 쳤다고 한다.

이렇게 수백 년이 흐른 후 1915년 8월 구 경주박물관 자리로 옮겼다가 1975년 새로 지은 현재의 경주박물관으로 옮기게 되었다.

에밀레종의 제원은 높이 3.7m, 둘레 7m, 입지름 2.27m, 종 두께는 아래쪽이 22cm, 위쪽이 10cm, 전체 부피는 약 3m³이다.

이 종의 무게는 달아볼 수가 없어서 대략 20~22t으로 추정하고 있었다. 다행히 우리나라 전자저울 업체인 '카스'에서 6천여만 원을 들여 1997년 8월 11일 전자감응장치를 개발하고 리프트 장치를 설치해서 어렵게 측정한 결과 정확히 1만8천9백8kg 하고 2백50g이었다고 한다.

| 에밀레종

영원한 로망 보물

삼국유사에 "구리 12만 근으로 만들었다"는 기록이 있는데 당시 한 근이 약 225g인 것을 고려하면 약 27t이 되는데 현재의 공법으로도 감량을 약 30%를 잡아야 하므로 삼국유사의 기록 12만 근(27t)은 정확한 기록이라 할 수 있다.

많이 알려진 이야기이지만 이 종에 얽힌 신비한 이야기 몇 가지를 소개한다.

첫 번째, 이 종을 만든 기술자는 박종일(朴從鎰)이다.

이 종에는 모두 1,048자의 명문(銘文)이 새겨져 있는데 종을 만드는데 관장한 사람이 16명이었다. 맨 앞에 적힌 12명은 이 사업을 주관한 사람, 글을 지은이, 글자를 쓴 이다.

마지막 4명이 종을 만든 기술자인데 박종일은 주종대박사(鑄鐘大博士) 대나마(大奈麻)이고, 그다음이 차박사 나마(次博士 奈麻) 박빈내(朴賓奈), 나마 박한미(朴韓味), 대사 박부부(大舍 朴負缶)이다.

박종일에 대한 기록은 어느 사서에도 없지만, 종에 새겨진 명문에 있으므로 이보다 더 확실할 수는 없다. 당시 그의 지위인 대나마는 신라 관등 17계급에서 10위였다. 지금의 과학기술부 장관쯤 되는 셈이다.

종을 만드는데 관장한 사람 12명은 모두 김 씨인데 이들은 신라의 최고 권력자들이며 위정자들이었다. 기술자 4명의 성씨가 모두 박 씨인 것으로 보아서 일가족끼리 기술을 보유한 독특한 집단일 것으로 보인다.

어쨌든 우리나라 최대, 최고의 종을 주조한 사람이 박 씨로 밝혀진 것은 무령왕 천마총 무덤에서 발견된 왕후의 은팔찌를 만든 세공인이 다리(多利)인 것처럼, 그 당시 금과 은이나 쇠를 다루는 사람들은 국가적으로 대우받는 최고의 두뇌집단이었음을 알려준다.

두 번째, 이 에밀레종에는 기포가 없다는 사실이다.

27t의 끓는 쇳물을 주형틀(거푸집)에 일시에 쏟아부었을 때(10곳의 쇳물 주입구 흔적이 있음) 그 엄청난 압력을 어떻게 견디어 냈으며, 쇳물을 끓이는 도가니나 이 도가니를 들어 올리는 장치는 무엇이었을까? 쇳물을 쏟아부을 때 생기는 거품과 이때 바글거리며 발생한 기포(공기)는 어떻게 빼낸 것일까?

현재 금은업계에서 조그마한 반지 목걸이를 캐스팅(주물)하는데 최첨단의 버쿰(Vacuum) 펌프를 사용하면서도 흔하게 기포가 발생하는 실정임을 고려하면, 이 에밀레종의 주조 기법은 정말로 신기하고 신비할 따름이다.

1970년대 유신 시절 불국사에 에밀레종의 반만 한 크기로 종 하나를 제작하여 현재도 달려 있다. 최신 현대 공법으로 만들었다는 이 종은 기포는 말할 것도 없고 속에 들어가 보면 하늘이 보일 정도로 틈새가 보이며, 또 종의 두께는 어디는 10cm, 어디는 5cm라고 한다.

종소리 또한 탁하기 짝이 없으며, 무게 중심이 잡히지 않아서 삐딱하게 걸려 있어 얼핏 보기에도 신통치 않게 보인다고 한다.

현재 우리나라에서 자동차를 만들고 컴퓨터를 만들며, 비행기를 제

영원한 로망 보물

작하면서도 아직 옛날 신라 시대의 청동 주물 솜씨를 흉내조차 내지 못하는 것은 어찌 된 일일까? 아마 기술 부족뿐만 아니라 정성의 부족 때문일지도 모를 일이다.

세 번째로 신비한 부분을 보자.

에밀레종 머리에는 이 종을 매달기 위한 용틀임 형상의 허리 부분에 작은 구멍이 있다. 이 구멍의 지름이 9cm가 채 안 되기 때문에 여기에 들어가는 쇠막대기는 8.5cm 정도가 되어야 이종을 매달 수 있다.

1975년 6월 신축한 경주박물관으로 에밀레종을 옮긴 후, 옛날에 쓰던 쇠막대는 녹이 슬어서 새로운 쇠막대를 제작하고자 하였다. 그러나 20t을 매달고 거기에 종을 칠 때 생기는 반동의 무게까지 합치면 최소 40t 이상의 무게를 견디어야 한다.

박물관에서 쇠막대기를 새로 제작하고자 하였더니 최신 공법의 특수 강철로 만든다 해도 최소 지름이 15cm는 되어야 한다는 결론이 나왔다. 포항제철에 의뢰해도 불가능하다 해서 결국 쇠막대 제작을 포기하였다. 할 수 없이 부랴부랴 고물상으로 팔려가기 직전의 옛날 쇠막대기를 가까스로 찾아내서 종을 매달게 되었다고 한다.

현대의 기술로는 강철 와이어로 이 종을 매달 수밖에 없다니 정말로 신비한 일이 아니겠는가.

후에 밝혀낸 바로는 여러 특수 합금으로 鍛造(단조), 즉 얇고 넓게 두드려 편 다음 다시 말고, 또 두드려 펴서 다시 마는 작업을 수도 없이 반복해야 가능하다는 것이었다. 중동의 다마스쿠스 단검을 이렇게 만든다고 한다.

현대 공법으로 만들어도 15cm여야 하는 것을 옛 선조들은 8.5cm의 쇠막대로 40톤 무게를 견딜 수 있게 만들었으니 이 아니 신비한가?

네 번째, 당좌(撞座)의 신비이다.

에밀레종은 반드시 종을 치는 자리가 있는데, 이곳이 바로 종 고리인 용머리의 방향과 같은 축에 새겨진 둥그런 연꽃무늬(당좌, 撞座)가 그곳이다. 딴 곳을 치면 장중하고 웅장한 소리가 나지 않는다고 한다.

야구에서 투수의 똑같은 구질과 속도에도 야구 방망이의 어디에 맞느냐에 따라 홈런이냐 안타냐 아니면 파울 볼이냐로 갈리는데, 이 에밀레종의 당좌 자리가 야구의 홈런 치는 최적 지점(Sweat Spot)이라는 것이다.

이 에밀레종의 용머리 뒤쪽에 대통 모양의 관이 있는데 이 관은 높이 96cm, 안쪽이 14.8cm, 위쪽이 8.2cm로 속이 비어있다. 이 음관의 신비한 작용과 더불어 종에 돋을새김으로 배치된 문양 등을 고려하여 금속학적, 기계공학적, 음향학적으로 최적의 타종 지점을 찾아낸 신라인들의 신묘한 과학기술은 우리 후손을 감탄케 할 뿐이다.

다시 한번 선조에 감사해 하고 자랑스러움을 느끼게 하는 부분이다.

다섯 번째, 오래 남는 울림의 여운이다.

우리나라 유명한 절집의 종소리가 웅장하면서 그 울림의 여운이 오래 남은 이유는 바로 종 밑에 파여 있는 울림통의 역할 때문이다.

KAIST 기계공학과 김양한 교수의 연구는 에밀레종과 비슷한 크기의 대전 엑스포 종을 가지고 실험한 결과 종소리 고유의 주파수와 울림통을 거쳐 나오는 주파수가 일치할수록 종소리의 여운이 길다는 걸 밝혀냈다. 즉, 종을 첫 번째 쳤을 때 발생하는 주파수와 울림통에서 나오는 주파수의 차이가 작을수록 종소리의 지속 시간이 길어진다는 것이다.

김 교수는 "성덕대왕신종의 경우 종소리가 더 멀리 더 오래 퍼질 수 있도록 신라 장인들은 울림통을 여러 번 조정하여 팠을 것"이라면서 에밀레종의 경우 현재 30cm인 울림통은 최소 1m는 되어야 한다고 하였다.

세계의 여러 나라 종중에서 그래도 유명한 종은 미국 필라델피아의 자유의 종(Liberty Bell)이다.

펜실베이니아주에서 1751년 11월 주(州) 헌장 선포를 한 지 50주년을 기념하여 종을 만들기로 하고 약 2천 파운드(약 900kg) 무게의 종 제작을 영국에 의뢰하였다. 그 후 1753년 3월 10일 필라델피아에서 타종식을 하였는데 그만 첫 타종에 깨지고 말았다.

할 수 없이 미국에서 직접 제작하기로 하고 원래의 종에다 1파운드마다 구리 1.5온스를 더하여 두 번씩 주조에 실패하고 세 번째로 6월 11일 만든 것이 지금의 자유의 종이다. 이 종은 "모든 사람에게 자유를 선언하라"라는 명문(銘文)이 있어 자유의 종으로 불리기는 하지만 이 종도 얼마 못 가서 깨져 지금은 유리 전시실에 전시되어 있다.

그들은 깨진 종이나마 자랑스러워하는데 우리 선조들은 미국의 종보다 1천 년이나 앞서 그것의 두 배나 무거운 종을 만들었으니 우리의 자랑이 아닐 수 없다.

에밀레종에 새겨진 1천여 자의 명문을 풀이하면 다음과 같다.

"신종이 만들어지니 그 모습은 산처럼 우뚝하고 그 소리는 용의 읊조림 같아 위로는 지상의 끝까지 들리고, 밑으로는 땅속까지 스며들어 보는 자는 신기함을 느낄 것이요, 소리를 듣는 자는 복을 받으리라.

무릇 심오한 진리는 가시적인 형상 이외의 것도 포함하나니 눈으로 보면서도 알지 못하며, 진리의 소리가 천지간에 진동하여도 그 메아리의 근본을 알지 못한다. 그러므로 (부처님 말씀이) 때와 사람에 따라 적절히 비유하여 진리를 알게 하듯이 신종을 달아 진리의 둥근 소리를 듣게 할 것이다. 이 종소리는 메아리가 끊이지 않고 장중해서 진리의 소리와 같으니라."

영원한 로망 보물

제5장

우리 고유의
장신구와
디자인

우리나라만의 손가락 장신구

: 가락지 이야기 1

결혼식은 "죽음이 우리를 갈라놓을 때까지 백년해로하겠다"라고 맹세하는 엄숙하고 거룩한 서약식이다. 그렇게 엄숙한 결혼식을 저녁 무렵에 거행하는 것이 예로부터의 관례였다.

저녁에 예식을 시작해서 하객 또는 친족들이 밤새워 노래하고 춤을 추며 축하하는 의식을 치렀다. 그래서 결혼이란 한자도 어두울 혼(昏) 옆에 계집 녀(女)를 붙여서 결혼(結婚) 또는 혼례(婚禮)라고 한 것이다.

| 금 반지

결혼 서약의 증표로는 반지라고 하는 '가락지'를 신부에게 주는 것이 일반적이다. 가락지를 주는 의미는 여러 가지이지만 如環之無端(여환지무단)이란 의미가 컸다. 이 말은 "가락지 둘레는 끝이 없는 것이니 그처럼 둥글게 끝없이 사랑하며 살아라"라는 깊은 뜻이 담겼다.

본래, 가락지는 우리나라에만 있는 쌍지환(雙指環)을 일컫는 고유 단어이다. 가락지는 굵기를 일정하게 만들어 반지가 돌아가도 항상 그 자리에 있을 수 있게 만든 반지이다. 둥근 가락지의 사전적 의미는 "여성의 손가락에 끼는 두 짝의 고리 장식"을 말한다.

| 가락지

가락지는 외국에선 거의 볼 수가 없는 우리나라만의 독특한 손가락 장신구이다. 외국에선 간혹 다이아몬드 반지가 단조로울 때 메인 스톤을 보좌하거나 그 반지가 빠지지 않게 하는 보조 반지를 하나나 두 개를 끼도록 만든 경우가 있을 뿐이다.

한복에 더없이 잘 어울리는 가락지를 요즈음 구지환이라고도 부르는데 굽이 없이 민짜로 만드는 가락지와 살에 닿는 옆면에 굽을 넣는 굽지환으로 만드는 두 가지 형태가 있다.

가락지를 만드는 재료로는 금, 은, 비취, 호박, 산호, 유리, 옥(네프라이트 계열), 아게이트라는 마노 종류(자마노, 취마노), 호주 비취라고 일컫는 크리소프레이스 등 아주 다양하다. 심지어 흙으로 빚어 도자기로 구운 세라믹 계열의 가락지 등 온갖 재료가 다 가락지를 만드는 데 쓰이고 있다.

금가락지는 금이 비교적 무른 성질이 있어 가공하기가 용이한 편이고, 조각하고 광택을 내면 휘황찬란한 황금빛으로 사람을 매료시킨다. 그래서 우리나라뿐이 아니고 고대 이집트 시대부터 금 장신구는 인류의 로망이었던 것이다.

호박이나 산호는 경도가 낮아서 가공이 용이하였지만 고가의 외래품이어서 예로부터 아주 호사스러운 장신구로 여겼다. 여러 광물 중 비취돌은 질긴 성질이 광물 중 으뜸이라 잘 깨지지 않는 대신 광택 내기가 어려운 편이다. 비취는 중국(미얀마 산)에서 들여오는 최고가의 보석으로 녹색의 광채는 현재도 보석 장신구 중 으뜸으로 치고 있다.

영원한 로망 보물

일반 여염의 여인네들은 금값의 수십 분의 일인 은가락지를 선호했는데 가공이 어려워 일류 장인들만 은가락지를 만들 수 있었다.

은은 경도가 있어서 굵은 은 선을 둥글게 말아야 하는데 그것이 가장 힘든 공정이다. 요즘은 아예 왁스처리를 하거나 두꺼운 은판을 드릴 같은 좋은 공구를 사용하면 쉽게 가공할 수가 있고, 두껍고 굵은 은 선도 기계로 말면 쉽게 된다. 그러나 옛날처럼 은 선을 두드려서 둥그렇게 말기란 쉬운 작업은 아니다. 그래서 은가락지도 아주 소중하게 여겼다.

은가락지의 경우 오래되면 황화 현상으로 검게 변하는데 이 또한 고풍스러운 멋이 예사롭지 않다. 그래서 옛날 은가락지는 지금도 고가에 거래되고 있다.

어떤 경우, 은가락지는 단색의 단조로움을 감추기 위해 반지 위에 칠보를 이용하여 여러 기복사상을 도안함으로써 아주 화려한 문양을 자랑하기도 한다.

서양에서는 반지의 유래를 아주 재미있게 해석하고 있다.

고대에는 주로 이웃 마을이나 이웃 부족에게서 여자를 납치해 오는 약탈혼을 했는데 이때 여자에게 채우던 족쇄나 수갑이 반지가 되었다는 그럴듯한 해석을 한다. 결혼식 때의 면사포는 여자를 납치할 때 쓰던 보자기에서 유래하였다 하고, 신랑 들러리는 납치사건에 동행했던 공모자들을 의미하며, 신혼여행은 여자 쪽 부족과 그 가족의 반격을 피하고자 임시로 피신하는 데서 유래하였다고 서양 민속학자들이 해석한다. 재미도 있지만 일면 수긍이 가는 해석이다.

영국의 휴머니스트이며 철학자인 버트런드 러셀은 결혼을 하면 세 개의 반지를 갖게 된다고 하였다. 남녀가 장래를 약속하면 약혼반지, 결혼반지, 그리고 고난이라는 반지를 함께 낀다는 것이다. 결혼을 해도 후회, 안 해도 후회하게 되는데 그렇다면 결혼은 하고 볼 것이고, 고난이라는 어려움이 오더라도 둘이 힘을 합치면 충분히 헤쳐 나아가게 된다고 역설하였다.

옛날 우리나라의 경우 일반 여염집에서는 가락지를 낄 형편들이 아니었다. 왕실의 종친이나 상당한 재력이 있는 양반 가문의 가례에서만 가락지를 주고받았다. 그 외에 인기 있는 기생들이 꽃값으로 받는 가락지가 있었다. 이렇게 호화 사치의 상징이었던 가락지는 일반 서민들에게는 먼 나라 이야기였을 것이다.

그러던 가락지가 일반인의 관심을 끈 것은 고종황제 때 독립신문과 황성신문 등이 발간되어 고급 정보를 일반 대중이 접하면서부터이다.

1920년 영친왕 이은의 약혼식 예물 목록이 상세하게 기사화되면서 가락지며 시계며 심지어 화관 대신 티아라 같은 신문물이 크게 알려진 계기가 되었다.

민족의 아픔과 약속의 상징

: 가락지 이야기 2

고금을 통해 결혼식에서 사랑의 정표와 신뢰로 주고받는 것이 가락지이다. 가락지는 원래 쌍지환을 이르는 말이며, 한 짝일 때는 외지라고도 한다. 본래 우리나라에는 반지란 단어가 없었다.

1901년 황성신문에 일본인이 운영하던 구옥(龜玉)상회의 광고에서 최초로 반지란 말이 등장하고, 그 후 1903년 12월 21자 신문에 보석반지(寶石斑指)란 말이 광고되었다. 반지(斑指)는 일본인들이 양반들을 겨냥하여 半指라 안 하고 斑指라고 쓴 것 같다. 그 후 우리나라 사람이 운영하던 입신상회, 신행상회, 화신상회의 광고에서도 비녀, 은장도, 주전자, 수저 등과 함께 반지를 광고하면서 반지(斑指)라고 하였다.

이때부터 반지란 말이 일반화되기 시작하였다.

치욕의 국권침탈로 일본인들의 금은방이 들어오기 전에는 가락지를 포함한 화장품이나 노리개, 바늘쌈, 석경(거울) 같은 부녀자 용품은 방물장수라고 하는 중인계급 아녀자 보따리장수에 의해 거래되었다.

간혹 육의전 거리 잡화상에서 부녀자 용품이 팔리기도 했으나 양반댁 마나님이 거리에 나갈 수가 없던 시절이었다.

그래서 보따리상인 방물장수 아낙네가 양반댁 안채를 드나들었다. 이 방물장수들은 시중 소식을 전해주는 역할도 했지만, 중매쟁이 매파 역할도 도맡았다. 그래서 사돈으로 삼고자 하는 상대편 집안 내막을 염탐하여 전해주는 막중한(?) 임무도 수행하곤 하였다.

　반지를 비롯해 몸에 착용하는 장신구의 기원은 인류의 역사만큼이나 오래되었다. 사람은 수렵 생활을 하면서도 미적 욕구를 충족하거나 주술적 의미의 장식을 했고, 신분 표시 또는 유대감을 위한 동일 종족표시로 장신구를 하였다.

　우리나라 가락지의 경우 박쥐 문양, 매화문양, 수복(壽福) 글자 등 여러 상징적 도형이나 문자를 새겼는데 이들 모두는 장수, 다산(多産), 기복의 의미이다. 특히 박쥐 문양은 박쥐의 한자가 편복(蝙蝠)이어서 복복(福) 자를 연상해서 박쥐 문양을 새긴 것이다.

　원시 인간은 그 열악한 환경 속에서도 아름답게 보이고 싶은 욕망과 자연재해를 예방하는 주술적 의미로 조개껍데기 팔찌를 하고 짐승 뼈와 뿔로 둥글게 갈아 가락지를 만들었으며, '마노'나 '수정'에 구멍을 뚫고 광을 내는 힘든 작업을 했다.

　고대로부터 중세를 거쳐 현대에 와서는 반지가 의미하는 바는 여러 가지이다. 남녀 간의 사랑을 상징하는 이니셜 반지 외에 권위와 신분을 나타내는 왕과 영주들의 반지, 교황과 주교들의 신분용 종교 반지, 편지나 서류를 봉인하며 왁스 위에 찍는 Seal Ring, 동창의식을 나타내는 School Ring, 사관생도들의 졸업 반지 그 외 부적 반지 등 종류가 다양하기도 하다.

우리나라에서 가장 오래된 반지는 1949년 함경북도 나진만의 초도 섬에서 발견되었다. 선사시대 말기부터 청동기 초기로 밝혀진 초도 유적지의 움무덤에서 청동판을 갈아 만든 반지가 발굴되었는데 이것이 가장 오래된 반지로 기록되어 있다.

은반지로는 철기시대인 기원전 3세기경으로 밝혀진 평안남도 남포시의 태성리 유적 4호분에서 나온 반지가 있다. 이 반지는 지름 2cm, 넓이 1.5cm의 외지인데 은반지로는 이것이 가장 오래된 것이다.

가락지는 약속의 상징이었다. 가문의 번성을 기원하고 음과 양의 화합이라는 상징적 의미와 더불어 가락지에 같은 문양을 새겨 넣음으로써 후일 신표(信標)를 삼고자 하는 의미도 더해졌다.

이 의미 외에 쌍가락지를 만듦으로써 이성지합(二姓之合)과 부부일신(夫婦一身)의 의미가 더욱 확실하게 자리 잡도록 하였다.

가락지의 역할은 여러 역사적 사실이나 민간에 전승되는 전설, 설화에 숱하게 나타난다. 우리나라와 같이 전란과 병란, 민란, 자연재해를 자주 겪은 경우에 가락지에 얽힌 여러 이야기는 비극이기도 하고 행운의 전설이 되기도 하였다.

고구려 시절에는 거의 10여 년마다 중원 세력과 패권 다툼이랄 수 있는 전쟁의 난리를 겪었는데 이 과정에서 많은 이산가족이 생길 수밖에 없었다. 싸움터로 나간 남편과 수년 후 또는 수십 년 후 재회할 때는 몰골과 습관도 변해서 서로 인식할 수 없을 때 가락지로 짝을 맞춰서 서로를 알아보곤 했다는 설화가 부지기수이다.

고려 시대 역시 처참하긴 마찬가지였다.

몽골족이 세운 원나라의 침공으로 백 년 이상 원(元) 나라의 지배를 당했을 때는 매년 수천에서 수만 명까지 부녀자들을 공녀(貢女)로 바쳐야 했다. 이때의 공포가 너무나 막심해서 온 나라 백성들의 통곡 소리로 산천초목도 떨며 울었다는 기록이 전한다. 여염에서는 공녀 공출을 피하고자 채 자라나지도 않은 10여 세 난 어린 딸을 억지로 시집보내는 조혼풍습이 그때부터 생기게 되었다.

어디 처녀와 부녀자뿐이랴? 원나라는 장차 고려의 군인으로 변할 수 있는 수많은 장정을 잡아다 노예로 삼아 강제 노역을 시켰다.

이들이 몇십 년 후 운 좋게 귀향하였을 때 가락지의 역할이 컸다. 헤어졌던 가족이 만났을 때 두 쌍인 가락지를 맞춰 보거나 지니고 있던 나무쪽을 신표로 삼았다.

조선조에 들어와서도 국력이 약하고 외세에 대한 경각심의 해이로 이웃 국가로부터 침략당하고 굴욕을 맛봤다.

1592년(선조 25년) 임진왜란으로 온 나라가 초토화되었는데 임진왜란과 가락지 하면 빼놓을 수 없는 것이 진주 논개의 가락지이다.

논개는 본래 기생이 아니고 경상우도 병마절도사 최경회(崔慶會)의 측실로 성이 주 씨(朱氏)이다. 최경회 병마절도사는 진주 전투에서 분패하여 남강에 투신하여 순절하였다.

이에 크게 분개한 주 씨 부인은 기생으로 가장하고 왜군의 진주 입성 연회에 참석하였다. 논개는 열 손가락에 굵은 가락지를 낀 다음 왜장 게 야무라 로스케를 껴안고 남강에 투신하여 동귀어진(同歸於盡)하였다.

기생 논개로 가장한 주 씨는 남편의 복수를 함으로써 정절을 지키고 적장을 죽여 순국한 여걸이었다. 논개가 왜장을 죽임으로써 왜군 수백, 수천 명을 섬멸한 효과를 보았다.

다만 안타까운 것은 왜군을 피해 이리저리 도망만 다니던 비겁한 양 반들은 주 씨가 측실이고, 기생을 자처했다는 이유로 논개 앞에 야비하 게 기생이란 딱지를 붙여 버렸다. 그것이 미안해 의기(義妓)란 접두어를 붙였을 뿐이다. 논개는 절대로 기생으로 취급해서는 안 되는 조선의 잔 다르크로 추앙해야 한다.

조선의 양반들은 임진년의 치욕을 망각하고 당파싸움에만 몰두하다 가 44년이 흐른 1636년(인조 14년)에 또 병자호란을 겪게 된다.

이 호란으로 심양에 포로와 인질로 끌려간 우리 백성들이 80여만 명 이 넘었다고 한다.

청나라는 포로 석방 대가로 싸게는 200냥, 사대부나 부녀자는 무려 1,500냥까지 받아냄으로써 조선의 모든 은가락지, 금가락지를 수탈했 다. 그야말로 조선의 국부와 인력을 계획적으로 수탈하여 온 나라를 도 탄에 빠지게 하였다.

이것이 오늘날 우리에게 남겨준 뼈아픈 교훈임을 잊지 말아야 한다.

명성황후와 민 규수의 금가락지

가락지에 관한 이야기에서 빼놓을 수 없는 것이 명성황후의 금가락지 이야기다.

1894년 11월 미국의 Demorest's Family Magazine에 게재된 명성황후의 외모와 명성황후의 화려한 전통 옷차림에 대한 묘사가 재미있다.

선교사 언더우드의 글이다.

"중간키에 몸매는 호리호리하고 곧았다. 얼굴은 길고, 이마는 높고, 코는 길고 가늘며 귀족적이고, 입과 아래턱에는 결단력과 개성이 드러난다. 광대뼈는 약간 튀어나와 있고, 귀는 작고, 얼굴빛은 기름 진 저지 크림색을 띠었다. 눈썹은 아치 모양이고, 아몬드형의 눈은 지적이고, 예리해 보였다.

왕비는 옷이 많아서 자주 갈아입는다. 어떤 날은 금박을 수놓은 진 홍빛 능라를 입고, 어떤 날은 자주색 옷을 입는다. 그런데 황후는 보석류를 좋아하지 않는다. 길고 가는 손은 모양이 예쁜데, 다이아 몬드로 빛난 적이 없다. 유일하게 끼는 반지는 묵직한 금가락지인데 항상 손가락에 쌍으로 끼었다."

영원한 로망 보물

명성황후는 다른 좋은 보석이나 패물이 많았을 터인데도 "유일하게 금가락지만을 낀다"라고 하는 명성황후에 대한 묘사가 눈길을 끈다.

명성황후가 외국 보석보다는 자국의 금가락지만을 패용함으로써 조선 황후의 정절을 나타내고 황후의 자존심을 지키고자 했던 건 아닐까?

이렇듯 명성황후의 금가락지는 단순한 장식적인 반지 이외에 여러 상징적 의미가 담겨있다고 보이며 명성황후는 화려한 보석 장신구보다 금가락지가 조선 황후에게 더욱 어울린다고 생각했을 것이다.

가락지 이야기 중 빼놓을 수 없는 것이 하나 또 있다.

영친왕 이은(李垠)의 동갑내기이며 생일까지 같았던 황태자 약혼녀 민갑완(閔甲完) 규수 이야기이다. 1907년 민 규수는 명문 척족 민영돈의 딸로 11세에 황태자비로 간택되었다.

민 규수는 고종황제와 영친왕의 생모인 엄비로부터 약혼기념 금가락지를 받는다.

그때의 일을 민 규수는 〈백년 한〉이라는 자서전에 이렇게 기록하였다.

"거죽은 다홍 공단이요, 안은 초록 공단으로 된 겹보 위에 한 매듭을 넘는 금가락지 두 짝을 곤두세워 다홍실로 동심결(同心結)을 맺었다. 그리고 네모지게 싼 한지 위에 먹글씨로 약혼지환(約婚指環)이라고 씌어 있었다."

황태자와의 약혼기념으로 쌍으로 된 금가락지를 하사받았음을 알 수

있는 대목이다.

일제는 영친왕 이은을 볼모로 삼기 위하여 서양 선진 문물을 교육한다는 명분으로 일본으로 납치하다시피 끌고 간다. 간교한 일제는 여기에서 한발 더 나아가 영친왕 이은을 일본 왕실의 먼 방계인 마사코 여인과 정략결혼을 시켜버렸다.

이때 신문에는 이은 황태자의 결혼 의미나 그 꿍꿍이속을 숨기고자 마사코(이방자 여사) 여인의 옷차림, 예물로 주고받은 패물과 다이아몬드 반지 등 소소한 가십거리만 보도하였다.

조선 황실을 이왕(李王)으로 격하하고 황실을 관장하던 '이왕직(李王職)'의 일본인 관리자는 본래 약혼녀였던 민 규수에게 파혼을 통보하면서 민 규수가 받은 금가락지를 내어놓으라고 강요하였다. 황실과 혼약을 맺었다가 파혼하더라도 그 처자는 절대로 시집을 가서는 안 되는 것이 조선의 법도였다. 따라서 민 규수는 그 황금 가락지를 내놓을 수는 없었고, 시집을 가서도 안 되는 일이었다.

일제가 민 규수를 강제로 시집보내려 했으나 민 규수는 죽기를 각오하고 거절하였다. 그러나 황금 가락지는 일제의 강압과 엄포로 결국 10년만인 1918년 2월 13일 일본 관헌에게 강탈당하고 만다.

그 후 민 규수는 상해로 탈출했다가 해방된 후 귀국하였다. 민 규수는 파혼당한 아픔과 함께 약혼의 상징이었던 강탈당한 '황금가락지'를 애통해하면서 외롭고 빈한하게 살다가 부산에서 1968년 2월 19일 73

　　　　　　　　　　　　영원한 로망 보물

세로 생을 마감하였다.

일제는 종군위안부뿐만이 아니라 황태자비로 간택된 민 규수 여인의 정절을 짓밟았고, 그 정절의 상징인 황금가락지마저 강탈해 가는 만행을 저질렀다. 이는 명성황후를 참살한 일제가 저지른 숱한 만행 중 극히 일부였다.

참으로 나라 잃은 민족의 수모와 설움은 이처럼 처절하고 처절하다.

세공인의 선조, 백제인 다리(多利)

1971년 7월 5일 공주시 금성동 송산리(宋山里)에서 왕릉으로 추정되는 고 무덤을 발견하였다. 그로부터 사흘 후 급속으로 발굴단이 구성되었다. 급조된 발굴단은 7월 8일 오후부터 시작해 9일 오전 8시쯤 17시간 만에 전격적으로 발굴을 끝내버렸다.

아무런 준비 없이 졸속으로 발굴한 이 무덤에서 우리나라 고고학 역사상 가장 획기적으로 기록될만한 보물과 유물이 출토되었다.

이 왕릉이 특히 주목받는 것은 고고학에서 가장 중요시하는 증거가 될 명문(銘文)이 나왔기 때문이다. 이 명문에서 무덤의 주인공이 백제 25대 무령왕이라는 묘지석(墓誌石)이 나왔는데 삼국시대를 통틀어 무덤 주인공이 밝혀진 것은 이 왕릉뿐이다.

무령왕릉은 송산리의 다른 고분군을 위한 배수로 공사를 하다가 우연히 발견하였다. 이 왕릉에서 108종 3천여 점의 장신구와 보물들이 출토되었다. 국보 154호인 금제관식(金製冠飾), 왕비의 금제관식(155호), 금제 귀걸이(156, 157호), 금제 목걸이(158호), 금제 뒤꽂이(159호), 왕비의 은제 팔찌(160호), 청동 신수경(神獸鏡. 161호), 석수(石獸. 162호), 지석(誌石. 163호), 머리 받침(164호), 다리 받침(165호)에서 보듯이 국보들이 대량 출토되었다.

머리와 다리 받침은 목 조각에 옻칠을 하였는데 금판으로 정교하게 무늬를 놓아서 죽은 사람이 편안한 잠을 자기에 조금도 불편함이 없어 보이는 침구이다.

여기에서 나온 금관이나 기타 유물들 모두 소중하고 값진 것이지만 가장 눈길을 사로잡는 것은 왕비가 왼쪽 팔목에 찼던 한 쌍의 용조각 은팔찌(국보 160호)이다. 팔찌는 팔목에 닿는 안쪽에 톱니형의 조각을 두르고 바깥쪽에는 혀를 길게 내밀고 머리를 뒤쪽으로 돌리고 발이 셋 달린 두 마리의 용을 돋을새김으로 장식하였다.

용의 발톱과 비늘이 섬세하고 한 마리 용의 꼬리가 다른 용의 목 밑으로 들어가 포개어진 채 바깥 면을 가득 채우고 있다.

이 은제 팔지는 그 모양과 조각 솜씨는 현재 어디에 내놓아도 손색이 없는 그야말로 국보에 걸맞은 팔찌이다.

더구나 은팔찌 안쪽에 "庚子年二月多利作大夫人分二百州主耳"라고 음각이 되어있어 더욱 놀라게 했다. '경자년(520년, 왕비 서거 전 6년) 2월에 다리가 왕비(대부인)를 위해 이백주주이(무게 단위인 듯)를 들여 제작하였다'는 뜻이다.

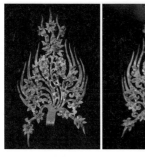

| 금제관식 (국보 154호)

| 왕비의 금제관식 (국보 155호)

| 금제 귀걸이 (국보 156호)

| 금제 귀걸이 (국보 157호)

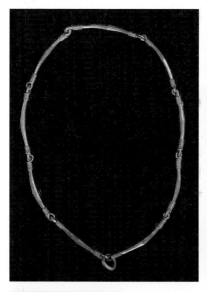

| 금제 목걸이 (국보 158호)

| 금제 뒤꽂이 (국보 159호)

영원한 로망 보물

| 왕비 은제 팔찌 (국보 160호)

| 청동 신수경 (국보 161호)

| 석수 (국보 162호)

| 지석 (국보 163호)

| 머리 받침 (국보 164호)

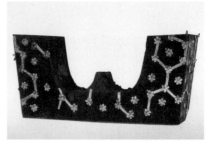
| 다리 받침 (국보 165호)

　다리(多利)가 공방의 우두머리(책임자)로 당당히 자기의 이름을 새긴 것이다. 우리나라 귀금속 역사에 세공사 이름이 나온 것은 다리(多利)가 최초이다. 다리(多利)라는 사람은 왕관과 금제 목걸이, 귀걸이 같은 왕실 소용의 장신구를 만든 세공사들의 책임자였을 것이다.

　불국사(서기 751년)를 건축한 김대성과 에밀레종을 주조한 박종일 등의 장인들보다 한참 윗세대 최고의 예술인이요, 과학기술 책임자가 다리(多利)이다. 하긴 석가탑, 다보탑을 만든 이들도 모두 백제 석공들이었으니 백제인들이 삼국시대 때 가장 앞선 공예기능과 과학기술을 가지고 있었던 셈이다.

　또 하나 특기할 것은 은팔찌와 함께 발굴된 은 꽃잎 장식에 일백주(一百州)라고 새겨진 것을 보면 그 당시에 중량을 함께 표기한 것임을 알 수가 있다. 1988년, 용 반지 파동이 났을 때 그때 용 반지 조각을 이 왕비의 팔찌처럼 제대로 조각하였다면 단 한 달 만에 용 반지 파동이 끝나지 않았을 것이다. 참으로 아쉬운 대목이다.

　그러했다면 지금까지도 잘 팔리는 선물 목록으로 자리 잡았을 터이다. 지금이라도 용 팔지를 제대로 제작하고 여기에 스토리텔링을 더한다면 아주 훌륭한 주얼리 상품이 될 것이다.

　또 눈여겨볼 것은 무령왕릉에서 출토된 금 장신구의 금 함량이다.

　국보 154호 무령왕의 금관은 순도가 99%이고 기타 금 장신구 제품의 최하 함량이 귀걸이의 98%였다.

　이것은 공주박물관에서 비파괴 X-Ray 형광분석기로 감정한 결과이다. 다시 말해 백제 시대에 벌써 장신구에 제조자, 중량을 표시하였고 순도가 99%였으니 어찌 놀라지 않을 수 있겠는가?

　또 무령왕릉에서 발굴된 환두대도(環頭大刀)의 금 알갱이 땜(용접) 기술 역시도 세계에 자랑할 만한 점이다.

　금속판에 금 구슬(알갱이)을 붙이는 기법을 누금(樓金) 기법이라고 하는데 이 환두대도 그 좁은 손잡이에 0.5mm의 아주 작은 금 알갱이 800여 개가 가지런하게 붙여져 있다. 이 기법은 현대적인 산소 불꽃이나 수소 불 아래에서도 쉽지 않은 땜 기술이다.

　백제 금 세공인들이 1500년 전에 이러한 기술을 발휘했다는 것이 불가사의하고 그저 신비스러울 뿐이다.

"사내아이들이 귀를 뚫고 귀고리를 달아…"

연예인뿐만 아니라 여성은 물론 젊은 남성들에게도 귀걸이와 피어싱 (Piercing)이 유행하고 있다.

미국의 농구 선수 데니스 로드먼은 과거 북한 방문 때 귀고리, 코고리 (코뚜레), 혓바닥 피어싱까지 요란하게 치장하고 덩치에 어울리지 않게 아양을 떨면서 김정은 생일 축가를 부르는 희한한 광경을 보여주었다.

이때 느낀 것은 꼴불견도 꼴불견이지만 로드먼의 얼굴을 뒤덮은 요란한 고리 장식이었다.

그러면 귀에 거는 장신구 이름은 '귀거리'인가? '귀고리'인가? 아니면 '귀걸이'일까?

본래 여자들이 장식용으로 귀에 다는 것을 '귀고리'라고 불렀다.

우리나라 옛 문헌에는 '귀'에 거는 '골희'라고 해서 '귀엣골희'라 했는데 근세에 들어와서 '귀골희'로 부르다가 '귀고리'로 변한 것이다.

겨울에 귀가 시리지 않게 천이나 짐승의 털로 만든 방한용 귀싸개는 '귀걸이'라 불렀다. 그러나 귀고리보다 귀걸이를 더 많이 사용하다 보니 국립국어원은 1999년 표준국어대사전에 귓불에 다는 장식품으로 '귀고

영원한 로망 보물

리'와 '귀걸이'를 복수 표준으로 올렸다. 귀걸이는 귀마개(귀싸개)라는 뜻도 지닌다. 귀에 거는 장신구를 '귀거리'라고 쓰지 않으니 유의하자.

| 금제 귀걸이 (국보 156호)

이 귀고리는 동서양을 막론하고 인류가 인체에 직접 장식한 가장 오래된 장신구이다. 다만 고대 사회에서는 귀를 뚫어 고리를 달아 각종 역병, 재난을 예방하거나 일정한 신체 나이의 통과 의례나 동족 표시의 목적으로 시작했을 것으로 보인다.

재난 예방은 귀에 여러 신경 조직이 연결되어 있어서 귀를 뚫었을 때 두통이 덜한 경험에서 연유했을 터이다. 여기에 미용적 치장의 욕구가 더해져 신체 곳곳에 그림(문신)을 그리기도 하고 귀, 입술, 코를 뚫어 갖가지 짐승 이빨, 둥근 고리나 널빤지 심지어 막대기를 꿰기도 하였다. 이를 통해 주술적인 목적과 전투 시 적에게 겁을 주는 효과를 기대하였을 것이다.

| 금제 귀걸이 (국보 157호)

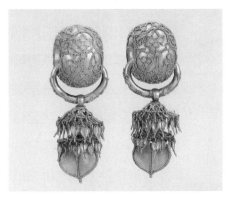

| 경주 부부총 금제대환 귀걸이 (국보 90호)

영원한 로망 보물

우리나라는 원시사회를 거쳐 고조선 시대, 삼국시대에 들어오면서 귀고리는 점차 권위를 상징하거나 권력의 징표와 부의 상징물로서 아주 유용한 장식품이 되었다. 고조선 시대와 삼한 시대에 걸친 여러 유적에서 발견된 귀고리 장신구는 독특한 우리나라만의 양식으로 발전하였다.

귀고리 장신구 중에 경주 부부총에서 출토된 국보 90호 금제태환귀고리(金製太環耳飾)와 무령왕릉에서 출토된 국보 156호, 157호 귀고리 등 많은 수의 귀고리가 국보와 보물로 지정되어 있다.

이처럼 귀고리는 특권층이나 왕실 자제들과 일반 대중의 사랑을 받아 왔는데 여성은 물론 남자들에게도 사치와 부의 과시용으로 유행했다.

조선 시대에 들어와서도 이 풍습이 변하지 않고 귀족층들을 중심으로 성행하였다. 유교의 성리학을 통치의 근간으로 삼던 조선 사회에서 남자가 웬 귀고리냐는 말이 나올 수 있지만, 조선조에서 양반 자제들이 귀고리를 통하여 신분을 과시한 사실은 여러 역사 문헌에 잘 나타나고 있다.

세종 1년(1419, 기해년) 1월 6일(신해) 세종대왕이 내린 교서에 "금·은은 본국에서 생산되는 것이 아니므로, 중국에 계속 진상하기 어려운데, 그로 만든 술잔이나 밥그릇을 상하가 통용하는 것은 더욱 온당치 못한 일이니, 금후로는, 진상에 따른 복용(服用)·기명(器皿)·궐내에서 쓰는 술잔 및 조정에서 사신을 접대하는 기명과 조관(朝官)의 관대·명부(命婦)의 뒤꽂이·사대부 자손들의 귀고리 등을 제외하고는 일절 사용을 금하며, 소금(銷金)이나 이금(泥金) 등속도 다 금하고, 범하는 자는 법령을 어긴

죄로 다스리겠다"라고 한 기록이 있다.

이 기록에서 사대부 자제들의 귀고리는 허용한다는 대목이 이채롭다. 이때까지 남자들이 귀고리를 했고 또 허용했음을 알 수 있다.

그 후 선조 5년(1572) 9월 28일(신해) 실록 기사에 보면 비망기(備忘記)로 정원에 전교하는 내용이 있다.

"신체(身體)와 발부(髮膚)는 부모에게서 물려받은 것이니 감히 훼상(毁傷)하지 않는 것이 효(孝)의 시초다. 우리나라의 크고 작은 사내아이들이 귀를 뚫고 귀고리를 달아 중국 사람에게 조소(嘲笑)를 받으니 부끄러운 일이다. 이후로는 오랑캐의 풍속을 일체 고치도록 중외(中外)에 효유(曉諭)하라. 서울은 이달을 기한으로 하되 혹 꺼리어 따르지 않는 자는 헌부(憲府)가 엄하게 벌을 주도록 할 것으로 승전(承傳)을 받들라."

이후 조선 말기와 대한제국 시대까지 남자들의 귀고리 착용이 거의 사라지고 여성만의 전유물이 되었다.

이러한 풍조가 깨진 것은 6·25 동란을 전후하여 유엔군에 의해 피어싱이 보급되었고, 남자 연예인들이 귀고리를 착용함으로써 일반 남성들에게도 유행이 시작되었다. 귀고리뿐이 아니고 코고리, 혓바닥 고리, 입술 고리, 심지어 배꼽과 성기에까지 고리를 하는 세상이니 참 오래 살고 볼 일이다.

전통 혼례 절차 〈육례(六禮)〉

혼담(婚談)	청혼(請婚)하고, 여자 측이 허혼(許婚) 하는 절차이다.
납채(納采)	신붓집에서 혼인을 승낙하면 신랑 집에서 간단한 예물을 보낸다. 신부 쪽에서는 생년, 월, 일, 시를 적은 사주(四柱)를 보낸다.
납기(納期)	납채하여 정혼한 후 혼인 날짜를 신부 측에서 정한다. 신부 측에서 택일하여 신랑 측에 보내는 절차가 납기이다.
납폐(納幣)	신랑 측에서 신부 측에 예물을 보내는 절차이다. 함을 산다고 하는 함에 넣는 예물은 신부의 청, 홍색 옷감이며 그것을 채단이라 한다.
대례(大禮)	신랑이 신부의 집에 가서 부부가 되는 의식을 행하는 혼인식이다.
우귀(于歸)	신부가 신랑을 따라 시댁으로 들어가는 절차이다. 부는 쪽 찐 머리로 시댁 어른께 큰절로 인사한다.

멋의 재창조, 마고자와 조끼

윤호영의 〈마고자〉란 수필은 그 문장이 수려해 교과서에도 실려 있다. 마고자에 대한 윤호영의 예찬이다.

"남자의 의복에서 가장 사치스러운 호사(豪奢)가 마고자다. 섶귀가 조금만 무디어도 청초한 맛이 사라진다. 깃은 직선에 가까워도 안되고 너무 둥글어서도 안 된다. 안이 속으로 짝 붙으며 싱그럽게 돌아가야 한다."

우리가 알고 있는 마고자 또는 마괘자(馬褂子)는 언제 어느 때부터 우리의 복식으로 자리 잡은 것일까?

본래 우리나라 일상복이었던 한복은 상의(上衣), 즉 저고리를 입고 남자는 바지를, 여자들은 치마를 입는 두 가지 복식뿐이었다.

저고리 위에는 배자라 하여 소매와 섶, 고름이 없는 겉옷을 입었다.

겉옷인 배자(背子)는 방한용과 활동복으로서 남자는 끈을 매서 활동하기 편하게 하였고, 여자는 끈이 없이 화려한 문양의 천으로 만들고 겨울에는 배자 속에 족제비나 담비 가죽을 덧대어 방한하였다. 그러나

19세기에 들어서서 남자의 경우, 사랑채만 나가도 반드시 마고자(마괘자, 馬掛子)를 입어야 결례가 안 되는 법도가 되었다.

마고자의 모양은 저고리와 비슷하나 저고리보다 품이 넓고 길으며 깃과 동정이 없고 앞을 여미지 않으며 오른쪽 자락에 단추를 달고 왼쪽 자락에는 단추를 끼울 고리와 함께 또 단추를 달아 단추가 두 개이다.

본시 마고자는 청나라의 복식인 포(袍)와 괘(掛) 중에서 저고리 위에 덧입는 옷인 마괘자이었다. 마고자는 흥선대원군이 명성황후와 정치적 갈등을 겪다가 1882년 청나라 원세개(袁世凱)에게 납치되어 만주 보정부(保定府)에 4년간 유폐되어 있었을 때 자주 입던 옷이었다.

1887년 대원군이 환국하면서 입고 온 것이 바로 마고자였다.

이를 본 양반가 사람들이 우리 식으로 약간 변형하여 입기 시작하였고 이때부터 온 나라에 급속히 유행하였다.

방한용 마고자였지만 점차 호사스러워져 부유한 사람은 비단 옷감의 마고자에 귀한 패물인 옥, 산호, 호박, 금, 은 등으로 단추를 달아서 한껏 멋을 부렸다. 그렇지 못한 사람들은 그저 무명옷에 청색 물감을 물들인 끈 달린 마고자를 걸쳤다.

예전만은 못 하지만 금은방에서도 이 마고자 단추를 많이 진열하고 있다. 보통 한 냥짜

▌순금 마고자 단추

리 금 단추가 잘 팔렸고 그 외 백옥 단추가 많이 팔리었다. 좀 더 호사를 부리고 싶으면 호박이나 산호 단추 때로는 비싼 비취 단추와 라피스 라줄리에 다이아몬드가 박힌 단추가 팔리기도 한다.

또 하나, 요즘 신랑 한복에서 빼놓을 수 없는 것이 조끼다. 조끼는 원래 양복의 Vest를 말하는 것이다.

1900년대 초 일본에서 포르투갈 언어인 Jaque를 일본인들이 조끼라고 발음하였고, 덩달아 우리나라에서도 이를 별 거부감 없이 쓰고 있는데 영어의 재킷(Jacket)과는 조금 다른 옷이다. 이 조끼는 구한 말 개화기 때 일본을 거쳐 서양 사람들의 복식이 우리 식으로 정착한 그야말로 외래 문물의 우리 옷이 되었다.

조끼는 배자에는 없는 주머니가 달려 간단한 주머니칼이나 담배쌈지, 지전(紙錢) 등을 넣을 수 있는 편리함 때문에 금방 유행이 되었다. 더구나 일반적인 한복은 빨래할 때마다 꿰맨 곳을 뜯어서 세탁한 후에 다시 꿰매야 하는 번거로움이 있었지만, 이 조끼는 이런 불편함이 없었다. 이 조끼에는 단추를 다섯 개 달았는데 이 또한 마고자와 세트로서 단추 역시 마고자와 같은 재질의 것을 달아서 사용했다.

70년대 무렵에는 황옥 마고자, 황옥 조끼 단추가 유행하기도 하였다.
사실 이것은 황옥(黃玉, Yellowish Jade)이 아니라 종유석(鐘乳石)이었다. 이 종유석은 강원도 등지의 동굴에서 불법으로 채취한 석순(石筍)으로 주성분이 탄산칼슘(Aragonite)이라 무척 경도가 약한 돌이다.
경도가 너무 약해서 못으로 긁어도 흠이 생길 정도였다. 사실 이러한

영원한 로망 보물

경우는 광내기가 더 어렵다. 당시 광택 약인 산화크롬으로 종유석 황옥을 헝겊에 세게 문지르면 오히려 스크래치가 생기기 일쑤였다.

그만큼 경도가 약한 것이 종유석이다.

그래서 방법을 생각해 낸 것이 물에 엷게 탄 염산수에 슬쩍 담그는 것이었는데 무척 쉽고 빠르게 광(光)을 낼 수가 있었다. 그러나 단추끼리 부딪치면 흠이 너무 쉽게 나서 손님들에게 항의를 많이 받았고 또 종유석 채취가 단속 대상이었기 때문에 바로 자취를 감추었다.

우리나라 사람들은 서구 사람들보다 성품이 너무나 내향적이고 외골수이다. 그러나 기회가 있으면 얼마든지 변신하고 발전할 수 있는 민족성을 가지고 있다.

송나라 도자기에서 우리나라 고유의 비취 청자를 만들어 냈고, 중국의 금석문(金石文)에서 추사(秋史) 선생의 독창적 서체를 탄생시켰으며, 마고자와 조끼를 우리 것으로 재창조하고, 포항의 모래벌판에서 제철소를 만들고 울산 바닷가에서 유조선을 건조해내는 매우 저력 있는 민족인 것이다.

태평양전쟁과 6·25 전란을 겪으며 세계 최빈국에서 50년 만에 세계 경제권 10위에 들고 민주주의를 달성한 나라는 우리나라가 유일한 국가가 아니던가?

영원한 로망 보물

펴낸날 2019년 2월 27일

지은이 이성재
펴낸이 주계수 ┃ **편집책임** 이슬기 ┃ **꾸민이** 전은정

펴낸곳 밥북 ┃ **출판등록** 제 2014-000085 호
주소 서울시 마포구 양화로 59 화승리버스텔 303호
전화 02-6925-0370 ┃ **팩스** 02-6925-0380
홈페이지 www.bobbook.co.kr ┃ **이메일** bobbook@hanmail.net

© 이성재, 2019.
ISBN 979-11-5858-524-2 (03810)

※ 이 도서의 국립중앙도서관 출판시도서목록(CIP)은 e-CIP 홈페이지(http://www.nl.go.kr/cip)에서 이용하실 수 있습니다. (CIP 2019006173)